Marceau Miller

Le Roman de Marceau Miller

Éditions
de La Martinière

Retrouver Marceau Miller sur www.marceaumiller.com
@marceaumiller.auteur

979-10-401-1469-7

Bōl
=

Le Roman de Marceau Miller

La vie rétrécit ou s'étend proportionnellement à notre courage.

Anaïs Nin

Prologue

Un éclair vrille mon cerveau, un coup violent sur mon crâne me déséquilibre. Je suis à deux cents mètres au-dessus du vide, j'escalade une paroi rocheuse que je connais bien. Mes ongles griffent le granit, mes mains lâchent prise. À cet instant je comprends que tout est terminé. Par goût du défi, par orgueil peut-être, j'ai toujours grimpé à mains nues sans m'encorder. Je savais qu'un jour j'en payerais le prix.

D'abord, je vois le ciel. Puis cent mètres de paroi défilent en quelques battements de cils. Je distingue à peine la silhouette qui disparaît derrière le sommet que j'étais sur le point d'atteindre. Cette silhouette m'est familière. Elle vient de provoquer ma chute, dans le vide, et je vais mourir. Une pensée m'apaise étrangement : je vais rejoindre ma sœur. Cela fait vingt ans qu'elle est partie ; ce matin en me levant, j'étais loin d'imaginer que nous aurions rendez-vous aujourd'hui.

Je m'appelle Marceau Miller, je suis un romancier à succès. Demain, vous pourrez lire sur ma page Wikipédia, juste en dessous de la ligne « Naissance » : « *Décès : 16 mai 2021 (à 40 ans).* » L'ironie du sort veut que j'aie passé des années à écrire comme si chaque jour pouvait être le dernier. Je laisse derrière moi le manuscrit le plus important de ma vie. Comme si une part de moi avait pressenti ce moment, anticipant l'imprévisible rendez-vous avec le destin. La faucheuse ne vous envoie pas une lettre recommandée pour vous avertir du jour et de l'heure de votre mort. Je leur laisse, à Sarah, aux autres. Libre à eux d'en faire ce qu'ils pourront. Je leur devais la vérité.

Mon corps flotte dans l'air, je ne maîtrise plus rien. Le sol s'approche à une vitesse effroyable. Mon cœur se serre pour mes enfants, Hermione, Benjamin, et ma femme, Sarah, avec qui nous avons tout construit.

J'aperçois mon pick-up garé au pied de la paroi et je comprends que je vais m'écraser juste à côté. Rien d'autre ne me traverse l'esprit. Pourtant, il paraît que l'on voit défiler toute son existence dans une pareille situation. On a tous fait ce cauchemar affreux : on tombe dans le vide, sans plus rien pour vous retenir. On se réveille le corps trempé de sueur et le cœur au bord d'exploser, avec une impression de malaise qui vous poursuit pendant des heures.

Je me suis toujours demandé si notre cerveau se déconnecte avant la collision fatale. Dans quelques centièmes de seconde, je serai fixé.

Cinquante mètres.
Dix mètres.
Ténèbres.

Première partie

LA CHUTE

1

Samedi 15 mai 2021

Le jour précédant la mort de Marceau Miller

Installée dans le rocking-chair sur la terrasse du chalet, je lève la tête du roman qui m'absorbait tout entière. Mon thé fume encore. C'est là que j'aime être, face au Léman, *mon* lac, comme s'il m'appartenait. Dans chacune des histoires que mon mari écrit, rien n'annonce l'orage qui va s'abattre sur ses personnages. C'est souvent sournois, ça frappe de plein fouet. Je bois une gorgée de mon Saint James, un thé noir corsé aux notes chocolatées, et je repose ma tasse. C'est son vingtième livre, et il arrive encore à me surprendre. Je ne cerne pas tout chez Marceau, mais il faut lui reconnaître une chose : son succès est mérité. Il manie le suspense comme personne. Trop, même. Partout, tout le temps.

Un vrombissement de moteur me sort définitivement de ma lecture. Une embarcation approche du ponton, au fond du jardin. Je l'ai révisée la semaine dernière, elle fait partie de la flotte des bateaux que nous possédons, avec Karen, mon associée. Ce petit hors-bord n'est plus rien qu'une coque de noix rafistolée, que l'on n'oserait jamais proposer à nos clients. Mais il fait le bonheur de nos enfants. Parfois je me rends à l'agence avec, en longeant la rive jusqu'à Yvoire. Cela prend un quart d'heure de plus qu'en voiture, mais c'est aussi pratique que le vieux pick-up de Marceau pour transporter du matériel.

Benjamin est aux commandes du hors-bord. À dix ans, il manœuvre déjà bien, mais il s'approche un peu vite du ponton à mon goût. Marceau agite les bras. Il doit être en train de lui demander de ralentir. Je souffle sans le vouloir lorsque le bateau se glisse sans heurts le long du ponton. Ils se sont aperçus de ma présence. Tous les trois me font de grands signes de la main. Je souris et leur rends leur geste. Hermione, notre aînée, postée à la proue de l'embarcation, bondit sur le débarcadère et attrape l'amarre que lui lance son père. Je surveille la manœuvre. Le ponton sur pilotis n'est pas bien large ; ses longues jambes de bois s'enfoncent dans les profondeurs pour y prendre racine dans des plots de béton enchâssés dans un mélange de vase et de galets verdis. En cette saison, quand le soleil est encore si chaud, les lames de bois ne glissent pas, tout va bien. Benjamin coupe le moteur et rejoint son père et sa sœur.

Je repose mon livre sans même y glisser de marque-page. J'ai mémorisé le numéro de folio. 40, notre âge à Marceau et moi. Et à la page 40, ça se passe déjà mal pour les personnages. Ce n'est que le début, je m'en doute.

Je me lève et m'étire. L'ombre de la pergola est fraîche sur cette terrasse construite par mon grand-père, ébéniste – son dernier ouvrage avant de disparaître subitement il y a une dizaine d'années. Cet habillage extérieur du chalet, en partie recouvert de végétation, donne au lieu un esprit de maison de vacances. Le jardin s'étire sur près de quatre-vingts mètres de longueur, entouré d'un bois laissé à l'état sauvage et d'une haie également livrée à elle-même. Aux beaux jours, grâce à la proximité du lac, le gazon reste vert longtemps. Il est tondu depuis peu et bordé sur la rive par une frange de sable gris et de galets. Je me dirige vers les enfants. Benjamin commence déjà à me raconter ses aventures tandis qu'il court vers moi, mais il est trop loin, je n'entends rien. Hermione remonte avec son père, chargés de matériel de plongée.

– Avec papa je suis descendu à cinq mètres ! J'ai vu une féra grande comme ça !

Les bras écartés de mon garçon semblent trop courts pour l'*énorme* poisson aperçu dans le lac. Marceau arrive à mon niveau et pose un baiser sur mon front. Ses lèvres ont encore la fraîcheur du Léman. Benjamin le tire par la manche pour qu'il confirme ses dires quant à la découverte du miracle aux écailles brillantes. Hermione le surprend en lui enfonçant sur la tête la casquette qu'il a laissée tomber derrière lui. À cet instant, je ressens la fragilité du bonheur – aussi fugitif qu'un poisson qui disparaît dans les grands fonds. Ça donne le vertige, je prends conscience de tout ce que j'ai de plus cher et du mal que j'éprouverais si je perdais l'un d'entre eux. Le bonheur nous tend la main sans prévenir. Il peut la reprendre aussitôt.

– Sarah ?

Marceau m'adresse un sourire, puis s'en va se délester plus loin du matériel de plongée. Je capte son regard, j'ai l'impression d'y lire ce que je ressens. Mais lui connaît le prix et l'impermanence de ces moments mieux que personne. Il a déjà recollé tant de morceaux après des bonheurs brisés. Il me fait penser à cet art japonais qui répare les céramiques cassées, le *kintsugi*.

Je peux presque suivre du doigt les cicatrices d'or que ses souvenirs ont laissées en lui.

2

Samedi 15 mai 2021

Le jour précédant la mort de Marceau Miller

La grande aiguille sur la pendule du salon n'indique pas encore 20 h. Ses cliquetis familiers s'estompent, couverts par un bruit venant de l'extérieur. Le jour décline, j'aperçois les phares de plusieurs véhicules filtrer à travers les érables dans l'allée. Le ronronnement sourd, caractéristique du moteur de la voiture de sport d'Alexis, fait vibrer les vitres de l'ancienne bibliothèque que je tiens de ma grand-mère Louise. Par la fenêtre, je l'aperçois bientôt sortir de son bolide, affichant un large sourire. Alexis, fidèle à lui-même. Benjamin tourne déjà autour du rutilant véhicule. Alexis l'attrape et le tient suspendu par les pieds comme une poupée de chiffon. J'entends leurs éclats de rire, je souris aussi. Puis ils se lancent dans une course endiablée et disparaissent vers le fond du jardin en criant.

Marceau descend l'escalier repeint en blanc, couleur dominante de notre intérieur. J'aime la lumière. Les larges ouvertures donnant sur le lac et le reflet des montagnes nous permettent de ne jamais le quitter des yeux. J'ai aménagé le chalet comme un loft au rez-de-chaussée – cuisine américaine moderne associée à l'ancien, ouverte sur le salon et le coin bibliothèque. Un salon spacieux, peut-être un peu chargé en mobilier, je veux bien l'admettre, mais confortable et chaleureux. Marceau me rejoint près du canapé. Il me prend dans ses bras, je sais qu'il aime mon sourire. Il me le rend, sans me quitter du regard.

– Tu es prêt ?

– Jamais vraiment pour ces soirées, tu sais bien. Je préférerais me glisser sous les draps avec toi.

Il m'attendrit cet idiot. Cette phase est celle que je préfère : entre le moment où il termine un roman et celui où il disparaît dans un nouveau. C'est là que je le retrouve, que nous sommes les plus proches.

– Alors, pourquoi tu tiens tant à organiser ce rituel chaque année pour la sortie de tes romans ?

– Le rituel, Sarah, c'est la clé d'un écrivain. Un écrivain sans rituel est un écrivain mort.

– Tu es devenu superstitieux ? Sans rire, tu as peur de quoi ? Que ça s'arrête ? De ne plus plaire à tes lecteurs ?

– Deuxième chose, jolie madame : un écrivain qui n'a pas peur est un écrivain fichu. Il faut toujours écrire avec la passion par-dessus la crainte.

– Magnifique cette sortie, tu devrais la garder pour ta prochaine interview… Tiens, justement, voilà ton éditeur. En avance, comme toujours. Lui, il l'adore cette soirée. Et surtout mes empanadas au chèvre frais. Bientôt on ne verra plus sa ceinture.

Édouard Payet, à l'embonpoint bonhomme, balade son regard sur la façade du chalet, comme s'il hésitait à entrer. Je sais qu'il passe en revue toute la maison. Les menuiseries, les ouvertures, les charpentes de soutènement du toit, le balconnet à l'étage, la terrasse, la végétation négligemment entretenue. Il a toujours aimé cet endroit, l'antre de son auteur phare. Il frappe à la porte, nous allons l'accueillir. Dans le sillage de l'éditeur, Freud, son Welsh Corgi, se dandine en entrant dans le petit hall que j'ai libéré pour l'occasion des affaires que laisse toujours traîner Benjamin. Les griffes du petit chien patinent sur le parquet brillant. Court sur pattes et plutôt replet, aboyant sans cesse, il ressemble à son maître. Les deux lorgnent les victuailles à portée de vue, plus loin sur l'îlot de la cuisine. Je rêve : Édouard a déjà une poignée de cacahuètes dans sa main. Moi qui me demandais où j'avais mis la coupelle. Il l'a manifestement trouvée. D'un geste, il les porte à sa bouche et les avale sans les croquer, comme des comprimés. Un ogre, mais avec un sourire jovial et un bagout désarmant.

– Sarah, Marceau ! J'attends ce jour avec bonheur chaque année. Ça ne change pas ici ! Et il ne faut pas, c'est le secret de mon écrivain vedette.

Sa franche accolade est toujours aussi virile et je devine sur mon épaule les grains de sel des cacahuètes laissées par ses doigts – Freud n'a pas eu le temps de les lécher. Édouard se penche soudain vers Marceau, regard complice.

– Tu as reçu mon petit cadeau ?

Je regarde Marceau qui a l'air gêné. Je ne sais pas de quoi il parle.

– Écoute Édouard, elle est magnifique, mais… je n'ai pas un poignet à montre, et… je m'en voudrais de l'abîmer.

– Une Breitling Aviator, c'est fait pour toi, ça ! Tu pilotes ton vieux Savage Bobber presque toutes les semaines. Marceau, lâche-toi un peu ! Tu es un besogneux qui ne se fait pas assez plaisir. Avec tout ce que tu gagnes, tu peux te le permettre !

– La maison au bord du lac et mon zinc suffisent. Tu me connais – je ne veux pas être surpris si un jour tout s'arrête, comme ça, d'un coup, sans prévenir.

– Je pourrais te publier les yeux fermés, Marceau.

– Ne le fais jamais.

– Je te rassure, je ne suis pas encore sénile. Et si le texte n'était pas bon, Marceau, sois tranquille, j'ai de bons ghostwriters.

Le visage de Marceau change imperceptiblement. Il vient de basculer dans *son* monde.

– Un accident sur un texte… avec moi, ce serait un crash fatal, Édouard.

– Allez, je te taquine. Je suis toujours impatient de savoir ce que tu vas me proposer, tu le sais.

Je tends le plateau d'empanadas à Édouard, tandis que Marceau file à l'anglaise. Freud lève le museau et attend les miettes, mais Benjamin arrive en courant et le divertit de son objectif. Mon fils caresse la tête du chien et l'emmène en l'appelant joyeusement.

Édouard a englouti sa dernière bouchée avec une satisfaction non dissimulée, avant de se diriger d'un pas presque cérémonieux vers la terrasse. Le rituel de l'éditeur peut commencer, celui qu'il pratique toujours loin de mon salon, où je tolère mal ces volutes lourdes. De la poche intérieure de sa veste en tweed, il extrait avec révérence un Cohiba Behike 56, le Saint Graal des aficionados, logé dans son étui en cèdre espagnol.

Ses gestes sont précis, quasi liturgiques. Il sort d'abord son humidimètre de poche Xikar pour vérifier le taux idéal de la feuille de cape. Puis, entre ses doigts experts, fait rouler le cigare sous ses narines, humant les effluves de cuir et de bois précieux. Le coupe-cigare en argent guilloché – un cadeau de Marceau – effectue une coupe nette, libérant les premières notes terreuses. Édouard observe avec attention la tranche, tel un œnologue scrutant la robe d'un grand cru.

Son briquet ST Dupont produit cette flamme bleue caractéristique. Le rituel du *toasting* commence : la flamme lèche délicatement le pied du cigare, préparant le tabac à l'allumage. Édouard fait ensuite tourner lentement le Cohiba au-dessus de la flamme, dans une chorégraphie millimétrée. Les premières bouffées s'élèvent, portant la promesse des arômes complexes à venir – notes de café torréfié, de cacao amer et d'épices orientales.

Un sourire de contentement se dessine sur les lèvres de l'éditeur tandis qu'il tire les premières bouffées, les yeux mi-clos, savourant ce moment comme on déguste un instant d'éternité. Le succès à venir du nouveau roman de Marceau se mêle déjà aux rubans de fumée qui s'élèvent dans l'air du soir, dansant au-dessus des eaux calmes du lac.

* * *

J'augmente le volume de la hi-fi, on utilise trop rarement la puissance de ces appareils. Le son emplit la maison et porte jusqu'au lac. Certains soirs, j'aime briser le silence, irradier le chalet de joie et de bruit. J'aperçois Karen qui danse sur la terrasse avec sa fille, Zoé, et la mienne. Je ne les avais pas vues arriver. Karen porte une combinaison à manches papillon, ample et ceinturée taille haute, couleur orange brûlée. Une étoffe légère avec un décolleté plongeant qui flatte sa silhouette élancée. Le tout avec des escarpins à bride de cheville et semelle compensée, qui la hissent à près d'un mètre quatre-vingts. À ce moment, je regrette de ne pas avoir choisi mon pantalon en lin qui souligne mes formes. Sur la pointe des pieds, j'embrasse Karen et lui adresse un clin d'œil en effleurant sa tenue, elle sourit. Elle se fait de nouveau emporter par les filles alors que je lui demande où est Rollin, son mari. Entre deux pas de danse, elle tend un bras en direction du jardin. Plus loin, sur la pelouse, Alexis entraîne Marceau et Rollin, ses grands copains depuis vingt ans, prêts à faire des étincelles ce soir. Alexis les débride, verre à la main, ils enchaînent les séries de déhanchés suggestifs. Rollin, massif et musclé, est toujours aussi maladroit, mais il suit. C'est un contemplatif, chaleureux de nature, le doux rêveur de la bande, incollable quand on l'interroge sur la faune et la flore lors de nos virées. Anticonformiste jusqu'au bout des ongles, il n'a jamais renoncé à sa liberté et vivote avec son camion-restaurant. Depuis le perron, Édouard expire des volutes de fumée chargées après avoir tiré sur son cigare rougeoyant. Visage lumineux, yeux rivés sur Marceau. La vérité, dans ce genre d'instant, c'est que j'ai toujours peur que quelque chose advienne et brise tout – comme dans les romans de mon mari. Il y a les fausses alertes, et les vrais drames.

22 : 00. L'arrosage automatique se déclenche. Je l'avais oublié, mon cœur fait un bond. Je reçois quelques gouttes, des cris d'amusement et de surprise jaillissent. Alexis retient Rollin sous la pluie artificielle, pendant que Marceau court à grandes foulées vers le cabanon pour stopper le système. Et pendant que les trois amis amusent la galerie, mon fils me tire par la manche et m'emmène sous les fines gouttelettes rafraîchissantes en cette chaude soirée aux faux airs d'été. Je dégrise légèrement, mon cœur tambourine, mais je respire – et je lâche prise.

La magie prend fin aussi soudainement qu'elle est apparue. Le réseau d'arrosage est stoppé, les garçons sont trempés. Alexis retire ses vêtements et tente d'attirer Rollin en direction du lac. Ce dernier résiste au trublion éméché et le laisse filer. Il a déjà son compte, trempé de la tête aux pieds. Alexis, railleur, presque nu au milieu du vaste jardin à la nuit tombante, dans le pinceau des lumières du chalet, lance un dernier appel à la cantonade. Rollin secoue la tête tandis qu'Alexis s'élance sur le gazon et disparaît en un plongeon dans le lac devenu nuit. Plusieurs secondes s'écoulent et il jaillit des profondeurs dans une bruyante éclaboussure, goguenard. Le clapotis de l'eau autour de lui fait miroiter la surface, où dansent les points lumineux des éclairages sur l'immensité du lac. Au loin, les rives suisses se dessinent comme un serpent éclairé. La température de l'eau est saisissante, je le sais. Même sous l'emprise de plusieurs verres, on n'échappe pas à sa morsure froide. Le plus important, c'est qu'il ne prenne pas la vie de ceux que j'aime ; il m'a déjà recrachée une fois juste avant que je ne me noie. Je lui dois d'être une nageuse confirmée, avec même quelques médailles à mon palmarès. C'est lui et moi, comme les forêts et les montagnes autour – depuis toujours.

Rollin a les vêtements qui lui collent à la peau, dévoilant ses épaules trapues.

– Je crois que j'ai besoin d'une serviette de bain maintenant.

– Idiot, ça ne suffira pas, lui dis-je en riant. Tu connais la maison, file à la salle de bains et prends des affaires dans l'armoire de Marceau. Tu seras juste un peu serré.

Karen éclate de rire avec moi alors que Rollin entre dans la maison. Nous nous connaissons depuis longtemps, par l'intermédiaire de nos deux hommes. Notre amitié et la confiance que nous avons l'une en l'autre nous ont permis d'envisager de nous associer pour créer cette agence de location de bateaux, qui marche plutôt bien désormais. À quelques mètres de la rive, Alexis siffle et jette son caleçon trempé en direction du jardin. Freud ne se fait pas prier et attrape au vol le tissu trempé qu'il rapporte à son maître. Alexis avance vers la berge et sort à reculons de l'eau, tournant vers nous ses fesses blanches. Karen est la plus prompte à réagir :

– Alexis, les enfants ! Tu exagères !

Alexis continue ses fanfaronnades en rejoignant le ponton qu'il utilise comme rampe de lancement pour plonger de nouveau dans le lac, avec une maladresse surjouée. Benjamin commence à se déshabiller à son tour, mais je l'arrête tout net. Déçu, il rejoint la rive et soutient Alexis, qui de loin tente de me convaincre. C'est peine perdue, les gars.

Rollin réapparaît un peu plus tard, au sec, en tenue de Marceau mal ajustée. Je lui trouve un air étrange, est-il fatigué ? Il a perdu son sourire et avance à grands pas, avec une large serviette, au secours de son pote nu, sorti de l'eau et qui commence à grelotter. L'anatomie d'Alexis ne mérite pas aussi grand, mais il sera plus civilisé en se drapant pour la fin de soirée.

Ils s'écartent de quelques pas, ensemble, vers le fond du jardin, à l'abri des frondaisons, à la lisière du bois, non loin du bateau amarré encore dansant à la suite des pitreries d'Alexis. Ils semblent en plein conciliabule. J'espère qu'Alexis n'entraîne pas Rollin dans une nouvelle idée tordue. Ces soirées ont ceci de spécial qu'elles semblent nous replonger vingt ans en arrière, dans l'insouciance d'alors. Marceau sort à son tour de la maison, l'air sérieux, comme s'il était déjà ailleurs – une tête soucieuse que je lui connais de temps à autre. Pourquoi ce soir ? Aurai-je un jour une réponse à ce mystère ? Les rares fois où j'ai voulu en savoir plus sur ces sentiments qui le traversent, je me suis retrouvée comme au bord d'un précipice sans fond. C'est la limite de notre couple. Une règle dont on ne parle pas, une distance de sauvegarde, *sa* sauvegarde.

* * *

Il est minuit passé, l'épisode du bain a changé l'ambiance. Le buffet résiste aux derniers assauts. Les aboiements de Freud attirent l'attention. Il a le poil dressé et se tient face au petit bois jouxtant le jardin. Édouard le siffle, sans effet. Il finit par se déplacer pour le ramener. C'est peuplé d'animaux nocturnes autour du chalet. Les enfants en surprennent parfois quand ils s'aventurent dans le bois.

Édouard revient. Dans les bras de son maître, langue pendante, Freud semble avoir déjà tout oublié. Édouard me remercie pour la soirée et rappelle à Marceau le planning des soixante-douze heures à venir, notamment le passage télé sur la grande émission littéraire et l'enregistrement en studio pour un spot radio. L'attachée de presse lui communiquera son agenda mis à jour pour les signatures en librairie. Ce que j'ai appris au fil des années c'est que ce job d'écrivain n'est qu'une forme de liberté conditionnelle. Je partage mon mari avec Édouard, les journalistes, les lecteurs… Mais aussi avec beaucoup de personnages de fiction. Si ces derniers pouvaient parfois s'effacer et me laisser un peu plus Marceau, ça m'irait mieux. Refermer son ordinateur juste le temps que la machine digère son manuscrit en cours ne me suffit pas. Mais ce n'est pas moi qui décide, et je ne suis pas certaine qu'il le décide réellement lui-même.

* * *

À 1 h 45, tout le monde est rentré chez soi. Hermione et Benjamin sont enfin dans leur chambre, écrasés de sommeil. Je frappe discrètement à la porte du bureau de Marceau, son sanctuaire. J'entends sa voix feutrée juste derrière.

– Encore cinq minutes, je termine un message. J'arrive.

Dans ma tête je traduis… une demi-heure ou une heure. Je file dans la salle de bains, j'avale un Dafalgan. Fatigue, alcool, le mal de crâne ne va pas tarder. Je suis épuisée mais satisfaite, la soirée était réussie. En me glissant sous les draps, l'épuisement et le léger flottement dû à l'excès d'alcool m'emportent. Je n'aime pas l'idée de m'endormir sans la chaleur de mon homme à mes côtés, je résiste. J'ai besoin de lui. Je résiste encore, mais ma conscience se débranche.

3

Dimanche 16 mai 2021

Le jour de la mort de Marceau Miller

Lueur floue, 5 : 10 affichées à l'écran du réveil. Marceau n'est pas à côté de moi. Maudit écrivain. Je fronce les sourcils, mais mes yeux se referment. Je replonge.

* * *

8 : 15, léger mal de crâne, je devine le beau temps à travers les volets. La lumière m'agresse. À côté de moi, les draps ne sont même pas défaits. Il a dormi dans son bureau ou quoi ? À pas feutrés je traverse le couloir, sans réveiller Hermione et Benjamin. Quelle mère ne préserve pas le sommeil de ses enfants ? Marceau n'est pas dans son bureau. Je n'entre pas, je n'y mets pour ainsi dire jamais les pieds : il n'aime pas.

Ma mémoire peine dans la brume du réveil, je fouille mes souvenirs, rien ne me revient à l'esprit. Il devrait être là, avec moi. Le salon est en désordre, je ramasse çà et là quelques vestiges de la fête de la veille et scrute le jardin : personne. Je sors, pieds nus sur la terrasse, face au lac, calme, qu'aucune brise ne vient troubler. Notre petit hors-bord est accroché, solitaire, au ponton. La température de l'air est douce, presque comme dans le chalet. Au loin, face au hangar, je ne distingue pas notre vieux pick-up. Il me semblait être encore garé là hier. Je contourne le chalet, dans le silence du gazon frais qui absorbe mes pas. Je sens l'herbe froide qui me chatouille la plante des pieds. Je m'approche du hangar, grand ouvert, comme d'habitude. Le Savage Bobber est là, avec son hélice étincelante et ses larges ailes. Je l'aurais entendu décoller dans le pré d'à côté de toute façon. Toujours pas de pick-up en vue. Je tourne sur moi-même et jette un regard vers le bois et le chemin qui mène à la route devant chez nous. D'une voix encore éteinte, j'appelle Marceau, mais seul un volatile proche de moi se manifeste dans un claquement d'ailes et s'élève au-dessus du chalet. Un instant j'envie sa position, au-dessus du monde, et son point de vue, sur le lac, sur les montagnes. Peut-il apercevoir Marceau de là-haut ?

De retour dans la maison, j'ouvre les placards de l'entrée. J'y trouve les chaussures de sport, celles de Marceau rangées à côté des miennes, et surtout je vérifie son sac d'escalade : vide. Ses chaussons et son sac à magnésie ne sont plus là. Je tressaille, et puis je me souviens : il s'en est débarrassé, le jour où il m'a promis d'arrêter ses free solos, son frisson d'escalade sans corde, sans sécurité… et surtout, selon moi, sans conscience. Vestes et manteaux sont accrochés aux patères ou suspendus dans l'armoire. S'il n'a rien pris avec lui, c'est qu'il sera vite de retour. J'envoie un SMS, lui rappelant au passage que nous devons accorder nos plannings pour les jours à venir, entre ses obligations liées à la promotion de son roman et, de mon côté, les locations de bateaux qui n'arrêtent pas en cette saison. Sans oublier que les enfants ne se gèrent pas encore eux-mêmes.

* * *

Midi. Je m'agace à éplucher les pommes de terre pour les frites que me réclame Benjamin. Et pour la dixième fois, au moins, je réponds aux enfants que non, je ne sais pas où est leur père. Au pays des promesses, Marceau est le premier à déserter. Hermione comptait sur lui pour installer son système d'éclairage connecté, Benjamin pour le montage complexe de son nouvel avion radio commandé. Je leur conseille de négocier des contreparties. Sur mon téléphone, aucun nouveau message. J'appelle pour la troisième fois, toujours pas de tonalité : « Bonjour, vous êtes bien en communication avec Marceau Miller… » Je coupe. Mon ton change avec le cinquième texto.

Bordel, t'es où ?

4

Lundi 17 mai 2021

Lendemain de la mort de Marceau Miller

8 : 00.

J'appelle une dernière fois Benjamin. *Sinon ce sera sans petit déjeuner avant l'école*. Hermione est à fleur de peau. Lui demander de débarrasser la table suffit pour qu'elle parte en pestant et claque sa porte de chambre. Un lundi matin normal, enfin, presque normal. Habituellement, Marceau agace Hermione avant moi.

Hier soir, je leur ai servi un premier mensonge : papa est en déplacement pour le lancement de son nouveau roman, j'avais oublié, il m'en avait parlé. Je n'ai toujours pas commencé la série de coups de fil aux amis et connaissances ; je m'accroche sans y croire à l'idée que Marceau va se pointer avec une explication à laquelle je n'avais pas pensé, à l'idée que tout va reprendre, normalement.

* * *

9 : 15.

Une amertume dans la gorge, c'est le stress, mon estomac ne supporte pas. Dans le meuble haut de la salle de bains, je cherche désespérément des médicaments. Je ne trouve rien, la moitié sont périmés, il faudra trier. Ça va aller. Dès que j'aurai des nouvelles, tout rentrera dans l'ordre. Fébrile, je prépare mes affaires en tâchant de ne rien oublier pour cette journée de travail qui s'annonce mal.

En retard à l'agence, je n'ai pas la tête aux urgences habituelles. Karen gère déjà les premiers clients. Sans doute à cause de ma tête ahurie, elle me demande si tout va bien, et ce que j'ai fait du reste du week-end après la fête de samedi soir. Et finalement je craque. Je lui avoue que je n'ai plus de nouvelles de Marceau depuis la fin de soirée justement. A-t-elle a une idée d'où il pourrait être ? Je lis l'hébétude dans son regard. Je dois avoir l'air idiote. Elle hésite, elle cherche une explication rassurante. C'est peut-être en lien avec la sortie de son livre ? Ça ne tient pas, il m'aurait laissé un mot, même pour s'isoler, comme ça lui arrive parfois. Je fais le tour de l'agence comme si je cherchais naïvement ici aussi. Karen me sert un thé et consulte la liste de nos bateaux disponibles pendant que je les compte les uns après les autres, amarrés au ponton de l'agence. Il est arrivé en de rares occasions que Marceau en emprunte, tout comme Alexis ou Rollin d'ailleurs. Karen appelle Rollin, tandis que je tente ma chance auprès d'Alexis. Mon cœur s'accélère à mesure que toutes les prises auxquelles je m'accroche cèdent. Ils ne savent rien. J'enchaîne avec son éditeur. Édouard ne trouve rien de mieux que de me rappeler l'urgence du plateau TV et les interviews radio des prochains jours. Échec sur échec, même après avoir contacté des connaissances de connaissances. Mes phalanges blanchissent à force de serrer mon téléphone. Une alarme s'allume dans mon esprit. Je lis la même inquiétude, à peine voilée, dans le regard de Karen. Elle m'assure pouvoir gérer l'agence seule et me met presque à la porte ; j'ai mieux à faire, il faut retrouver Marceau.

J'ai toujours pu compter sur Karen. Nous nous comprenons parfaitement – sachant rire des mêmes choses, tenir à distance les jugements gratuits, composer avec nos défauts. De vraies partenaires, avec une confiance sans limites. À tel point que c'en est presque vertigineux : elle pourrait tout me prendre si elle le voulait ; je garderais les yeux fermés. Mais vraiment : m'associer avec elle pour monter l'agence sur le lac a été l'une de mes meilleures décisions. Le choix d'être indépendante, aussi, et en accord avec mes valeurs. Trouver ma place, sur le lac, entourée des forêts et des montagnes – mon fief, mes racines.

Mais Marceau, c'est aussi mes racines. Partir sans prévenir, sans répondre au téléphone, encore plus au moment du lancement de son nouveau livre, c'est anormal. Comme si on me demandait d'avancer sans lumière, avec rien à quoi s'accrocher. Mon cœur bondit à chaque SMS et aux appels que je reçois, de plus en plus nombreux, de notre entourage, aussi soucieux que moi, qui demande des nouvelles, qui parfois suggère des idées… Et se fait certainement la sienne, mais en silence.

* * *

15 : 20.

Je reviens d'un périple en voiture sur les rives du lac, d'Yvoire à Meillerie, jusqu'à la frontière suisse. Je me suis arrêtée partout – les restaurants, les clubs de sport, tous les lieux que fréquente Marceau, parfois très isolés, quand il veut écrire loin de tout. Agir, il faut agir. J'ai besoin d'aide. Je me gare devant la gendarmerie de Thonon-les-Bains, la plus proche et la plus importante. J'ai la boule au ventre en entrant : qu'est-ce que je fiche ici ? J'en suis là, avec mon angoisse pour bagage. Ils sont ma dernière option. Un jeune gendarme écoute ma détresse et prend note de tout ce que je lui dis. Il se veut rassurant et me convainc qu'il n'y a rien d'alarmant pour le moment. Il commence à me poser des questions sur mon couple, les conflits, les infidélités qu'il aurait pu y avoir… Mon visage se durcit. Je lui rappelle que mon mari a disparu et que je suis ici parce que justement je n'ai aucune explication. Il me demande de me calmer. J'ai haussé le ton ?

Finalement, un certain capitaine Robin Delmas se présente à moi. Un type arrogant, qui me prend de haut. Dans son bureau où il me reçoit, je dois tout reprendre, étape par étape, réexpliquer, encore – la soirée, l'alcool, oui, pas d'autres produits, évidemment que non ! Je contrôle difficilement le niveau de ma voix. Au bord de m'emporter, je bafouille. Il nous prend pour qui ? Chez les célébrités, les substances illicites sont fréquentes, soutient-il. Là, je m'énerve pour de bon. Non, Marceau ne touche pas à la coke. Nos premiers et derniers joints remontent aux années lycée. Son regard condescendant m'insupporte. Marceau n'a laissé aucun mot, rien ne manque dans la maison ? Non. Pas de signe avant-coureur, pas de changements particuliers dans les habitudes ? Toutes ces questions, je les ai déjà passées en revue. Je lâche un énième « Non » sec, le souffle court. Il est parti avec le pick-up, c'est tout. Delmas conclut que Marceau étant absent depuis moins de quarante-huit heures, il ne peut rien déclencher pour un adulte de quarante ans en pleine possession de ses facultés intellectuelles, sans conflits particuliers ou raisons préoccupantes. Et voilà, c'est tout. Il me dévisage, avec un sourire presque satisfait en prime. Je sens monter en moi une envie de frapper. Visiblement, je suis la seule à comprendre que rien dans cette situation n'est normal. J'ai l'impression que quoi que je dise, il n'entendra rien. Comme face à un mur, ma colère me revient au visage. On me raccompagne ; je dois le tenir informé, affaire classée.

Je sors, encore plus mal qu'à l'arrivée, avec une difficulté à respirer, une sensation de vide, d'abandon. Incomprise, méprisée, mais pas moins déterminée. Il va me revoir, Delmas, ça il peut en être certain. Mon cerveau tourne à plein régime. Il y a forcément des solutions… Et puis un flash. Une idée. Je grimpe dans mon véhicule et je démarre en trombe.

5

Lundi 17 mai 2021

Lendemain de la mort de Marceau Miller

Thonon-les-Bains est dans mon rétroviseur. La voix exaspérante du capitaine Delmas résonne encore, comme s'il était accroché à mon pare-chocs. Je voudrais accélérer pour le laisser loin derrière moi, mais la circulation sur l'axe principal est saturée. Je bifurque sur les routes secondaires, plus proches du lac. Ça ne me fera pas gagner de temps, mais au moins je peux jouer du volant. La vue sur le lac se dévoile entre les trouées de verdure – des frênes, des hêtres, des érables. Lui au moins ne me trahit pas. Je file sur les petites routes entre les habitations aux toits de tuiles patinées par le temps, parfois teintées d'un vert tendre de mousse. Les résidences aux bardages boisés se fondent dans le décor. J'approche enfin de chez nous. Paysage familier, à la fois réconfortant et cruellement vide. Mon cœur bat au rythme des derniers virages, oscillant entre l'espoir lancinant de retrouver Marceau et la peur glaciale de son absence.

En arrivant au chalet, j'aperçois un véhicule garé devant la maison. Les arbres de la haie me permettent à peine de le distinguer. Mon cœur bat à tout rompre. J'accélère sur le chemin poussiéreux, un mélange de falun et de terre où les trous et les pierres ne ménagent ni les pneus ni les amortisseurs. Dans mon sillage, un nuage brun s'élève et blanchit les feuillages autour. Marceau est peut-être enfin rentré ? Je n'ai pas de place pour la colère tant l'angoisse m'envahit. Des picotements me parcourent le corps. La peur se nourrit de moi, comme si tout m'échappait. Comme une perception étrange avant qu'un événement se produise.

Une silhouette sort brusquement du bois et me fait de grands signes. Je me rends compte que je roule bien trop vite. Instinctivement, sous l'effet de l'adrénaline, mon pied droit écrase la pédale de frein, mes pneus dérapent sur plusieurs mètres. Je m'arrête au niveau de l'homme qui, un peu secoué, chasse l'air et la poussière devant son visage. C'est le vieux Reynaud. Je comprends alors que le 4 x 4, c'est le sien. Malgré mon fol espoir déçu, le voir ici me réconforte. Yves Reynaud me connaît aussi bien que Marceau – depuis que nous sommes adolescents. C'est aussi et surtout un gendarme à la retraite, solide comme un roc, qui ne fait pas ses soixante-dix ans. On ne se voit pas souvent, mais avec lui, c'est comme si le temps avalait les blancs et la distance. Il est toujours là, fidèle, loyal. Paternaliste. Il contourne ma voiture et grimpe côté passager. Le moteur tourne, je n'arrive pas à parler, mon visage est défait. Il se penche vers moi et me prend dans ses bras. Je me sens soudainement submergée, me mords les lèvres pour ne pas pleurer. Sur sa chemise je sens la chaleur de l'été et l'odeur des forêts, comme sur Marceau quand il revient de ses longues balades. Reynaud est né ici, cette région c'est la sienne. Je m'accroche à lui comme à un recours providentiel.

– Raconte-moi tout depuis le début, Sarah. Il se passe quoi avec Marceau ?

Je vois en lui la sollicitude de l'ami, désireux de rassurer, prêt à tout pour m'aider, et aussi les réflexes de l'ancien gendarme, plus inquiet. Lui au moins, il m'écoute. Ce vieux renard connaît la région comme sa poche. Je raconte, une fois encore. C'est toujours comme ça que ça se passe dans ce genre d'affaires. Rien que prononcer le mot *affaire* m'effraie. Tout ça nous renvoie vingt ans en arrière. Mon cerveau refuse de se souvenir. Je sais que Reynaud y pense. Je redémarre plus calmement et me gare devant la maison.

Nous descendons, il ne me lâche pas d'une semelle, il m'observe. Je l'emmène vers l'abri de jardin, je n'avais pas encore songé à l'inspecter.

– Tu cherches quoi ici, Sarah ?

J'ouvre les coffres en plastique, j'aperçois nos affaires de plongée. Je fouille le fatras sur l'établi artisanal qui fait office de bureau. Je sais que Marceau vient ici de temps à autre. Je n'y trouve que des papiers, des outils, rien ne retient mon attention. Je tape du poing, j'envoie valdinguer un set de tournevis. Reynaud tire des bacs en bois posés sur des tablettes en hauteur. Je lui recommande de faire attention, ils sont pleins de clous, vis, pointes. Reynaud les manipule avec prudence, ils sont lourds. L'un des bacs est vide, mais avant qu'il ne le remette en place, je frotte mes doigts sur le fond : une fine pellicule s'accroche à la pulpe de mon index et de mon majeur. Je la respire. C'est de la magnésie. La poudre avec laquelle on se couvre l'intérieur des mains pour les garder sèches et assurer les prises pendant l'escalade. Reynaud croise mon regard.

– Il m'avait promis d'arrêter.

Un sanglot m'interrompt et m'empêche de poursuivre. Reynaud me prend dans ses bras. Là, j'ai envie de pleurer, mais ça ne vient pas, comme si verser une larme confirmait que le pire est arrivé. J'ai peur, comme si je savais déjà. Il n'a fallu qu'une fine trace de poudre, presque imperceptible. Aucun secret ne peut vraiment se dissimuler. Je sens le cœur de Reynaud cogner dans sa poitrine. Il pose ses mains calleuses sur mes épaules, son visage change. Puis il baisse le regard avant de prendre la parole. Je cherche ses yeux, il les relève vers moi.

– Écoute Sarah, je le connais bien Marceau, il nous arrive de nous voir de temps en temps.

– Comment ça ? Sans moi ? Pourquoi ? Il ne m'en a jamais parlé.

Je me défais de son emprise.

– On est tous animés par de vieux démons.

Mon sang se glace. La porte du pire de mes souvenirs grince sur ses gonds. Des flashs me font tressaillir. Je refuse ces images. Cette douleur est comme l'aiguille de la seringue que je redoutais tant quand j'étais enfant – je me débattais en hurlant. C'était ma meilleure amie, c'était il y a vingt ans. C'était la sœur de Marceau. Née la même année que lui, moins d'un an d'écart, nous étions fusionnelles.

Je fixe Reynaud longtemps avant de lui demander :

– C'est de Jade que tu me parles, c'est ça ?

– C'était mon enquête à l'époque. Je ne sais pas où on a merdé...

Le sol me donne l'impression de se dérober sous mes pieds.

– Il est où là, Marceau ? Parle bon sang !

– J'en sais rien Sarah, j'en sais rien... mais il m'est arrivé de l'apercevoir près...

Il écrase un silence, comme pour me laisser digérer. Mais je ne veux pas perdre mon temps, je veux savoir.

– Près du foutu endroit où Jade a disparu, dans la montagne, c'est ça ?! Pourquoi remuer tout ça ? Tu sais le mal que ça fait ?

Tout remonte. Pour moi non plus, ça ne passe pas.

6

Lundi 17 mai 2021

Lendemain de la mort de Marceau Miller

Le 4 x 4 de Reynaud avale la route des montagnes en direction de la ligne de frontière entre la France et la Suisse, à moins d'une quarantaine de kilomètres. Sur l'étroite D25, entre bocages et forêts, nous traversons les villages paisibles et fleuris, où les habitations aux boiseries apparentes et aux larges toits semblent être là depuis toujours, comme sur les cartes postales de nos grands-parents. Au niveau de Sciez, nous poursuivons sur la D1005, l'artère qui mène jusqu'en Suisse. Reynaud accélère et enchaîne les dépassements sur la portion de cette route qui passe par Évian. Il est mutique, concentré. Au niveau d'Évian, nous longeons le lac, à l'horizon les Alpes aux sommets coiffés de blanc. À mesure que nous progressons, les coteaux auxquels sont accrochées les maisons imposent leur domination. Au fil des kilomètres, le relief autour de nous se transforme en montagne. Nous passons Lugrin, puis la frontière à Saint-Gingolph. J'envoie un SMS à Karen, lui demandant si elle peut gérer Benjamin en attendant mon retour. L'endroit précis où nous allons, je n'y suis plus retournée depuis des années. Pourtant, il nous arrive de randonner dans les environs avec Marceau. Nous avons toujours partagé ce besoin irrépressible de nature, de forêts, de montagnes, et d'évasion. Mais à cette heure, l'immensité qui nous entoure me donne soudain le vertige.

* * *

La route fait place à un chemin de plus en plus caillouteux. Secouée dans l'habitacle, je m'accroche. Les pneus mordent la montagne tandis que nous prenons de l'altitude, mes tympans claquent. Sur le chemin réduisant sa largeur comme la source d'un ruisseau, nous roulons au pas, devant le parking de la Planche, minuscule endroit couvert de terre et de pierres, isolé au milieu d'arbres, le dernier encore accessible aux voitures. Reynaud poursuit sur le chemin de moins en moins carrossable. Puis, dans une courbe, à quelques centaines de mètres de la Suisse, il coupe à travers les arbres. Les branches craquent sous les pneus. Il pousse le moteur du 4 x 4 en restant en première, jusqu'à ce qu'on ne puisse plus avancer davantage et qu'on s'arrête. Nous sommes à presque 1 800 mètres d'altitude, à une quarantaine de minutes de marche du lac de Neuteu. Nous échangeons un regard, Reynaud sort une gourde qu'il met dans un sac à dos et prend ses bâtons de marche. C'est la première étape, la plus simple. Autour de nous, la forêt, pas n'importe laquelle – ni pour moi, ni pour Reynaud. Mon cœur est agité, j'expire et me mets en marche. Reynaud a déjà des dizaines de mètres d'avance. Cette ascension à l'allure de randonnée me bouleverse. Je regarde où je marche, j'évite les trous, les pièges de la montagne. Je commence à sentir la chaleur dans mes cuisses et mes mollets. Un voile de sueur sur mon visage. Puis il apparaît devant nous, le lac de Neuteu, entouré de massifs acérés, de forêts à perte de vue et de souvenirs oppressants. Je chasse les flashs qui aveuglent mon esprit, mais l'angoisse persiste, s'accroche. Le vernis des années n'a jamais véritablement recouvert le drame au fond de tout mon être.

* * *

J'arrive la première, galvanisée par la peur. J'ai dépassé Reynaud, resté à la traîne. Mon regard scrute le pourtour du lac isolé dans ces montagnes à la façon d'un laser. Près de deux cents mètres de long et à peine une centaine de large, bordé d'herbe rase, galopante en direction des sommets et disparaissant à la faveur de la roche, à l'état brut. Désert absolu, pas une âme à l'horizon. Le seul point de vue vraiment remarquable pour un solitaire tel que Marceau se dresse là, à un kilomètre environ. Le plus haut pic rocheux du paysage, un monstre de verticalité fait de roc et de défi. Pas une balade de santé, plutôt un itinéraire pour montagnard confirmé. Reynaud arrive à mes côtés. Je songe à la magnésie retrouvée dans l'abri de jardin ; un frisson parcourt mon échine. Reynaud le nomme pour moi.

– La Dent du Vélan.

Mon ventre se serre.

– L'escalade est interdite ici, non ?

Reynaud marque une pause, son silence me glace.

– Certaines voies sont abandonnées je crois…

Je reprends la marche, atteindre le pied du colosse va nous demander un effort physique important. Nous poursuivons en tournant le dos au lac de Neuteu, nous hissant peu à peu vers la Dent du Vélan. Reynaud avance lui aussi à bon rythme et nous nous entraidons dans les raidillons les plus rocailleux. Un filet de sueur coule dans mon dos. Le visage de Raynaud perle sous l'effort.

Trois quarts d'heure sans marquer une pause.

– On y est presque.

Mon tympan gauche claque, nous prenons encore de l'altitude. Je me tourne un instant et j'aperçois au loin le Léman, immense. Reynaud le contemple avec moi.

– Il a toujours aimé ça, Marceau.

Je reprends mon souffle et l'ascension, comme si cette pause marquait un point de non-retour. Le soleil déclinant étire des ombres entre les rochers, créant un jeu de clair-obscur sur le paysage austère. Soudain, mon regard est attiré par une tache de couleur qui se détache entre deux arbres rabougris. Je plisse les yeux, place ma main en visière pour mieux voir. Cette anomalie dans le camaïeu de gris et de verts me fait battre le cœur plus vite. L'inquiétude monte en moi comme une vague, et sans réfléchir, je me mets à courir aussi vite que le terrain accidenté me le permet.

– MARCEAU !!!

À gorge déployée, j'appelle sans m'arrêter, mais seul me répond l'écho de ma voix. Je me débarrasse de mon sac à dos pour aller plus vite. Je tombe et m'égratigne les paumes des mains. Derrière moi, je perçois la voix étouffée de Reynaud que j'ai largement distancé maintenant.

– Attention à toi, Sarah !...

Mais je ne l'écoute pas, j'attrape les affaires perdues au milieu de nulle part. Le bleu était celui du sac de Marceau, un vieux sac de sport qu'il n'utilisait presque jamais. Mais c'est bien le sien, déchiré, comme s'il avait été attaqué par un animal. À l'intérieur, quelques restes alimentaires. Instinctivement, comme une louve en chasse, je sens les affaires. Marceau. Puis je cherche, partout autour, à en avoir le tournis. Quand un éclat lumineux attire mon attention. Je file dans sa direction. C'est le capot du pick-up de Marceau, garé près d'un rocher qui le dissimulait presque totalement depuis l'endroit où nous nous trouvions. *Comment est-il arrivé jusque-là ?*

Essoufflé, Reynaud déboule et déclare que Marceau a dû emprunter des chemins depuis le côté Suisse, en prenant des risques pour arriver jusqu'ici avec le pick-up. *Des risques inconsidérés*. Et un détour immense. Mais je suis ailleurs, je crie dans toutes les directions le prénom de Marceau et je continue ma quête affolée, passant tout l'espace en revue, cherchant un point toujours plus haut pour embrasser les lieux du regard.

C'est alors que j'aperçois une forme sombre, affalée dans les cailloux, à quelques mètres. Déposée comme une offrande au pied de la paroi du roc sans pitié. Je le rejoins, Marceau, *mon* Marceau, inerte, enclavé sur le sol de pierre et de sang. Je tombe à genoux, prête à l'étreindre et à lui hurler ma colère aussi, quand Reynaud me retient et me tire vers lui. Il me serre tandis que je frappe son torse à la recherche d'explications. Mais il n'y en a pas. Marceau a dévissé. Je n'arrive pas à le croire, je voudrais sortir de ce cauchemar, mais tout est trop vrai. La douleur explose partout en moi.

Putain, Marceau, pourquoi ! Pourquoi tu nous as fait ça… J'étouffe mes hurlements trempés de larmes sur la chemise de Reynaud que je continue de rouer de coups vains.

* * *

Des minutes ont passé ou peut-être des heures, je ne sais plus. Les premiers assauts de peine et les cris se sont tus, laissant place au choc. Le silence des lieux a fini par l'emporter. Je me tourne vers le corps de Marceau, une nouvelle fois. Reynaud ne l'a pas quitté des yeux. Ma mémoire fixe l'image de mon mari, aux membres disloqués, couvert de poussière et zébré de filets de sang noir, coagulé. Le regard figé vers le ciel comme s'il avait voulu emporter avec lui la vision des sommets plutôt que de faire face au sol. Au fond de mon être, tout s'arrête. Je ne réalise pas. Là, juste devant moi, mon histoire, tout ce que j'ai construit, le père de mes enfants. Un arrêt brutal, fracassant. Reynaud attrape délicatement mes épaules et me détourne du spectacle macabre. Un bourdonnement de questions s'éveille dans ma tête. Est-ce réel ? Comment faire face ? Comment l'annoncer aux enfants ?

Reynaud me parle, je le vois, mais mon cerveau ne l'entend pas, je suis dans une bulle, le bruit du monde me parvient lointain, assourdi. Seule avec moi-même, c'est déjà trop. Groggy par l'uppercut, je laisse impuissante l'onde de choc se diffuser dans mon corps – dépassant la douleur qui reviendra comme un boomerang, je le sens. Reynaud agite son téléphone devant mes yeux. Je reviens vaguement à la réalité ; aucun signal sur les smartphones. Une zone blanche, isolée du monde. Reynaud me guide. Nous redescendons. Je vois sans voir, je ressens sans ressentir. Ce qui me surprend, c'est de ne plus être réceptive au vent de la montagne. Même les éléments coupent leurs signaux avec moi. Suis-je une paria ? Marceau n'est plus. Je n'accepte pas, et pourtant... Je le laisse là, le temps de retrouver le mouvement de la vie, en bas, du réseau, appeler les secours... Mais quel secours pourrait-on nous apporter maintenant ?

Pas de signal non plus autour du lac de Neuteu. Dans un silence lourd, percutés par l'impensable, nous poursuivons le chemin jusqu'au 4 x 4. En me retournant vers les montagnes, j'exige des explications – je veux comprendre.

* * *

Ballottée par les lacets montagneux, je suis comme ivre. Nous nous rapprochons du Léman et, enfin, nos téléphones captent un signal. Des notifications de messages s'empilent sur mon écran, que je ne regarde pas. Reynaud gare le véhicule. Je lui donne les coordonnées du capitaine Delmas. Les mots prononcés me heurtent. Reynaud s'apprête à reprendre la route. Il me demande où je souhaite aller. Je me retourne vers les montagnes. Je veux être avec Marceau, jusqu'au dernier moment, là-haut. Je ne peux pas être ailleurs. Reynaud opère un demi-tour.

Tandis que nous reprenons la marche jusqu'à la Dent du Vélan, épuisés et meurtris, l'hélicoptère de la gendarmerie nous rattrape. Je sens le souffle de ses pales au-dessus de nous juste au moment d'atteindre le corps de Marceau. Delmas, un officier et certainement un légiste sortent de l'appareil. Des scènes que je connais par cœur, comme celles que décrit Marceau dans ses livres. Ils s'approchent de la dépouille de mon mari, analysent, conjecturent, regardent le sommet de la Dent du Vélan, puis le Léman dans la vallée. Je réponds aux questions, prise au sérieux cette fois. Non, pas de conflits de couple ou familiaux, rien d'anormal en tout cas. Et aucun produit dopant ou drogue pour Marceau, toujours pas. Il était hypocondriaque, et ne voulait avaler aucune merde, même refilée par un médecin. La perte de contrôle le terrifiait. Le légiste abrège l'interrogatoire, disant qu'il en saura davantage après l'autopsie. Mais il ne trouvera rien, je connais Marceau. Je ne les laisserai pas en douter, je suis prête à leur sauter à la gorge s'il le faut. Reynaud pose sa main sur mon bras. Il a raison, ça n'en vaut pas la peine.

Je me mets à observer les lieux, ainsi que Marceau les décrivait dans ses romans. Un cadavre, un légiste, des gendarmes. Et un détail qui cloche.

Marceau aurait vu, lui aussi.

Je dois avoir l'air ahurie, car Reynaud me regarde curieusement – le légiste aussi.

– Le choc sur le haut du visage de mon mari, comment est-ce possible s'il s'est écrasé sur le dos ?

Marceau finissait ses chapitres avec ce genre de détail.

Le légiste échange un regard avec Delmas. Reynaud fronce les sourcils.

– Madame Miller, dit Delmas avec ce ton condescendant que je hais, nous ne sommes pas dans un des romans de votre mari. Nous devons établir avec précision les conditions exactes du drame. La chute est certainement la cause de la mort. Près de cent cinquante mètres… à première vue.

Reynaud demeure un instant dubitatif, élevant le regard le long de la paroi.

– Elle a raison, un corps s'écrase, mais ne rebondit pas.

Delmas s'avance vers Reynaud.

– Dites-moi, gendarme retraité, ça, on savait, mais vous êtes aussi médecin légiste ?

Le visage de Reynaud s'assombrit. Indifférent à la joute, le légiste reprend la parole.

– Un corps qui s'écrase après une chute d'une telle hauteur engage une énergie cinétique énorme et s'aplatit comme un fruit mûr, sans autre effet que celui d'une destruction interne massive. Il peut être, en effet, étonnant de trouver une lésion aussi significative sur la face opposée à celle du sol. Rien ne l'explique pour le moment.

Reynaud n'a pas quitté Delmas du regard. Il profite de l'avantage.

– Ça s'appelle l'expérience. Et quand on en manque, on foire des enquêtes.

7

Jeudi 20 mai 2021

Jour de l'enterrement de Marceau

Le soleil est éclatant, et la chaleur insolente. Une journée comme les aimait Marceau, idéale pour s'évader, idéale pour écrire loin de tout, loin du monde, dans le silence de la nature. Un peu comme ce cimetière à Yvoire, entouré de bois, sur les rives du Léman. Parce que la végétation au cœur des forêts révèle ses parfums, et que sous le soleil de midi, l'eau cristalline du lac dévoile ses profondeurs. Mais au lieu de ça, il est là, enfermé dans un cercueil fait du bois noble des forêts alentour, gravé, verni, prêt à disparaître sous terre. Je ne sais pas ce qu'il aurait préféré, je n'ai pas vraiment eu le temps de la réflexion. Nous n'en avions jamais parlé. Je voulais de l'intimité, pour lui, pour moi, pour les enfants. Une trentaine de personnes, pas davantage. J'ai réuni la famille, les amis proches. S'habiller de noir aujourd'hui, c'est souffrir davantage.

Le prêtre accorde ses mots, parce que je n'ai pas eu la force de lui proposer quoi que ce soit. Le tissu de ma robe absorbe les larmes de Benjamin et d'Hermione. Leurs mains s'agrippent à moi – tout ce qui leur reste. Une morsure qui m'oblige à croire que ce moment est bien réel. Les doigts de Benjamin cisaillent les miens à force de se crisper jusqu'à la tétanie. Il garde son visage enfoui dans le tissu, à la limite de pouvoir respirer. Il ne veut rien voir. Hermione lève le nez, je ne l'ai jamais vu aussi cernée, abîmée. Les dernières traces de sa candeur l'ont définitivement quittée. L'injustice de la vie nous brise – elle renforce parfois, paraît-il. Ma vie a basculé en quelques jours, j'ai vomi les médocs du médecin ce matin comme pour m'obliger à affronter la réalité, sans garde-fou chimique. Je dois tenir, pour les enfants, au moins.

Édouard, en sa qualité d'éditeur de Marceau, a tenu à payer un service de sécurité pour tenir à distance les journalistes et les curieux. Ils font leur job, aucun parasite, pas un flash, pas une question. Le cercueil plonge sous la surface. Au revoir Marceau… Devant moi, l'horizon, vide, sans lui. Alexis et Rollin me soutiennent au moment où je chancelle. Karen ne retient plus ses sanglots, entraînant un écho dans l'assemblée. Le vieux Reynaud, les yeux rougis, m'étreint, et, d'une voix éraillée que je ne lui connaissais pas, me redit son soutien.

Dans mon champ de vision, brouillé par le peu de larmes qu'il me reste, j'aperçois la silhouette du capitaine Delmas. Je fais signe à Rollin et Alexis que je tiens debout à présent. Je desserre délicatement les doigts de Benjamin, qui s'accroche de plus belle. Je demande de l'aide à Karen.

Mon pauvre petit respire en hoquetant. Il est livide, perdu. Karen le serre contre elle. Je m'approche de Delmas que je vois dévisager un à un chacune des personnes présentes.

– Je vous donnerai la liste, ce sera plus simple. Vous n'étiez pas dessus d'ailleurs.

– Toutes mes condoléances madame Miller.

En ce jour particulier, il a remisé son arrogance.

– Et l'enquête, ça donne quoi ?

– Je suis là pour ça, madame Miller.

J'ai peut-être été hâtive au sujet de son arrogance. Ou bien c'est son regard qui change dès qu'on prononce le mot « enquête » ou « affaire ». Je veux des éléments, des réponses.

– Marceau n'était pas seul là-bas, j'en suis certaine. C'est votre job de trouver.

Il ne soutient pas mon regard.

– Le légiste n'est sûr de rien. Le travail de mon groupe plaide en faveur de la thèse accidentelle.

– Alors pourquoi êtes-vous ici ? Pour la figuration ? Pour jouer au bon flic mais qui n'a rien ? Reynaud a raison.

– Le jour est peut-être mal choisi madame…

– Je n'ai rien choisi du tout moi !

– Vous m'avez compris. Je fais mon métier madame.

Je lui tourne le dos, incapable de supporter sa vue, sa voix, une seconde de plus. Qu'a-t-il fait pour Marceau, pour moi, quand il était peut-être encore temps de le sauver ? Mon regard se perd sur l'horizon du Léman. J'aimerais que la surface se déchire, que ma colère l'éventre. Au loin, les montagnes se dressent, immuables et sévères, témoins indifférents de notre drame. Leurs sommets disparaissent dans une brume légère, comme un voile jeté sur mes questions. Le soleil, implacable, me nargue ; la danse hypnotique des ombres et lumières à la surface du lac fait jouer ensemble les zones d'ombre de notre passé et les éclats de vérité que la mort de Marceau a projetés sur nos vies. Une vérité que je suis déterminée à recomposer, quel qu'en soit le prix.

8

Lundi 1er juin 2021

Deux semaines après la mort de Marceau

Le temps semble s'être arrêté. Il m'immobilise. Choc frontal, le K.O. Quand j'ouvre la porte, j'ai toujours le sentiment que Marceau m'attend, là, dans l'entrée, qu'il me fixe de son regard que j'avais tant de mal à cerner. Mais il ne reste de lui que sa veste, suspendue à la patère dans le vestibule. J'en caresse l'étoffe, je respire la doublure, là où son effluve flotte encore. Depuis le drame, quand mes amis viennent me rendre visite, je les vois bien regarder de manière furtive le vêtement, n'osant pas poser leur manteau par-dessus. Moi, je veux juste croire que tout cela n'est jamais arrivé. Cette veste aviateur, avec des mousquetons d'escalade dans les poches, c'est Marceau. Mon Marceau.

J'entends le moteur d'un petit avion de tourisme au-dessus du Léman. Instinctivement, je me penche à la fenêtre pour le regarder voler. Mais son empennage ne ressemble pas à celui de l'appareil de Marceau. Ce n'est pas lui, ce n'est plus lui.

Mon homme escaladait encore en secret, mais il pilotait aussi pour conjurer le mauvais sort. Un coup du destin qui l'avait brutalement privé de son père il y a trente ans. Ça s'était passé un dimanche. Ce n'est bien sûr pas Marceau qui me l'avait raconté. Je l'ai lu dans un article relatant l'accident, qu'il avait conservé. Le Savage Bobber de son père s'était abîmé dans le lac, à 15 h 32 précisément. Selon un plaisancier qui naviguait, l'aéroplane avait d'abord présenté des signes de détresse à l'approche de l'aéroclub. Puis il était passé à moins de cinquante mètres de sa petite embarcation et avait plongé dans le lac. « Tout est allé très vite. » La phrase du témoin est soulignée au crayon à papier sur le journal. Le Savage Bobber avait été vu quelques minutes plus tôt au-dessus de Morzine, il avait ensuite survolé les montagnes d'Avoriaz, était remonté sur Abondance avant de passer Thonon et Évian.

Depuis l'accident, il arrivait à Marceau de visiter l'épave échouée par trente mètres de fond. Je ne l'avais raconté à personne, sauf à mon amie et associée, Karen. C'est qu'il en avait des secrets mon homme, des secrets qui le rendaient mystérieux, parfois taciturne et lointain. Surtout lorsqu'il écrivait, pris dans sa bulle avec ses personnages, moi dans la mienne avec mes clients et mes bateaux à l'agence. Parfois, quand je lui parlais, j'avais l'impression qu'il ne m'entendait pas. Entretenait-il consciemment une distance entre nous ? Notre cohabitation rythmée par nos activités et les enfants avait mangé peu à peu la passion du début. Nous formions un couple harmonieux malgré tout. La mort soudaine de Marceau m'a arraché le cœur. Le monde autrefois si rassurant, *mon* monde, s'est écroulé brutalement il y a quinze jours. Un chaos assourdissant, que je porte seule.

Seule, parce que personne ne peut compenser. L'épaule sur laquelle je pouvais m'appuyer s'en est allée. Même Karen n'y peut rien. Pourtant nous partageons tout depuis des années. Je l'ai rencontrée un an après la disparition de Jade. Nous sommes tout de suite devenues amies. Comme si j'avais reporté sur elle une partie de mon attachement fusionnel à Jade. Quelques années plus tard, nous nous sommes associées pour monter Nautique Loc' Léman, une petite affaire de location et de réparation de bateaux. Les débuts ont été difficiles, mais nous pouvions compter sur le soutien des garçons, Marceau, Alexis et Rollin. On arrive à équilibrer les finances et même à entretenir une trésorerie correcte. Je tiens à mon indépendance, même si les revenus de Marceau pourraient nous suffire largement. La location de bateaux est un match qui se dispute âprement sur le Léman. La concurrence est rude. Karen assure pour deux depuis que je sombre. Je ne sais même pas comment elle pourrait m'aider, personne ne le peut. Me faire violence, chaque jour, m'en sortir par moi-même, renouer avec les habitudes, composer sans Marceau.

Machinalement, j'allonge mes pas tandis que je remonte l'allée jusqu'à la boîte aux lettres. L'air caresse ma peau, mais je n'en ressens aucun plaisir. Le printemps a sorti le jardin de son engourdissement. Tout est vert, un vert éclatant qui vomit le bonheur que je me sens coupable de vivre sans Marceau. La pelouse mange les bordures, les branches du tilleul que Marceau avait promis de couper ont investi la rue. Il va falloir tondre, tailler et cette perspective m'est insupportable. Rien ne sera plus normal à présent. Je porte les mêmes vêtements qu'hier, mon jean et mon sweat sont encore présentables, mais mes tennis sont maculées de boue. J'ai encore erré autour de la maison cette nuit. Cela m'arrive souvent depuis que Marceau est mort. Je n'arrive pas à dormir, je vis de cauchemars.

Le courrier déborde de la boîte aux lettres comme chaque jour depuis deux semaines. La boîte est descellée sur un côté, elle tangue légèrement. Je m'abstiens de taper dedans. Cette fois, le coup serait fatal. L'autre matin, je n'en pouvais plus de tous ces courriers de condoléances, alors j'ai cogné, et cogné encore. La boîte résistait à mes coups de pied contre le support coulé dans le béton. Je crois que j'ai crié aussi, et pleuré en même temps. Et puis elle a fini par céder quand je l'ai percutée en marche arrière avec l'attache-remorque du pick-up. C'est le facteur qui l'a redressée le lendemain. Il n'a rien dit, mais je l'ai vu faire depuis la fenêtre de la cuisine.

Le cœur serré, je vide cette maudite boîte. Je rentre à la maison avec mon paquet. Cette maison, héritage de ma grand-mère Louise, était notre fierté à Marceau et à moi. Chaleureuse et lumineuse, avec de larges baies ouvrant sur le jardin. Un paradis accroché au bord du Léman, face à l'immensité des montagnes, entre la Suisse et la France. Un paradis vide, désormais.

Je claque la porte derrière moi. J'ai l'impression de pénétrer dans une prison dorée avec ce chagrin qui me colle à la peau et s'infiltre sournoisement en moi. Je jette le courrier sur la table basse du salon. Les lettres s'étalent sur le plateau en acajou de Cuba, un bois rare et cher. Marceau n'avait pas lésiné en achetant ce meuble ; le prix était honteusement élevé. Je ne supporte plus de voir mon prénom répété à l'infini sur chacune des enveloppes. Sarah, Sarah, Sarah… Je détourne la tête. Ne plus penser, oublier, alors que tout dans cette pièce me rappelle Marceau. Comme cette maquette de voilier effilé qui trône sur le vieux meuble Art déco au bois patiné, un *dragon* qu'il avait construit juste avant la naissance de Benjamin. Mon esprit s'égare un instant, je me vois voguant au milieu d'un océan. Mon bateau dérive puis disparaît derrière la ligne d'horizon avant de sombrer. Cette vision reflète exactement ce que je ressens : l'impression de couler définitivement. Pour me rassurer, je me dis que je ne pourrai pas tomber plus bas. Pourtant, chaque lendemain est un nouveau cauchemar.

Mon regard se porte machinalement sur la bibliothèque qui recouvre le mur entre les deux baies vitrées. Des bouquins, il y en a partout dans la maison. Marceau aimait autant lire qu'écrire. Mes yeux s'attardent sur la bouteille de whisky protégée derrière les vitres de la bibliothèque principale. Ça fait des lustres qu'elle est là. Cadeau de son éditeur à l'occasion de son premier succès littéraire, il y a dix ans. Le livre de mon mari avait battu des records de vente. Je me souviens encore de la une du *Nouvel*

Observateur avec ce titre : « Qui est Marceau Miller, le romancier au million d'exemplaires vendus ? », illustrée par une photo de Marceau fixant l'objectif, un sourire énigmatique aux lèvres. Le bleu de ses iris était plus prononcé qu'au naturel – sans doute une retouche du service photo du magazine.

J'ignore pourquoi, mais Marceau tenait à cette bouteille comme à la prunelle de ses yeux. Il n'avait jamais voulu l'ouvrir. Eh bien je vais le goûter, moi, ce Dalmore 1980 ! La vitrine est verrouillée et les clés ne sont pas dessus. J'essaie de forcer la serrure, qui résiste. Je la veux, cette bouteille à dix mille euros. Whisky titrant 51,2 degrés, distillé dans l'un des plus vieux alambics des Highlands et vieilli dans des fûts de sherry. Les plus rares. C'est ce que l'éditeur avait annoncé avec fierté devant tous les invités le soir de la fête. Je me souviens avoir trouvé ça prétentieux, comme si, en offrant ce cadeau à Marceau, il avait voulu se faire plaisir à lui d'abord. « Tu vas être courtisé à présent. Écoute mes conseils, je vais t'aider à garder la tête froide », lui avait-il dit, en me regardant moi. Voyons si ce single malt est capable d'anesthésier ma douleur. La porte vitrée de la bibliothèque se refuse. Plus de Marceau, plus de clé. Je secoue, je brusque, tout vibre. J'espère quoi ? Je ne vais pas m'arrêter à une foutue serrure. Briser, il n'y a plus que ça dans mon existence. Je file dans la cuisine, saisis un torchon que j'enroule autour de ma main et retourne au salon. Je frappe la vitrine avec mon poing, maladroitement. Même ça je n'y arrive pas. Alors je ne retiens plus rien, et je recommence, y mettant tout mon poids. Le verre vole en éclats sur le tapis, sous les meubles et sur le parquet. Comme par réflexe, je me retourne pour vérifier que personne ne m'a prise en faute, haletante. Je suis seule, les enfants sont à l'école. Et je ne risque pas non plus de voir Marceau bondir de son bureau et s'indigner en voyant tout ce cirque. J'attrape la bouteille par le goulot et recule de quelques pas. Les éclats de verre s'enfoncent sous mes semelles qui crissent sur le sol. Une énorme griffure a lacéré le parquet. Ça me fait presque du bien d'avoir abîmé mon beau parquet, je retiens un rire nerveux. J'essaie d'ouvrir le flacon, mais le bouchon ne vient pas. Je force à en avoir mal aux doigts, je secoue la bouteille, la coince entre mes genoux, jusqu'au « plop » libératoire. Mes mains tremblent, j'attrape un verre dans la bibliothèque éventrée, nettoie les éclats de verre et me sers une rasade de whisky. Les effluves d'alcool me donnent le vertige, je dois me retenir pour ne pas tomber. Je bois le contenu d'un trait puis je m'assois sur la table basse en serrant les dents. Je fixe les enveloppes éparpillées dessus, sans avoir le courage encore de les ouvrir ou de les mettre directement à la poubelle. L'une d'elles attire mon attention. Elle ne ressemble pas aux dizaines de lettres de condoléances que je reçois depuis la mort de Marceau. Je la tire du tas de courrier et remarque, imprimé en haut à droite, le logo de la HSBC, une agence basée à Genève. Nous n'y détenons aucun compte. Notre gestionnaire en patrimoine m'aurait-il caché quelque chose ? Ils veulent quoi ces requins de la HSBC ? Du fric ? J'ouvre le pli. Il comporte une lettre de la banque et une autre enveloppe sans nom dessus. Intriguée, je saisis la lettre, reprends une gorgée de whisky et commence à lire.

Madame, permettez-moi de vous adresser mes plus sincères condoléances au nom de la HSBC. Je vous informe que votre défunt mari avait souscrit un compte dans notre établissement, dont je suis le gestionnaire, et qu'il disposait d'un coffre. Il m'avait par ailleurs confié ce pli et chargé de vous le transmettre en cas de décès prématuré. Conformément à ses souhaits, je vous prie donc de bien vouloir en prendre connaissance. Croyez, chère madame…

Le bla-bla-bla qui suit se limite aux formules de politesse d'usage. Je ne prends pas la peine de terminer et m'empare fébrilement de l'enveloppe, l'ouvre et en saisis le petit paquet de feuilles qu'elle contient. Un frisson parcourt mon échine. L'écriture de Marceau. Je la reconnais aussiôt. Ma respiration est saccadée, comme si je manquais d'air. Les feuillets s'éparpillent dans mes mains dont je n'arrive plus à maîtriser le tremblement. Marceau et ses secrets… J'ai soudain un mauvais pressentiment.

Sarah, Alexis, Rollin,

Si vous recevez ce courrier, c'est probablement parce que ma passion – ma folie ? – pour l'alpinisme à mains nues, sans corde ni harnais, aura eu raison de moi et que j'aurai manqué une prise sur l'une des parois rocheuses que j'aimais tant escalader. J'avais conscience des risques que je prenais ; vous me connaissez, j'ai toujours considéré que la liberté n'a pas de prix. J'imagine la peine immense qui doit être la vôtre en ce moment. Sarah, particulièrement. Je suis tellement désolé, vraiment. Encore plus par ce que j'ai à vous apprendre maintenant. Si je ne vous en ai pas parlé avant, c'est que… je ne pouvais pas, tout simplement. Le secret que j'ai porté pendant toutes ces années nous lie tous les quatre.

Des larmes roulent sur mes joues, j'entends le souffle de sa voix comme s'il était à mes côtés en train de lire lui-même cette lettre. Je pense à Rollin et à Alexis qui ont dû eux aussi la recevoir à l'heure qu'il est. Eux aussi y pensent forcément : Jade. Tout part et tout revient toujours à Jade… La sœur de Marceau. Ma meilleure amie. Nous avions vingt ans.

14 août 2001. Un mardi. Comment oublier cette journée ? Paradoxalement, je crois que c'est ce jour-là qu'est venue ma vocation d'écrivain. L'évasion pour refuge, comme si j'allais trouver là, en inventant mes histoires, des réponses à ce qui hanterait dès lors mon existence. Si les succès se sont enchaînés, c'est pour moi intimement lié au choc que nous avons subi ce jour-là ; il a été le déclencheur de tout. Vous vous souvenez, évidemment. Pardon de vous rappeler encore ce qui s'est passé. Mais il y a un morceau de cette histoire que je suis seul à porter. Depuis tout ce temps.

Pardon.

Cette randonnée en forêt, et Jade partie devant nous, que nous n'arrivions pas à suivre. Sa disparition. Le peloton de gendarmerie de montagne l'a recherchée pendant des jours, en vain. La montagne avait pris notre Jade, avait pris son corps, effacé la moindre trace. Ma petite sœur, que je n'avais pas su protéger. Nous ne pouvions nous résoudre à accepter l'inéluctable ; vous vous rappelez comme moi ces journées à crapahuter dans tout le secteur pour tenter de la retrouver. Je vous suivais, sous le choc, désespéré comme vous, plus encore même. Mais moi, je savais exactement ce qui s'était passé.

Jade n'a jamais été enlevée, contrairement à ce qui figurait finalement dans les conclusions de l'enquête, faute d'autre piste. Jade est morte. Et son corps repose toujours là-bas…

Sarah, Alexis, Rollin, j'ai tout vu.

Oui, tout.

Je savais où était Jade, mais je ne vous ai rien dit.

Ne vous méprenez pas sur moi. Si j'ai escaladé ensuite pendant des années, en assumant les risques des parois dangereuses, et me suis réfugié dans l'écriture, c'était uniquement pour porter la part qui me revenait de ce fardeau ; affronter la situation avec davantage d'équité ; offrir une chance au sort de m'emporter. Le succès ne m'est jamais monté à la tête. Ma tête, depuis ce 14 août 2001, était trop remplie d'autre chose pour se laisser submerger par cette écume. Elle était mise à prix de façon invisible, écrasée par les secrets que je ne pouvais partager. Je me suis enferré dans le mensonge – ou plutôt le non-dit –, mais je n'avais pas d'autre choix. Me murer dans le silence si je voulais sauver ma peau. Aujourd'hui, le destin en a décidé autrement, alors je vous dois la vérité.

Les événements de cette funeste journée, je les ai consignés dans un manuscrit. Tout ce qui s'est réellement passé, vous le trouverez dans ces pages. Je ne joue pas avec vous : je n'ai juste pas su faire autrement. Écrivain, ça a été ma porte de sortie et ma condamnation. Le seul moyen que j'ai trouvé de vivre avec tout ça. Le manuscrit est enfermé dans un coffre à mon nom, à la HSBC à Genève. Avec ce manuscrit se trouve aussi une somme d'argent, que Sarah pourra partager entre vous trois, si nécessaire, pour reconstruire un avenir ailleurs. J'ai souvent envisagé de disparaître moi-même, pour tout effacer. Au cas où le passé me rattraperait. C'est bien ce que font certains criminels, non ? Jade morte, comment jouir pleinement d'une réussite que je construisais sur plusieurs drames ?

Je l'ai fait pourtant. Jusqu'à aujourd'hui.

Si je m'adresse à vous trois, c'est parce que nous avons vécu le drame de Jade ensemble. Qu'il nous a tous arraché quelque chose. Et qu'à présent, loin de votre jugement, alors que je ne vous fais plus face, la vérité peut être dite.

Marceau

Je reste assise longtemps sans bouger. Incapable de lâcher la lettre. L'odeur du whisky me donne maintenant la nausée. Marceau, putain, qu'essaies-tu de nous dire ?

C'est quoi ce fichu manuscrit ? Comment ai-je pu vivre toutes ces années à tes côtés sans me rendre compte de rien ? Jade a disparu, point barre, ça ne peut pas être autre chose. L'idée de ce trek à cinq pour fêter nos vingt ans, c'était la mienne. Quelle conne ! Si je n'avais pas proposé cette stupide balade, rien de tout cela ne serait arrivé. Et aujourd'hui, tu serais toujours à mes côtés, dans ce salon, ou dans ton bureau. Sûrement même, tu aimais écrire le matin. Mes mains tremblent, et dans ma tête tout s'entrechoque. J'ai peur de ce que je vais découvrir, de ce que *nous* allons découvrir. Ainsi, tous tes mystères n'étaient que l'annonce d'une tempête dont je redoute déjà les conséquences. Inconsciemment, j'en avais senti les prémices quand tu t'isolais durant des heures dans ton bureau avant de revenir sans crier gare, les enfants déboulant de leurs chambres pour quémander cette part d'attention que tu ne savais plus leur donner – *nous* donner…

Un sentiment de panique me submerge. Je jette la lettre devant moi, les feuilles virevoltent et retombent lentement sur le parquet. Mais il me faut davantage pour passer mes nerfs. Mon regard foudroie la bouteille de Dalmore comme si cet objet concentrait tout mon malheur. Il me faut quelque chose sous la main, n'importe quoi, tout de suite, et que ça puisse se casser, blesser et disparaître de ma vue. Ce sera le whisky. J'attrape son goulot comme le diable par la queue et de toutes mes forces je projette la bouteille à l'autre bout du séjour, en visant les montagnes à travers la fenêtre. Le simple vitrage ne résiste ni à l'assaut ni à ma colère. Le Dalmore a flotté dans l'air électrique avant de finir sa course dans la pelouse. Est-ce que c'est mal d'en vouloir à la planète entière quand tout se dérobe tout à coup sous vos pieds et qu'il ne reste qu'un tapis de mensonges vieux comme votre histoire ?

9

Lundi 1er juin 2021

Deux semaines après la mort de Marceau

Le manuscrit. Je dois absolument le trouver. Je laisse tout en plan, attrape les clés posées sur le meuble de l'entrée : celles du pick-up de Marceau que j'ai récupéré. Mon cœur se serre tandis que je referme la main sur le trousseau. J'enfile à la va-vite ma veste de jogging accrochée à la patère. Le banquier se contentera de moi dans cet état. Dans la précipitation, je ne ferme même pas la maison à clef et m'engouffre dans la voiture. Rien de bon ne m'attend, c'est ma seule certitude. Mais je préfère l'affrontement à l'ignorance. Des démangeaisons m'envahissent, comme si des colonies de fourmis, d'araignées ou d'insectes indescriptibles galopaient sur ma peau – impossible de me calmer. Cette lettre de Marceau ouvre la porte à l'angoisse pure. Je compose le numéro d'Alexis sur mon portable. Messagerie. J'enrage. Mes démangeaisons gagnent du terrain. Alexis répond toujours, normalement ! J'essaie de joindre Rollin, sans succès – et sans réelle surprise cette fois. Quand Rollin ne perd pas son téléphone, il oublie de le charger. Mais aujourd'hui ça ne m'amuse pas. Quand les événements s'enchaînent mal, vous le sentez, même sans l'accepter encore.

Nautique Loc' est sur la route de Genève : je vais y passer, au moins pour avertir Karen de mon absence aujourd'hui. Je suis une associée lamentable depuis deux semaines. La dernière chose qu'il me faudrait, c'est que Karen se lasse et me lâche. Elle va encore devoir assurer seule la permanence à l'agence et annuler tous mes rendez-vous de la journée. Le vieux Reynaud attendra pour la révision de son Merry Fisher – lui au moins, il comprendra. Il y a aussi deux bateaux à rentrer dans l'atelier pour un soin au gelcoat et des bouts d'amarrage à changer.

J'ai toujours pu compter sur Karen, et c'est encore plus vrai depuis la mort de Marceau. Elle tient la boutique. Je ne me vois pas la garder à distance longtemps de tout ce que je découvre sur Marceau – ou que je vais bientôt découvrir. Rollin l'a peut-être même déjà mise au parfum pour Genève, il a forcément reçu la lettre de Marceau lui aussi, et sans doute ouverte avant moi. À l'heure qu'il est, s'il n'est pas lui aussi sur le chemin de la Suisse, son food truck est planté devant le Vinorama de Rivaz, au pied des vignobles en terrasse de Lavaux, dans le canton de Vaud. Il y a toujours un monde fou de ce côté-là des rives du Léman, depuis que le site a été classé au patrimoine mondial de l'UNESCO. Sans doute a-t-il déjà sorti son panneau avec le menu du jour. Salades composées et produits du terroir, accompagnés d'un petit blanc sec de la région. Et si le client est généreux, il proposera un vin d'Epesses, 75 euros minimum la bouteille. La lettre de Marceau doit occuper toutes ses pensées. Entend-il seulement le petit train sur pneus qui serpente entre les vignes et bientôt va déverser ses flots de touristes ? Le temps s'est sûrement arrêté pour lui aussi. Comment a-t-il réagi en lisant la lettre ? Tous ces souvenirs qui resurgissent. Et puis ce n'est pas tous les jours qu'une banque le sollicite pour autre chose que des agios !

Je fais enfin démarrer le pick-up et, remontant l'allée, je longe le hangar qui abrite encore le Savage Bobber de mon mari. Il ne volera plus désormais. C'est le même modèle que celui qui a emporté son père. Mes mains se crispent sur le volant, je me perds dans mes pensées. Qu'est-ce qui m'attend en Suisse ? Et où sont Alexis et Rollin ?

Arrivée sur la route goudronnée, j'enchaîne les rapports et prends de la vitesse. Je rejoins la D25 plutôt qu'emprunter le chemin du Moulin et les petites routes chaotiques qui traversent Le Piralé. Paradoxalement, à cet endroit du lac, moins près de la rive, plus en surplomb, la visibilité est meilleure. Les chalets défilent à travers les frondaisons verdoyantes, où le lac scintille par intermittence. Les crêtes montagneuses de la Suisse se taillent une part d'horizon tandis que je me dirige vers la pointe de Messery où se trouve Nautique Loc'.

Le lac et les montagnes me rappellent que j'habite un paradis dont je n'ai jamais voulu partir et où nous avions choisi de vivre avec Marceau. Je bondis soudain de mon siège. La voiture roulait trop vite et je n'ai pas vu le ralentisseur qui a bousculé la carrosserie. Pas question de s'attarder à l'agence. J'ignore combien de temps je vais rester coincée à Genève, avec cette histoire de banque, mais je dois absolument être de retour quand les enfants rentreront de l'école. À douze et dix ans, ils sont normalement capables de se débrouiller. Mais depuis deux semaines, ils sont paumés. Je fais tout à l'envers, rien comme avant. Mon organisation, qui n'a jamais rien eu de spectaculaire, a totalement lâché. Je n'y arrive plus. La maison n'est plus tenue, le frigo est vide, le linge s'entasse dans la buanderie. Ce matin, je me suis énervée et je les ai brusqués. Benjamin est parti sans m'embrasser, Hermione m'a balancé que j'étais une mauvaise mère. Je ne tiens pas à ce qu'ils voient en plus le bazar que j'ai laissé. Je n'ai pas ramassé les débris de verre dans le salon ni récupéré la bouteille de whisky à moitié vide qui traîne dans le jardin. Je dois sauver le peu de respect qu'il reste encore aux enfants pour moi. Depuis la mort de Marceau, j'ai l'impression de flotter. Les médocs que m'a prescrits le toubib et le manque de sommeil n'aident pas.

Je longe les dernières résidences qui se succèdent à l'entrée de La Pointe, de luxueuses propriétés agrémentées d'immenses jardins plongeant dans le lac. Je les connais par cœur à force de passer devant tous les jours. Pour autant, je ne troquerais pour rien au monde ma maison contre l'une de ces villas high-tech aseptisées et sans âme. Elles sont plus visibles depuis le lac. Je joue les voyeuses lorsque je me rends à l'agence en hors-bord. Parfois, quand je fais un footing et que je m'éloigne du chemin qui longe la rive, il m'arrive de m'aventurer aux abords des jardins privés, voire d'y pénétrer quand la grille est ouverte et que tout danger de voir débouler un molosse est écarté. C'est d'ailleurs comme ça qu'un jour, j'ai sauvé une des propriétaires. Cette vieille peau gisait sur son gazon anglais rasé au cordeau, au pied des rosiers qui dansaient dans le vent comme pour lui adresser un pied de nez : « Pas de sécateur aujourd'hui ! » J'ai hésité un instant à la secourir alors que je me penchais sur elle. Je la connaissais : elle avait failli faire couler l'agence après être allée se plaindre au maire de mes rafiots. « Ils dégradent le paysage », lui avait-elle dit en brandissant sous son nez les articles de loi sur la protection du lac. Pour l'heure, la vieille me regardait en papillonnant des cils, paniquée. Je dégoulinais de sueur, les joues rougies par l'effort. Je me suis imaginée lui cracher au visage tous ses articles de loi. Et puis ses yeux implorants l'ont emporté. J'ai délogé le smartphone du brassard accroché à mon biceps et j'ai appelé les urgences. Elle avait senti mon hésitation, je l'avais bien vu. Je me suis dit qu'après ça elle n'oserait plus se frotter à nous, qu'elle nous laisserait enfin tranquilles, Karen et moi.

Mes doigts s'agitent sur le volant. Je vois trois types sortir d'un troquet en titubant. Ils se retournent au passage du pick-up, je reconnais le patron du *Léman Plaisance*, notre plus gros concurrent. Il n'est pas midi et il est déjà aviné. J'arrive presque à sourire à ce crétin qui me salue de son air condescendant. Il faut que je pense à dire à Karen que son offre de reprise du *Cap Camarat* que j'ai retapé ne tient que jusqu'à vendredi. D'autres acheteurs sont intéressés, s'il ne se manifeste pas, la vente lui passera sous le nez.

Je gare le pick-up en épi devant l'agence. Une brise légère souffle sur le lac, les pavillons des bateaux – français, suisses et italiens – flottent dans l'air, et des drisses mal étarquées claquent sur les mâts. Je reste un moment les mains accrochées au volant avant de couper le contact. Dans le rétroviseur, je n'échappe pas à mon visage. Mon teint est gris, des cernes marquent ma figure – je ne me suis même pas coiffée. C'était peut-être ça que regardait le poivrot ? Comment ai-je pu en arriver là ? J'aperçois Karen sur le ponton. Elle m'observe, c'est sûr, elle a vu ma mine défaite. Je la salue d'un signe de la main, notre shaka habituel, un rituel entre nous. « Relax, détends-toi. » Elle me répond du tac au tac, mais je sais qu'elle n'est pas dupe. Elle fait ce qu'elle peut, j'agis de même. Elle termine avec un client. Ils procèdent à l'inspection d'un hors-bord, l'un de nos nouveaux modèles. Check-list avant le départ, passage des consignes, remise des clés et du kit de navigation. Machinalement, je compte le nombre d'embarcations encore disponibles amarrées au ponton. Il en reste sept, dont deux parmi nos modèles les plus onéreux.

Je m'extirpe du pick-up. Le claquement de la portière est couvert par le vent. Un client fait les cent pas dans le hall de réception de l'agence, café à la main. Je le reconnais au chapeau-feutre qu'il porte tout le temps. Il aime le *kazaar* de Nespresso, l'arôme le plus intense de la gamme.

Il choisit toujours celui-là. Les capsules bleu nuit. Il s'installe maintenant dans le sofa, en face de la baie vitrée qui s'ouvre sur le lac. La vue est époustouflante et les clients aiment s'y poser pour admirer le paysage. Karen et moi avons voulu faire de cette pièce de réception un endroit agréable et propice à la détente. C'est elle qui s'est occupée de la déco. Elle a ça dans la peau, un goût toujours de bon ton. L'espace, orienté sud et entièrement vitré, baigne dans une incroyable lumière. Un architecte suisse a conçu le mobilier puis l'a fait réaliser sur mesure par un artisan avec le bois d'épicéa des forêts environnantes. Des stores réglables en bois lasuré tamisent la pièce lorsque le soleil tape. Et quand les hivers ne sont pas trop rigoureux, l'ensoleillement à lui seul suffit parfois à chauffer l'agence.

Karen a terminé l'inspection avec son client et vient à ma rencontre. Je l'observe depuis ma voiture, remontant lentement le ponton. Sa démarche, élégante et souple, est aussi irréprochable que sa tenue : tennis de marque d'un blanc immaculé, pantalon en lin naturel parfaitement coupé qui laisse apparaître ses chevilles, sweat rayé dans les tons rose pâle et gris. Je me sens misérable avec mon jean crasseux et mes tennis maculées de terre. Elle s'approche de la voiture et me regarde à présent avec sollicitude. La façon dont elle me jauge me fait perdre tout reste de contenance et les larmes me montent aux yeux. C'est à travers le regard de l'autre que l'on prend conscience de tout ce que notre corps et notre mental essaient de nous dire. Et moi, je ne ressemble plus à rien. Arrivée à ma hauteur, elle me prend dans ses bras et m'embrasse. On ne partage plus ces gestes d'affection depuis longtemps. Probablement parce que le travail nous accapare. Cela m'apaise. Je me sens si vulnérable et fragile. Cette fois, je ne peux plus retenir mes sanglots. Karen resserre son étreinte. Il n'y a rien à dire. Mon intention de lui parler de la lettre de Marceau s'évapore, c'est au-dessus de mes forces pour le moment.

– Sarah, je peux me débrouiller seule, me souffle-t-elle à l'oreille. Tu as besoin de te retrouver. Reste chez toi et occupe-toi des enfants, ils en ont besoin. Tu reviendras quand tu seras prête.

Je souffle un maigre « Oui ». Elle continue de m'interroger du regard. Tout se lézarde en moi, mais je n'en dis pas plus.

– Note-moi les urgences sur l'agenda, Sarah, et j'assurerai. Je suis désolée, je dois te laisser, il y en a un qui s'impatiente.

Le client au chapeau l'attend sur le ponton. C'est un fidèle, mieux vaut ne pas le faire languir. En voyant Karen courir vers la rive, je me demande comment elle parvient à tout mener de front. Elle ne peut guère compter sur Rollin qui est toujours par monts et par vaux avec son restaurant ambulant. Entre leur fille Zoé, avec les devoirs à suivre et les activités extrascolaires, l'intendance de la maison, le travail à Nautique Loc' – et Dieu sait s'il y en a –, c'est la course permanente. Elle arrive à tout gérer et trouve même le temps d'être tirée à quatre épingles. Bref, elle est parfaite. Au fond, elle réussit à faire tourner la boutique seule – le réaliser me terrifie. Moi, je n'ai jamais su atteindre ce niveau d'organisation. Je n'ai jamais vraiment réussi à gérer de pair travail et famille. C'est peut-être pour ça qu'Hermione me traite de « mauvaise mère » et que Benjamin est fuyant. Jusque-là j'assurais principalement le boulot. L'une des raisons qui a aussi creusé, peu à peu, l'écart avec Marceau. Peut-être m'échappait-il déjà avant son accident. Des images insoutenables défilent devant mes yeux ; son corps désarticulé, le sang sur son visage. Je ferme les yeux un instant.

Deuxième Partie

COURIR APRÈS LES OMBRES

10

Karen

J'entends le moteur du pick-up qui redémarre. Ce n'est pas Sarah que j'imagine au volant, mais Marceau. Il aimait cette vieille guimbarde au moulin increvable et à la taule marquée par les années. Le ronronnement sourd me loge une pointe dans le ventre. Je lève les yeux et j'aperçois Sarah au travers du pare-brise, lunettes de soleil sur le nez. La journée n'a pourtant rien d'éblouissant. C'est son truc, à Sarah, préférer l'aveuglement. Je ne juge pas. Elle est comme ça, elle carbure à l'instinct.

La souffrance est magnétique ; quand elle rôde près de vous, elle plante sans tarder ses électrodes invisibles dans la chair et vous crible de décharges. Sarah sait que je comprends sa douleur. Elle n'imagine pas à quel point. Elle n'est pas la seule à morfler. Je sais juste mieux dissimuler mes zones d'ombre. Pour combien de temps encore ? Je ne peux pas m'épancher auprès d'elle, ni de personne d'ailleurs – je perdrais le contrôle. *Elle* a le droit d'exploser, pas moi. Elle est sa femme, sa veuve.

Assister à son naufrage, de jour en jour, ça me noue le ventre. Elle n'a pas fini de sombrer encore, pas touché le fond. Et quand ça arrivera, quand elle se sera bien enlisée dans sa psychose, elle prendra des risques inconsidérés. C'est sa signature, sa force et sa faiblesse ; c'est inévitable. Et ça me fait flipper, parce que je sais que j'en payerai le prix, d'une façon ou d'une autre.

Elle, elle remontera à la surface. Elle remonte toujours à la surface. Sarah est un animal sauvage, qui a l'instinct de survie chevillé au corps. Dès notre première rencontre, je l'ai senti. Une force indomptable, instable et bouillonnante, coule dans ses veines. Aujourd'hui, une boule de colère durcit en elle, je le sens, je le vois dans ses traits – et cela ne présage rien de bon.

Des flashs surgissent du fond de ma mémoire. Un jour, nous arrivons avec le remorqueur pour dépanner un de nos bateaux en rade sur le lac. Un client charmant mais imprudent, qui n'a pas respecté les règles de navigation. Il a percuté un autre plaisancier. Ça va coûter bonbon. Sarah bondit tel un guépard sur le bateau en détresse. Elle attrape un bout que le client a péniblement noué au bateau qu'il vient d'éperonner. Elle tire si violemment sur le cordage qu'elle en arrache le taquet sur le pont. Ses yeux colère, je ne les oublierai jamais. Leur bleu avait viré au gris du lac, quand la tempête menace.

C'est la force de notre duo, sa complémentarité. Elle est capable d'agissements qui m'échappent ; ils sont parfois indispensables dans une affaire comme la nôtre. Avec elle, j'ai toujours su que ça fonctionnerait. Sa confiance, sa détermination au service de notre projet. La promesse d'un avenir solide. Je ne m'entoure que de gens capables ; j'ai du mal à supporter les autres. Du moment que mes affaires marchent, ça me va. J'ai appris à défendre mon territoire et à m'emparer de ce dont j'ai besoin sur celui des autres, si nécessaire. Toujours dans les limites de la légalité, enfin presque. Je ne suis pas aussi *clean* que je peux en donner l'air. Mais qui est vraiment *clean* aujourd'hui, hein ?

Si je me fais un point d'honneur de pallier les insuffisances de Sarah en ce moment, c'est aussi que ça me permet de moins penser au fait que Marceau est mort, que plus rien ne sera pareil. Que, sans lui, Sarah ne sera plus jamais la même. Que moi aussi je serai différente. Rollin a déjà changé ; il est distant, distrait, s'agace plus facilement. Quant à Zoé, la mort de Marceau, l'âge qu'il avait au moment de sa disparition, tout ça la perturbe énormément. À neuf ans, c'est trop brutal. Des cauchemars la réveillent la nuit. Je voudrais pouvoir lui dire comment il était, lumineux et mystérieux à la fois – comment Marceau était *vraiment*. Je ne peux pas. Zoé lutte à sa façon. Elle sourit dès que j'ouvre la porte de sa chambre, elle me présente ses plus beaux dessins. Mais les musiques qu'elle se passe en boucle sur YouTube trahissent ses inquiétudes. Ça ne va pas.

J'ai toujours su percevoir les émotions qui m'entourent, même les mieux dissimulées. Je ne me l'explique pas, je l'ai hérité de ma mère. Elle a pris suffisamment de coups de mon père. Ça lui a donné une vigilance inégalée au moindre tressautement de sourcil, au plus petit soubresaut d'humeur. Jusqu'au jour où elle lui a rendu un de ses gnons et elle m'a emportée avec elle comme seul bagage. J'ai appris de ce que j'ai vu, entendu, même en pressant mes mains sur mes oreilles quand j'étais encore une gamine. Je n'ai pas fait la même erreur que ma mère. J'ai su choisir le père de ma fille.

Aujourd'hui, je reste attentive à toutes mes intuitions, et aux sortes d'ondes qui se transforment en sensations. Celles de Sarah sont annonciatrices d'un mauvais changement. Une tornade se prépare avec son lot de dégâts en perspective. Il faut dire qu'il en emporte des secrets dans sa mort, Marceau. Et j'espère qu'il les a emportés pour de bon.

Mon téléphone vibre dans ma poche, un SMS.

Je viens de rentrer. Il est où, Papa ?

Rollin devrait être à la maison. Je n'aime pas laisser Zoé seule, il le sait. Elle n'est pas assez mûre.

Il ne va pas tarder, prends ton goûter.

Je la rassure pour gagner du temps et j'appelle Rollin. La tonalité, longue, est suivie de l'annonce vocale. Je raccroche avant la fin, tente de nouveau ma chance. Une fois, deux, avant de laisser un message. Mes doigts tapotent le bois du bureau. Je réponds négligemment à une cliente qui se présente, lui tendant un prospectus détaillant les services de l'agence. Le temps qu'elle déplie les premières pages, je pianote un SMS à l'intention de Rollin. Il est tête en l'air, j'espère au moins qu'il a son téléphone sur lui. Le message est noté comme « Distribué », mais pas d'accusé de lecture.

Qu'est-ce qu'il fiche bon sang ? S'il n'est pas avec Zoé dans l'heure, il va m'entendre. On se dispute souvent à propos de notre fille. Nous n'avons pas la même vision de l'éducation. La sienne, c'est « papa cool » côté pile, et « aucun repère » côté face. Avec lui, Zoé resterait livrée à elle-même. Moi, je veille sur elle comme une lionne, en tâchant de lui donner des repères, justement. Le jour où j'ai retrouvé Zoé avec les cheveux empestant la cigarette alors qu'elle était sous sa garde, je l'ai envoyé dormir dans son food truck, loin de la maison. Le lendemain, elle se plaignait encore d'avoir la gorge irritée. La liberté sans contrôle ni maîtrise de Rollin me sort par les yeux – tout comme ses ambitions un peu courtes, d'ailleurs. J'ai besoin de rêver, moi, en grand. Ça, Marceau savait l'apporter à la bande. Même si, par moments, son silence venait voiler le tableau.

Sarah a mis du temps à me parler de la face plus sombre de son mari. Elle n'aurait pas dû. Elle l'ignore, mais ça a changé beaucoup de choses entre nous. Je n'ai plus vu Marceau de la même façon. J'ai trouvé d'autres mots pour lui parler. Je savais que je m'engageais dans une zone grise, mais je ne me suis pas arrêtée pour autant. J'ai été plus souvent à la pêche de confidences auprès de Sarah, attendant le bon moment. Pas à l'agence, mais parfois, lorsqu'on laissait le ponton derrière nous, à bord d'un bateau, sur le lac, un moment de silence et là, elle s'autorisait à parler. Comme si être environnée de tous ces éléments lui donnait la permission de lâcher du lest, le clapotis sur la coque, loin des rives et au-dessus des profondeurs du Léman. Le même phénomène se reproduisait en montagne. En randonnée, sous les arbres, perdue dans la végétation, elle est différente. C'est ce qui a séduit Marceau, il me l'a dit un jour. Cette sorte de lien unique avec la nature qui rend Sarah si indéfinissable, insaisissable, inapprivoisable. Une fois, Marceau m'a aussi déclaré de but en blanc qu'elle finirait par le quitter. Il n'imaginait sans doute pas partir le premier, aussi tôt, aussi brutalement. Il se demandait si les enfants donneraient à Sarah une raison suffisante pour rester, sentant bien que cette sécurité s'effacerait à mesure qu'ils grandiraient. C'est pour ça qu'il prenait de plus en plus de distance, avec sa femme – indistinctement, mais de façon bien réelle. Pour ne pas tomber de trop haut le jour venu. Pourtant, il l'aimait. Et elle l'aimait.

Marceau lui aussi se confiait à moi lorsque nous nous retrouvions ballottés sur le lac, à plusieurs centaines de mètres des rives. Tous les deux, sur le petit hors-bord que Sarah et lui amarraient au ponton privé, au bout de leur jardin. Un jour, avant de mettre son masque de plongée et d'attraper le détendeur entre ses dents, il a prononcé des mots qui me hantent encore.

– C'est dangereux de replonger dans le passé. Si on s'en approche trop, on ne s'en défait jamais.

On culpabilise toujours face aux tragédies qu'on aurait pu éviter.

Et puis comme à chaque fois, il se laissait tomber en arrière à la manière des hommes-grenouilles. Je me retrouvais seule à bord de la vieille coque des Miller. Je voyais les palmes souples de Marceau s'enfoncer dans les profondeurs de l'eau cristalline du lac. J'enclenchais alors mon chronomètre pour quarante-cinq minutes. Quarante-cinq minutes pendant lesquelles Marceau retrouvait le Savage Bobber de son père à plusieurs dizaines de mètres sous la surface.

Nous avions ce lien particulier parce que je n'ai connu ni son père ni sa sœur, Jade. J'étais une pièce rapportée dans la bande. J'étais vierge de leur histoire. Contrairement à

Sarah, Rollin et Alexis, je n'avais pas vécu ces tragédies de plein fouet. Au fil des minutes, les bulles disparaissaient de la surface de l'eau. Il était quelque part en dessous, dans son monde de ténèbres, de tragédie. J'étais la seule à pouvoir l'accompagner, il m'avait choisie pour ça. Pourtant, j'ai toujours évité de me confronter volontairement à ce qui me hante, moi. Cette partie de lui me faisait peur, autant qu'elle m'attirait. Il ne me parlait jamais de ce qu'il faisait au fond du lac. Ces escapades devaient rester entre nous, Sarah les avait peut-être repérées… elle ne m'en a jamais parlé. Il plongeait toujours avec un ballotin de matériel. Je l'imaginais entretenir les restes de l'appareil, le libérer du plancton et des algues, et peut-être s'asseoir au fond, comme pour méditer dans le silence et la solitude, écrasé par la pression des profondeurs. Je n'ai jamais essayé d'en savoir davantage, de peur de rompre le sortilège. Et puis, l'imagination a toujours été plus importante que les faits pour moi. Je me le figurais en bas, attendant patiemment de l'aider à se hisser de nouveau à bord, après son shoot inavouable. Il remontait toujours après quarante-cinq minutes. D'abord je voyais les bulles, la trace de son souffle, puis sa silhouette se précisait dans le trouble bleuté des profondeurs du lac. Avait-il trouvé ce qu'il cherchait ? Avait-il laissé au fond le poids insupportable de la souffrance que je lisais dans son regard ? Ce qui est certain, c'est qu'il revenait toujours plus muet de ses voyages solitaires. Le bruit du moteur de l'embarcation ne suffisait pas à le ramener tout à fait à la réalité du moment présent. Ses yeux étaient embrumés, son regard distant, son esprit ailleurs. Il me faisait penser à un enfant perdu, ou sous l'effet d'un choc post-traumatique. Alors je le ramenais sur la berge.

Quand j'écoutais parler Marceau à la télévision, lumineux dans des émissions littéraires ou des interviews, et que les animateurs lui posaient perpétuellement la question « Mais où puisez-vous votre inspiration, Marceau Miller ? », il marquait toujours un blanc avant de répondre. Deux ou trois secondes. Un jour, un silence un peu plus long. La critique ne l'avait pas raté, en profitant pour épingler sa pseudo-vanité, sa façon de vouloir trop en faire, de se donner un genre. Je savais que ce n'était pas une posture. Dans ces moments, comme dans ceux où il parvenait à me dire quelques mots sur Jade, son visage adoptait l'expression trouble qu'il avait à ses retours de plongées. C'était comme si le masque qu'il portait habituellement en public tombait. Car oui, il mentait systématiquement aux chroniqueurs, non sans talent, je dois l'admettre, il était bluffant. Il avait de la repartie et de l'humour, mais il mentait. S'il renvoyait paradoxalement une image désarmante de sincérité, *c'est qu'une partie était vraie* – une partie seulement. Ce mystère qu'il protégeait voracement, ce mystère qui était la muse de sa création et peut-être ce qu'il avait de plus intime en lui, comportait quelque chose d'effrayant.

À chaque lancement de ses nouveaux romans, Sarah, Rollin, Alexis et moi avions l'habitude, comme un rituel, d'assister au direct de l'émission littéraire la plus prisée. Rollin et Alexis se comportaient comme des gamins, prêts à rire de chaque boutade de leur camarade installé devant les caméras, noyé dans la lumière. Il n'y avait que Sarah et moi pour être capables d'interpréter les troubles quasi imperceptibles de Marceau. Interpréter est un bien grand mot, car ni l'une ni l'autre n'aurions su y trouver une réelle signification. Ce qui est certain, c'est que nous tenions à lui et que cette faille nous préoccupait.

Aujourd'hui, je manque d'air. Je ne reverrai plus les bulles remonter à la surface. Son souffle a disparu de mon existence.

J'arrache les pages de mon agenda aux dates de nos rendez-vous à venir, qui ne viendront pas. Celles où figure le mot *Manureva*, le nom qu'il donnait à nos escapades, notre moyen de nous évader, peu importe l'ailleurs. Je ne savais pas au début que *Manureva* était le nom que le navigateur Alain Colas avait donné à son bateau... Navigateur qui a disparu en 1978 au large des Açores, dans l'œil d'un cyclone. Son corps n'a jamais été retrouvé, pas même le moindre débris. La dernière trace qu'il ait laissée, c'était ce dernier « Mayday, Mayday, Mayday » désespéré. Avec le recul, je trouve ce nom de code choisi par Marceau d'une ironie noire.

Je raye au stylo bille noir le *Manureva* programmé pour la semaine à venir. Je le raye si fort que le trait s'imprime en creux, comme une cicatrice, sur le papier des deux semaines suivantes. À bien y songer, *Manureva,* c'était presque prémonitoire. C'est le nom d'un bateau bien trop maudit. Le capitaine de mon ode interdite s'est éteint.

11

Mes émotions s'entrechoquent, j'ai du mal à les saisir. Je m'en veux d'avoir craqué devant Karen. Notre complicité, cette connexion silencieuse qui nous unit depuis toujours, semble soudain teintée d'une nuance trouble. Un simple regard nous a toujours suffi pour nous comprendre. Aujourd'hui, j'y décèle des ombres que je ne souhaite pas voir.

La douleur de Karen face à la perte de Marceau – oui, elle aussi a mal – était presque tangible. Sa retenue pour ne pas pleurer m'affecte d'une manière que je n'aurais pas soupçonnée. Les confidences que j'ai pu lui faire par le passé, mes doutes sur Marceau, me reviennent comme autant de possibilités de trahison. Ces moments partagés entre eux, ces virées sur le lac que je feignais d'ignorer, prennent une dimension nouvelle. L'image de Marceau et Karen sur notre hors-bord. Comme si ma meilleure amie m'avait volé une part de mon mari – moi qui manque si cruellement de lui désormais.

Je repense à Marceau, son besoin d'espace, ses plongées autour de l'épave de l'avion de son père. Ce jardin secret que je respectais, par amour, devient maintenant le terreau de mes doutes. L'idée que Karen ait pu partager une partie de lui qui m'était inaccessible me noue l'estomac.

Doucement, une question insidieuse s'immisce : et si Marceau avait confié à Karen des choses qu'il ne m'avait jamais révélées ? Cette idée, à la fois séduisante et terrifiante, me laisse partagée entre le désir de savoir et la peur de découvrir.

Perdue dans mes pensées, je manque de rater l'embranchement de la départementale. Je donne un coup de volant brusque et m'engage sur la route de Thonon en direction de Genève. Les paysages défilent, toujours dominés au loin par les montagnes et leurs pointes blanches, puis sur le côté, le bleu azur du lac par alternance, à travers les interstices, telles des fenêtres dans la végétation. J'essaie de remettre de l'ordre dans mon esprit. Dans moins d'une heure, je vais découvrir ce que nous a réservé mon mari. Il faut être Marceau Miller pour imaginer un scénario pareil ; qui d'autre anticiperait sa mort, à quarante ans à peine ? Laisserait comme testament un manuscrit dans un coffre en Suisse ? Qu'est-ce que ça signifie ? Marceau a toujours été joueur, mais je ne l'imagine pas manipuler nos sentiments pour le seul plaisir. Marceau parle également d'argent dans sa lettre. D'où vient ce fric ? Je n'ai jamais remarqué de transfert d'argent de notre compte vers un autre. Je connaissais approximativement les montants de ses droits d'auteur, enfin je crois, et Marceau me tenait au courant de ses placements. Je sens l'angoisse m'envahir, les doutes aussi. Je n'ai qu'une hâte, tout récupérer, m'enfermer chez moi et me plonger dans la lecture du texte.

C'est étrange, quand Marceau était en vie, je ne lisais jamais ses romans avant leur publication de peur de le déstabiliser par mes remarques ou mes critiques. Il avait d'ailleurs fini par ne plus me demander mon avis. Je crois qu'il en a souffert. Marceau était une éponge à émotions. C'était d'ailleurs là que se nichait son talent : il savait extraire la substance qui vibrait en nous pour nourrir ses personnages. Au fond, je suis la première responsable de cette distance qui s'est peu à peu installée entre nous, qui a mis à mal notre couple sans que j'en prenne réellement conscience.

Je passe la frontière suisse. J'aperçois l'immense jet d'eau sur le lac. Cent quarante mètres de haut, l'emblème de Genève que les touristes immortalisent avec leurs smartphones depuis le quai du Général-Guisan. Je ne suis plus qu'à une encablure de la HSBC.

Le bruit d'un Klaxon me fait sursauter, je pile en manquant de peu la pédale de frein. Il était moins une. Mon pick-up s'est immobilisé à une vingtaine de centimètres du pare-chocs d'une berline de luxe. La vitre teintée de la portière s'abaisse. L'homme au volant semble être le seul occupant du véhicule. Devant mon regard vide, il lève une main gantée de cuir, et, résigné, referme sa vitre et passe son chemin. Mon cerveau est épuisé par les nuits sans sommeil. Je réagis toujours avec un temps de retard.

Je sombre, vraiment.

Quand j'arrive au niveau de la HSBC, j'aperçois une Porsche rouge garée devant. Je n'y connais rien en voitures de sport, mais celle-ci, je la reconnais. Une Targa de 1984. En général, on les bichonne ces petits bijoux. Pas celui-là. Ça m'étonne qu'Alexis n'ait pas pris le temps de faire réparer la légère déformation sur le pare-chocs avant. Lui qui se soucie tant des apparences, ça ne lui ressemble pas. C'est sa voiture. Marceau adorait faire hurler ses « six cylindres ». Alexis lui prêtait le volant à contrecœur. Il n'avait pas tort : c'est Marceau qui a laissé ce joli « souvenir ».

Alexis était le meneur de la bande. Après le bac, il a intégré une école de commerce avant de rejoindre une multinationale où il « brasse des affaires », comme il aime à le répéter. Toujours tiré à quatre épingles, costumes sur mesure, chaussures Berluti, il passe la plupart de son temps dans des avions, enchaînant les rendez-vous un peu partout en Europe. Il m'énerve. Tout m'énerve. Il aurait quand même pu me prévenir qu'il se rendait ici aujourd'hui. Je suis la femme de Marceau, bordel. SA VEUVE. Je me gare à cheval sur le trottoir, récupère mon sac et sors du véhicule, après m'être emmêlée dans la ceinture de sécurité. Au diable le parcmètre ; quitte à payer une amende, autant faire un tir groupé. Les Klaxons fusent tandis que je traverse la chaussée sans même jeter un coup d'œil à la circulation. Mes yeux n'arrivent pas à lâcher le bolide rutilant garé juste en face, l'étendard criard de monsieur J'affiche-Ma-Réussite. Arrivé devant la bagnole, je regarde par la vitre avant. Sur le siège passager, la casquette de Rollin. Il est là aussi ? Ils n'ont pas perdu de temps ces deux-là ! Mais qu'est-ce qu'ils croient. Que le banquier va leur ouvrir le coffre sans m'attendre ? Mais c'est à moi que revient le droit de récupérer ce qu'il renferme ! Le manuscrit, je compte bien le lire en priorité ! J'entre dans la banque sans même saluer le portier. Qu'il me dise quoi que ce soit, et je me le fais. Lui et tous les autres.

* * *

Alexis et Rollin sont assis dans l'un des canapés en cuir qui meublent le hall d'accueil. Ils sont aussi pâles que je suis rouge écumante. Le pied droit de Rollin martèle frénétiquement le sol. À ma vue, Alexis pose une main sur le genou de Rollin pour le calmer. Il porte le même costume que le banquier qui vient à notre rencontre. L'homme se contente d'esquisser un geste de la main tout en jetant un regard vers la caméra de surveillance, puis nous invite à le suivre, sans plus de formalités. Même pas le temps de demander à Alexis et Rollin pourquoi ils ne m'ont pas appelée avant de venir. Comme s'il avait compris la raison de mon exaspération, Rollin entreprend une justification. Pataud, comme toujours.

– Karen m'a prévenu que tu étais en route. Alexis était près de Rivaz, il est passé me prendre là-bas. Débouler ici avec mon restaurant ambulant, c'était pas la meilleure option. Bref, j'ai tout laissé en plan devant le Vinorama.

– La mise à disposition du coffre aura lieu dans une salle prévue à cet effet, l'interrompt le banquier qui semble vouloir expédier notre affaire.

Précédant les garçons, je suis le banquier vers les ascenseurs. Il actionne le bouton du deuxième sous-sol. Nous longeons un couloir jusqu'à une porte sécurisée. L'homme adresse un signe de tête au vigile en faction qui le laisse passer. Nous pénétrons enfin dans la chambre forte. Une première, en ce qui me concerne.

Un coffre est posé sur une table plantée au milieu de la pièce. Tout est aseptisé, terriblement froid. Son volume m'étonne – plus important que je n'imaginais ces choses-là. J'hésite un instant avant de m'approcher de la table. Rollin et Alexis restent en retrait – le banquier leur indique des fauteuils à l'autre bout de la salle. Mes mains tremblent, je ne sais pas quoi faire. Le responsable me communique à l'oreille le code électronique du coffre puis sort de la pièce. Je tape aussitôt les chiffres sur le petit clavier. Un claquement métallique libère le mécanisme de fermeture. À l'intérieur se trouve un sac de sport. Rien d'autre. Je le tire vers moi ; il est lourd. Alexis et Rollin ne me quittent pas des yeux comme s'ils épiaient chacun de mes gestes. Comme s'il les contrôlait. J'essaie de les ignorer et ouvre la fermeture Éclair.

Je n'arrive pas à y croire.

Le sac regorge de billets de banque en vrac. Tant de liquide, d'où ça vient ? Marceau s'est cru dans un film ? Édouard lui payait ses avances d'auteur en cash, ou quoi ? Je plonge nerveusement mes mains au fond. Le manuscrit, il n'y a que ça qui m'intéresse en fait. Je retourne le tas de billets, fouille et refouille. Ma respiration s'accélère.

– Ça va, Sarah ? s'inquiète Alexis.

Je ne réponds pas et renverse le sac. Tandis que je le secoue de toutes mes forces, les billets virevoltent au-dessus de la table et s'éparpillent à mes pieds. Je me mets à hurler comme une folle :

– Où est le manuscrit ???!!!

Ma rage se mêle aux larmes. C'est comme si on m'avait volé Marceau une seconde fois. Alexis et Rollin échangent un regard perplexe. Ils sont encore plus pâles qu'à mon arrivée. Fidèle à lui-même, Alexis parvient pourtant à conserver son air stoïque, tandis que Rollin tient sa tête entre ses mains et laisse échapper un sanglot. Tous nos souvenirs remontent à la surface. Jade. Un magma infâme : des flashs, des peurs et toujours des questions sans réponses. En une fraction de seconde, la même douleur – la même angoisse – nous assaille tous les trois. Le tsunami qui a englouti mon cerveau m'empêche d'y voir clair, pourtant, dans ce maelström je sens que quelque chose cloche. Mes muscles se tendent, l'air entre par saccades dans mes poumons. Je me mets à tourner autour de la table comme une furie, piétinant les dizaines et dizaines de billets qui jonchent le sol. L'assurance d'Alexis s'est fissurée, il se ronge les ongles tout en fixant le sac de sport. Rollin dodeline de la tête, groggy, comme un boxeur qui vient de prendre une droite en plein visage. Trop de drames, trop de non-dits, trop de fric.

Trop de coïncidences.

Comme si un déclic s'était produit en moi, je rembobine le film en quelques secondes et assène :

– Il n'est pas tombé.

Rollin sort brutalement de sa transe et me dévisage d'un air ahuri. Alexis s'est déjà levé et se plante devant moi, me fixe de son regard pénétrant et dur.

– Qu'est-ce que tu racontes ?

– On l'a tué. *On l'a tué.*

12

Alexis pose une main ferme sur mon épaule. Je ne peux m'empêcher de déceler dans son geste une agressivité à peine retenue. Il m'a toujours prise pour une cinglée, je le sais. Mais ce n'est pas cette pauvre tentative d'autorité qui va m'impressionner.

– Tu déraillles complètement, Sarah. Il est tombé, on le redoutait tous. Il était conscient des risques qu'il prenait, il nous l'a même écrit.

– Non, non, non et non ! Ce *n'est pas* un accident. J'en suis certaine : quelqu'un a tué Marceau.

– Sarah, les gendarmes sur place ont été très clairs. S'ils avaient eu le moindre doute, s'ils avaient remarqué quelque chose de suspect, une enquête aurait été ouverte.

Je me dégage de son emprise. Je ne lâcherai pas.

– Vous devez me croire. Vous deux, au moins !

– Sarah, on aurait tous aimé que cela ne se produise jamais. Tu n'étais pas la seule à lui dire d'arrêter ça. C'est un accident atroce, mais c'était prévisible. Tu es sous le choc, c'est normal. Mais tu dois tenir, pour les enfants.

Je change de cible et me tourne vers Rollin qui semble perdre complètement les pédales. Il est en nage, le visage cramoisi et le corps frissonnant, comme sous l'effet d'un chaud-froid violent. Et le voilà qui se met à chialer !

– Rollin, dis quelque chose, bordel !

– Ça suffit, Sarah ! hurle Alexis. On est tous à cran, et… et bien sûr que ça nous replonge dans ce qu'on a tous vécu il y a vingt ans.

Puis, se tournant vers Rollin :

– Tu vas lui dire, oui !? Dis-lui que c'était un accident !

Les lèvres tremblantes, Rollin marmotte quelques mots entre les dents, si bas que personne ne l'entend.

– Les… les gendarmes… C'est un accident, Sarah, finit-il par ânonner.

Alors j'explose et je balance contre le mur le sac de sport qui j'avais gardé en mains.

– Et le manuscrit ? Il est où, putain ?!

Alerté par le bruit, le banquier frappe à la porte, l'entrouvre et penche timidement la tête dans l'entrebâillement. Le vigile se tient derrière lui, prêt à intervenir.

– Est-ce que tout va bien ? demande-t-il d'une voix hésitante.

– Oui, tout va bien, répond Alexis.

Pour donner le change, il me prend dans ses bras et glisse une main dans mes cheveux, comme la caresse qu'on donnerait à un chien apeuré.

– Notre amie est très secouée. Vous comprenez…

Rassuré, le banquier referme la porte. Je me détache aussitôt d'Alexis. Je n'ai jamais ressenti cette violence sourde entre nous. Non, rien ne va ! Rollin s'est rassis dans son fauteuil, au bord du malaise. Chacun à leur façon, Alexis et lui paraissent terrifiés, et cette peur me renvoie à la mienne. Mais ce qui me terrifie le plus est qu'ils ne me croient pas. Pire, ils pensent que je suis folle. Ce sont mes plus grands amis et je ne peux pas m'appuyer sur eux. C'est cette vérité qui m'assourdit tandis que je me dirige vers la porte, piétinant les billets sans les voir.

– Non, c'est tout sauf un accident, murmuré-je d'un ton las.

Le vigile s'écarte sur mon passage. Le banquier se précipite dans la salle, je l'entends qui s'efforce de ramasser les billets. Je continue vers l'ascenseur. Le banquier et Alexis échangent à voix basse. Je ne perçois que quelques mots. « ... première fois... cirque pareil... » Le con. Arrivée au rez-de-chaussée, je traverse le hall sans prêter la moindre attention aux clients qui attendent d'être reçus et je franchis le tourniquet, ignorant une fois de plus le portier.

Je tiens un os que je ne suis pas prête de lâcher.

Ce manuscrit, je vais le trouver.

En passant devant la Porsche d'Alexis, je flanque un grand coup de talon dans la portière. Deux passants interloqués s'arrêtent et me toisent de la tête aux pieds. La tôle est cabossée, peut-être pas assez. Ça me fait sourire. Ça me fait du bien. J'aurai, moi aussi, laissé un petit « souvenir » à Alexis. Par miracle, ma voiture n'a pas été enlevée et il n'y a aucun papillon sur le pare-brise. J'aperçois mon reflet dans la vitre du conducteur. Mes cheveux hirsutes, mes yeux injectés de sang. Une plaque rouge sur mon visage, une autre dans le cou. Je ne ressemble à rien.

Il me reste deux heures pour rentrer à Yvoire, me doucher et être présentable devant les enfants quand ils rentreront de l'école. Ils ont été suffisamment secoués, je ne veux pas les perturber davantage. Benjamin m'inquiète, il bégaye depuis la mort de Marceau. Le choc a été violent. J'ai bien pensé l'emmener voir un pédopsychiatre, mais l'énergie m'a manqué. Peut-être aussi que je n'ai pas envie de subir les questions du médecin qui cherchera autant chez moi que chez Benjamin. Alors que je roule depuis quelque temps déjà, je fouille dans mon sac à la recherche de mon portable. Je le cale sur le tableau de bord pour consulter l'écran d'un œil. Il a vibré plusieurs fois depuis que j'ai quitté Genève. Trois SMS d'Alexis envoyés à moins de cinq minutes d'intervalle.

Sarah, je suis désolé, ça n'aurait jamais dû se passer
comme ça. On est tous à cran. Je suis là si tu as besoin
d'aide. Et je ne t'en veux pas pour la portière
même si elle grince un peu à l'ouverture maintenant.

Sarah, essaie de te reposer un peu.
On va le retrouver le manuscrit.

Sarah, c'est encore moi. Le banquier a fait le compte.
Marceau a laissé trois millions cent soixante-quinze
mille euros.

Le fric, il n'y a que ça qui compte pour lui. Cela dit, la lettre de Marceau l'a manifestement ébranlé là-bas, dans cette antichambre de l'enfer. Quant à Rollin, il a complètement perdu les pédales. Je me gratte le cou, aggravant la plaque rouge disgracieuse. Par chance, celle du visage s'estompe.

À la sortie de Douvaine, je décide de continuer droit vers Thonon-les-Bains au lieu de bifurquer en direction d'Yvoire. Le moteur tousse, j'accélère. L'aiguille de la jauge est proche de la butée. Le fond du vieux réservoir est plein d'impuretés que le carburateur digère mal, comme sur les bateaux. Je dépasse une station-service sans m'arrêter. Tant pis pour le réservoir pratiquement à sec, je n'ai qu'un objectif : tout balancer aux gendarmes. La lettre de Marceau, le manuscrit, l'argent, et surtout mes doutes concernant l'accident. Ma respiration s'accélère, des tics agitent mon visage, trahissant ma nervosité. Le pick-up se déporte légèrement, les pneus mordent le trottoir. Je réussis *in extremis* à me remettre dans l'axe. Une voiture en face me fait des appels de phares. Je klaxonne en retour, plusieurs fois. J'ai envie de hurler. Qu'ils me foutent la paix !

Que s'est-il passé, Marceau ? Tant que je n'obtiendrai pas les réponses à mes questions, je ne m'arrêterai pas. Peu importe où tout ceci me conduira.

Arrivée devant la gendarmerie de Thonon, je me gare sur une place réservée, la seule disponible. Dans le hall d'accueil, je passe en trombe devant l'officier de l'accueil et me dirige d'un pas inarrêtable vers le bureau du capitaine Robin Delmas.

– Madame, vous n'avez pas le droit ! lance un gendarme dans mon dos.

Sa large main finit par agripper mon épaule.

– Je m'en occupe, intervient le capitaine qui m'a vue venir.

Le type me lâche. Je me masse à l'endroit où sa main m'a broyée.

– On n'entre pas ici comme dans un moulin, madame Miller. Venez dans mon bureau.

Le capitaine adresse un geste de sympathie à son collègue et m'invite à le suivre.

– Je sais l'épreuve que vous traversez, madame Miller, commence-t-il alors que nous ne sommes même pas assis.

– Non, vous ne savez pas.

J'ai l'impression d'être branchée sur une prise en surintensité – impossible de me calmer. Pourquoi ai-je l'impression que tout le monde est contre moi ? Je m'assois et cherche fébrilement un mouchoir dans mon sac.

– Alors, madame Miller, reprend Delmas d'une voix doucereuse, dites-moi ce qui vous amène ici ?

Il m'exaspère avec ses « madame Miller » à tout bout de champ. Sa condescendance me fait perdre le peu de patience qu'il me reste. Je triture mon mouchoir qui n'est plus que lambeaux dans mes mains.

– Marceau m'a envoyé une lettre…

Le capitaine s'enfonce dans son siège, posant sur moi un regard inquiet.

– Vous voulez dire que vous avez *retrouvé* une lettre. N'est-ce pas, madame Miller ?

Mes mains s'abattent sur son bureau. Delmas me dévisage, perplexe, ce qui ne fait que renforcer ma colère. Me prendrait-il pour une cinglée lui aussi ?

– J'ai reçu un courrier de la HSBC ce matin, *Monsieur Delmas,* accompagnée d'une lettre de Marceau que la banque devait me remettre si mon mari venait à disparaître. Rollin Uldry et Alexis Thorens l'ont également reçue. Marceau y révèle l'existence d'un manuscrit contenant des informations nouvelles au sujet de la disparition de sa sœur Jade, il y a vingt ans.

Les yeux de Delmas s'arrondissent, comme si un fantôme venait de passer devant lui.

– Je peux voir cette lettre, madame Miller ?

– Évidemment, c'est pour ça que je suis là.

Tandis que je pose le courrier sur son bureau, ses yeux oscillent entre mon visage et les feuilles de papier qu'il déplie soigneusement devant lui.

– Ces marques sombres sur le papier, là, c'est du sang. Pouvez-vous m'expliquer ce qu'il fait là, madame Miller ?

– Ce n'est rien. Je me suis coupée en ouvrant l'enveloppe.

Je me garde d'évoquer l'épisode de la bibliothèque et de la bouteille de Dalmore. Son regard s'attarde un instant sur moi comme s'il doutait de ma réponse. Je rougis malgré moi et reprends un mouchoir dans mon sac pour sauver les apparences.

Il prend son temps pour lire la lettre, s'interrompt parfois en me fixant avec insistance avant de poursuivre.

– L'argent, le manuscrit, me demande-t-il enfin, vous les avez récupérés ?

– Seulement l'argent. Enfin, si l'on peut dire… Trois millions d'euros en liquide, en vrac dans un sac de sport. Mais il n'y avait rien d'autre dans le coffre.

– Trois millions…

Delmas fronce les sourcils et réfléchit. Quand il reprend la parole, c'est lentement, et comme en pesant chaque mot.

– Votre mari a très bien pu ne jamais déposer le manuscrit dans ce coffre… Après tout, sa lettre n'est pas datée, elle est peut-être ancienne. Ou alors il n'a pas terminé la rédaction de ce texte ? J'imagine que ça doit arriver, chez les écrivains. Ne pas être suffisamment satisfait de son travail, reprendre encore et encore. Non, moi, c'est plutôt tout cet argent qui me pose question. On ne met pas autant de liquide à l'abri sans raison…

Il s'arrête un moment et se gratte la tête, comme gêné de partager la suite de sa réflexion.

– Dans sa lettre… Il parle de s'enfuir. À quoi fait-il allusion ? Et pourquoi a-t-il également envoyé ce courrier à vos deux amis ?

Je me lève et prends appui sur le bureau. Son parfum, une forte fragrance de cuir et d'épices, me donne la nausée. Effluve bien trop virile pour ce type sans allure, petit et maigre. Tout me révulse chez lui. Mais je dois prendre sur moi.

– Parlons-en. Quand j'ai vu ce fric, j'ai tout de suite pensé que Marceau n'avait pas dévissé tout seul de cette foutue paroi. Quelqu'un l'a forcément poussé. Et le manuscrit, il ne s'est pas volatilisé pour rien. Mon mari ne me parlait jamais de son travail et je ne découvrais le contenu de ses bouquins qu'à leur parution. Donc s'il l'évoque aussi clairement dans cette lettre, c'est qu'il existe. Et qu'il est terminé. Marceau affirme aussi que Jade n'a pas disparu, contrairement à la conclusion de l'enquête à l'époque. Il s'est passé quelque chose que nous ignorons il y a vingt ans. Il a voulu nous l'écrire.

Je me rassieds, soudain épuisée.

– Pourquoi pas plus tôt ? Pourquoi ne nous en a-t-il jamais parlé avant… Je ne sais pas.

Je me perds un instant dans mes pensées. Puis me force à reprendre :

– Mais si ce manuscrit est introuvable, c'est pour une bonne raison, capitaine Delmas. Marceau a été tué intentionnellement. Vous devez me croire.

Le policier n'a pas cessé de me scruter pendant tout ce temps. Il semble hésiter.

– Vous allez un peu vite en besogne, madame Miller. Votre mari grimpait sans s'assurer. Il connaissait les risques. Il l'a écrit lui-même dans sa lettre. Concernant le manuscrit, vous devriez regarder de plus près son bureau, ordinateur, clé USB, cartes mémoire, disques de sauvegarde… Si ça se trouve, vous allez tomber dessus. Suivez mon conseil. Et si vous découvrez de nouveaux éléments, revenez me voir.

– Vous vous fichez de moi ? Et la blessure sur son visage ? Il est tombé sur le dos, c'est forcément un coup qu'il a reçu avant. Que quelqu'un lui a donné.

– Madame Miller… Mes hommes sont arrivés immédiatement sur la zone de l'accident. Aucune trace, pas le moindre indice suspect n'a été trouvé. Et croyez-moi, ils ont passé le coin au peigne fin. La blessure, le légiste n'a aucune certitude, même après ses analyses complémentaires. Quant à la sœur de votre mari, cette affaire remonte à l'époque du lieutenant-colonel Reynaud. C'est très vieux. Et Reynaud est un obstiné, s'il y avait eu la moindre piste, il l'aurait suivie depuis longtemps. Nos fichiers recensent plus de quarante mille disparitions en France chaque année. Le cas de Jade est hélas « banal », pardonnez-moi de vous le dire. Votre mari a sans doute fait jouer son imagination d'écrivain pour inventer une autre fin à l'histoire de sa sœur.

Ce Delmas me prend pour une conne. Je ramasse la lettre de Marceau et envoie balader le pot en plastique rempli de stylos posé sur le bureau. D'un geste vif, le capitaine me saisit le poignet.

– Madame Miller, pas de ça avec moi. La prochaine fois que vous me manquez de respect, je vous colle un outrage à agent. C'est bien compris ?

Nous nous fixons longuement. Mais son exaspération n'est rien face à ma haine. Je dois faire sans lui, sans tous les autres. Je leur prouverai.

13

Le manuscrit

J'ai longtemps hésité avant d'écrire cette histoire. Il m'a fallu des mois après les événements, pour me décider à noircir ces pages. Le temps pour les gendarmes de boucler l'enquête, de conclure à la « disparition » de Jade. J'ai rapidement balancé dans les toilettes toutes les saloperies que les médecins m'avaient prescrites pour conjurer le drame et qui me bousillaient le cerveau. Le plus dur est fait : j'ai pris conscience qu'il ne sert à rien d'attendre une vérité qui ne viendra jamais. Personne n'a appréhendé l'ampleur du choc sur moi. La psychologue que j'ai consultée m'a qualifié de fragile et d'hypersensible – quelle découverte. La perte de mon père dix ans plus tôt avait creusé une faille en moi. Elle n'imaginait pas à quel point et pour quelles raisons. Elle ne le pouvait pas, puisque je ne lui ai jamais donné les clés de ce deuil impossible. La disparition de ma petite sœur a, selon elle, accentué ma dépression, me plongeant dans un état d'inertie totale.

Ainsi, j'ai décidé de me battre seul, contre ou avec mes démons, en troquant mes séances chez la psy contre ma plume. Écrire en oubliant, pour une fois, la fiction.

Toute vérité est-elle bonne à écrire ? Comment imaginer la portée d'un récit que je n'aurai jamais dévoilé de mon vivant ? Cette perspective me hante. On peut imaginer – je le fais très bien moi-même – que ce geste a tout d'une échappatoire : me délester d'un fardeau sans craindre les regards extérieurs. Je le vois pourtant aussi comme un devoir. Mon manuscrit comme une bombe posthume, pour que la vérité me survive.

Beaucoup d'affaires judiciaires ne trouvent jamais de réponse. Personne n'a oublié cet enfant des Vosges ni ceux qui continuent vaille que vaille à creuser jusqu'aux tréfonds de cette affaire pour repêcher les secrets noyés dans la Vologne.

Je pense à Sarah et aux enfants. Je sais que si un jour un fil dépasse de la pelote, Sarah tirera dessus. Ce besoin de tout comprendre la rend parfois si incontrôlable, imprévisible… Avec ce texte, j'espère lui apporter les réponses qu'elle attend. Elle pensera que j'aurais pu le faire plus tôt. Mais je n'en ai jamais été capable. Je n'en suis pas capable. Ça serait dévastateur. Cette confession à retardement, je la lui dois, ainsi qu'à nos deux enfants – et j'ose imaginer qu'elle comprendra le sens de ma démarche. Quant à Alexis et Rollin… ils m'ont toujours été d'une loyauté sans équivalent. Sans leur présence et leur soutien, j'aurais sombré depuis longtemps. Nos liens n'ont jamais cessé de se renforcer depuis l'adolescence. D'une certaine manière, ils sont intimement liés à la mémoire de ma sœur et grâce à eux, elle ne s'effacera jamais. Les amitiés vraies se bâtissent sur les épreuves, pas sur des parties de plaisir. La nôtre, d'amitié, est de celles-ci : solide, inaliénable.

Ce manuscrit, je passe et repasse dessus depuis des années. Il n'est nullement question pour moi d'assouvir des fantasmes d'écrivain – d'une certaine façon, quelle liberté nouvelle ! –, mais d'affiner la vérité un peu plus chaque fois. Les saisons qui se succèdent, et le poids de la culpabilité qui croît à mesure que le temps s'écoule, apportent des éclairages différents.

« Écrire la vérité », c'est ma façon aussi de rendre son histoire à Jade, y compris celle qu'elle n'a pas pu vivre. Ma petite sœur adorée ne connaîtra jamais la joie de voir grandir ses enfants. Je ne verrai jamais de fils blancs apparaître dans sa chevelure, ni de rides encadrer son regard. Je suis son obligé. Et puis : écrire m'a aidé à vivre. Et à devenir celui que je suis. Ce devoir scrupuleux de confession a servi de catalyseur à mes émotions, jusque-là engluées dans le chagrin – elles ont par la suite nourri mes romans. Cercle incestueux où réalité et fiction s'entredévorent.

J'ai connu le succès dès mon premier roman publié. Une gloire que beaucoup considèrent comme un accomplissement. Elle repose pourtant sur des blessures intimes, celles-là mêmes dont je me sers pour travestir la vérité que je ne suis pas capable d'assumer. La peur a toujours été pour moi un moteur. Peur d'être abandonné, peur d'être jugé. Peur du petit garçon qui a fait une terrible bêtise et se tait pour retarder la punition…

Tarder, retarder. Je l'ai trop fait. Il est temps de se lancer.

Pour raconter ce que j'ai à dire, je dois commencer par le commencement.

J'avais huit ans quand nous avons quitté Nice. Une opportunité professionnelle s'était présentée à ma mère dans le département de radiologie du Centre médical du Chablais à Thonon, en Haute-Savoie. Mon père, à qui son activité libérale offrait la possibilité de s'établir où il le souhaitait, y avait vu de nouveaux territoires à survoler avec son petit avion, le fameux Savage Bobber. Pour moi, c'était une découverte majeure, celle de la liberté d'aller et de venir sans fin. La rencontre de la grande Nature. Je passais le plus clair de mon temps à l'extérieur, à crapahuter dans la région. Devant cet appétit nouveau, ma mère nous a inscrits à "la Maison de la Forêt", Jade et moi. L'association jouait le rôle d'annexe locale de l'office de tourisme et proposait de nombreuses activités pour les enfants. Nous y avons trouvé nos marques avec Jade. Plus encore, nous y avons trouvé un refuge – dès l'accident qui a coûté la vie à mon père.

J'avais alors dix ans, et Jade onze mois de moins que moi. Nous avons traversé cette tragédie comme la traversent des enfants de cet âge. Nous voulions être des enfants comme les autres, malgré la fatalité en plus et un père en moins. Les années passaient pourtant et la souffrance sourdait en nous.

Nous vivions avec un fantôme, comptant sur l'âge adulte pour qu'il nous débarrasse de lui et nous ouvre un nouvel horizon.

L'été de mes dix-sept ans, "la Maison de la Forêt" m'a accueilli en tant qu'employé saisonnier. Mon premier job d'été. Jade s'est jointe à moi dans cette aventure : guides de montagne sur les chemins balisés les plus accessibles et praticables. C'est là que nous nous sommes rencontrés, Sarah et moi. Elle aussi, guide. Son léger accent vaudois et sa façon sensuelle de râper les « r » m'ont immédiatement plu. Sa manière de compter en septante, huitante, nonante, d'appeler une « gouille » une flaque d'eau, ou un « bobet » un con, aussi. De me rappeler à chaque occasion que j'étais un « frouze », un Français, encore plus.

Dès cette époque, la force de Sarah m'a fasciné. Son besoin de liberté. Elle ne vivait que dans l'attente de l'été, de ce moment béni et sauvage où elle pouvait passer la frontière suisse pour s'installer dans la maison de sa grand-mère, Louise – elle qui est devenue notre *maison, où nous avons construit notre foyer, élevé nos enfants. Sarah n'en aurait pas voulu d'autre.*

C'est Yves Reynaud, le gendarme, qui assurait notre formation de guides. Il devait avoir une quarantaine d'années à l'époque et donnait un coup de main à l'association dès qu'il le pouvait. Ce vieux renard connaissait déjà la montagne mieux que sa poche, un vrai limier du cru. Sarah se comportait comme une sauvageonne avec lui. Il passait son temps à essayer de contenir les débordements. Je me dis à présent qu'elle devait certainement relâcher la pression de son année passée à étouffer chez ses parents, à Lausanne.

J'ai tout de suite adoré faire équipe avec elle. Sa présence m'est devenue indispensable dès la première journée passée ensemble. Elle dégageait un charme singulier – celui d'une fille capable de survivre en milieu hostile. Les immenses forêts et le lac étaient ses royaumes. Je savais déjà que me risquer à l'apprivoiser bouleverserait ma vie à tout jamais. C'est pourquoi je me suis efforcé de garder bloqué un cran de sûreté au fond de moi. Pour éviter l'accident fatal. Notre amitié n'échappait pas aux querelles. Mais chaque dispute nous rapprochait plus qu'elle ne nous éloignait. Chaque mot prononcé un peu trop haut nous permettait de mieux comprendre le langage de l'autre. De nous créer un vocabulaire commun. Malgré l'intensité de notre relation, passer au registre amoureux aurait tout changé à cette époque. L'un comme l'autre, nous savions que le moment n'était pas venu.

Il aura fallu trois années et un drame pour que nous échangions notre premier baiser. Il faut croire que la présence de ma sœur s'érigeait en rempart invisible entre nous : ce n'est qu'avec sa disparition que ma relation avec Sarah a pris un tour plus intime. Je parle de « disparition » parce que ça m'arrange, pour l'instant. La réalité est bien différente et c'est la raison pour laquelle j'écris. *Le destin de ce texte ne dépendra d'aucun éditeur. Il ne restera pas non plus à dormir au fond d'un tiroir ou d'un coffre de banque. C'est un airbag qui attend la collision pour se gonfler et éclater.*

J'enjambe les années. Disparition de Jade, donc. L'enquête pour la retrouver a été confiée au vieux Reynaud. Il a organisé les battues, s'est démené comme un diable, remuant de jour comme de nuit la montagne qu'il pensait si bien connaître. Il enrageait qu'elle lui résiste. Lui qui nous avait pourtant appris l'humilité face aux éléments. « Souvenez-vous qu'à chaque saison, chaque changement météorologique, la forêt, la montagne et même le lac changent. » Alors, après le temps des battues, des chiens, des hélicoptères, des recherches éparses, l'affaire a glissé peu à peu en queue de liste des priorités d'une équipe de gendarmes découragés. Ce dossier a éteint quelque chose en Reynaud. Le jour de sa retraite, bien des années plus tard, en emportant ses derniers cartons, il traînait aussi ce poids mort derrière lui.

Je suis tellement désolé.

Tout aurait dû être si différent.

14

Panne sèche. Maintenant, je connais la limite de la jauge, avant les hoquets du moteur. Le petit cran en dessous duquel l'aiguille ne doit pas descendre. Le jerrican vide cogne en cadence contre ma cuisse tandis que je chemine sur le bord de la route. Je tâche de rester bien à gauche, face aux véhicules, sans me tordre une cheville entre le bord abîmé de l'asphalte et les herbes sauvages. Près d'une dizaine de kilomètres me séparent d'Évian-les-Bains et presque autant de la frontière suisse. Je marche vers Lugrin. Je pense au nom de ce chalet devant lequel nous nous sommes souvent arrêtés avec Marceau, en nous promenant dans le coin. *Vapiplan.* « Hâte-toi lentement », en patois savoyard. Quelle ironie ?

Deux kilomètres au bas mot avant de trouver de quoi nourrir mon engin et de faire le chemin en sens inverse. Une punition qui tombe mal, mais la fautive c'est bien moi. Acte manqué ? Quelque chose en moi qui voudrait que ça s'arrête ?

Un véhicule arrive dans mon dos sur l'autre file. Je me retourne et adresse un signe de la main en brandissant mon jerrican. La femme planquée derrière ses lunettes de soleil dans son cabriolet ne me calcule pas. Évidemment, une souillon comme moi, aucune chance de poser mes fesses sur le tissu précieux de son cher bolide. Mélange de sueur, d'huile, de terre et d'un peu d'essence. Sur la route de Crétal, moins fréquentée que la départementale juste au-dessus, je réduis mes chances de croiser une âme charitable. Je cogite. Marcher m'aide à faire le point ; la situation résume assez bien mon état du moment : abandonnée sur le bord de la route, crasseuse et pestiférée, contrainte de quémander une aide que peu de personnes ont envie de me donner. Sarah Miller, zéro. Vide, comme son jerrican.

J'aperçois le lac entre les habitations, puis, après une vingtaine de minutes, la station-service de Lugrin. Pas un chat, et face à moi, une première pompe à essence hors service, hors d'âge, avec son étiquette dans le vent. La seconde pompe accepte ma carte de crédit. Je décroche le pistolet et laisse écouler le carburant par à-coups dans le jerrican. La pompe peine, me donnant l'impression de vider le fond de la cuve. Les vapeurs de benzène m'agressent et je m'en mets plein les mains. Repartie avec mes cinq litres à bout de bras, je tempête à voix haute, exténuée. J'ai aussi fait gicler du carburant sur mes fringues et ma journée est loin d'être terminée. Je change régulièrement le jerrican de main. Les relents d'essence me rappellent ceux des tronçonneuses vrombissantes qu'utilisent les bûcherons dans les forêts environnantes. Ce que je préfère moi, c'est le parfum du bois fraîchement coupé, celui des copeaux qui volent et embaument les environs, celui de la sève et de la résine, de la forêt, qui me donne l'eau à la bouche. Marceau aussi aimait respirer la forêt. Il lui arrivait de l'écrire dans ses romans. Est-ce qu'il y aura au moins un peu de ça dans son manuscrit ?

Arrivée au pick-up, je vide le jerrican dans le réservoir ; ça coule en partie à côté, évidemment. Assez d'autonomie pour me rendre chez celui, peut-être le dernier, capable de m'entendre, de comprendre ma détresse – et ma détermination.

Le pied lourdement appuyé sur l'accélérateur, j'avale les neuf kilomètres restants puis guette l'embranchement sauvage vers un chemin forestier qui me conduit à une propriété dissimulée. Le pick-up ne fait qu'une bouchée de ce sentier boisé mangé par les herbes. Tandis que l'extrémité des branches rebelles et des fougères fouette la carrosserie, mes roues s'inscrivent dans le tracé de pneus jusqu'au bord du lac. Deux sillons imprimés en profondeur dans le sol. Enfin des rails qui semblent me guider dans le chaos.

C'est là, dans un chalet retapé camouflé entre les épicéas, que loge le vieux Reynaud. Autour, la végétation est dense ; je ressens son influence et tout ce qu'elle éveille en moi en effleurant des mains un tronc d'arbre à l'écorce irrégulière, en glissant mon visage dans les feuillages. Ça me rappelle les mots du journaliste et auteur Christian Charrière :

« *Nous croyons observer la nature et c'est la nature qui nous regarde et nous imprègne.* » Je marche un peu et trouve Reynaud assis sous le porche de son chalet, un livre sur les genoux – *La Tache* de Philip Roth, un roman qui laisse une empreinte forte, l'amertume singulière d'un héros qui a dû quitter ses fonctions pour protéger un secret. Installé dans son rocking-chair, Reynaud s'était semble-t-il assoupi face au lac. Le bruit de mon moteur l'a tiré de sa sieste, il émerge encore, sans rien dissimuler de sa torpeur. Il sourit légèrement et parle le premier.

– Ce pick-up, je l'ai conduit avant que tu n'aies le permis. Il est increvable. Mais il empeste l'essence. Tu veux que j'y jette un œil ?

Grisonnant, mais fort comme un roc. L'œil vif, toujours.

– Pas la peine, c'est moi qui pue l'essence. J'aurais dû lui donner à boire plus tôt…

Il me dévisage. Il me connaît tellement. S'approchant de moi, il me prend dans ses bras. C'est là que ma poitrine se soulève, que les sanglots montent sans prévenir. C'est l'épaule sur laquelle j'ai le droit d'être moi-même, de me libérer, un peu.

– À moi aussi, il me manque.

Il attend que mes soubresauts s'espacent, que je reprenne ma respiration.

– Je te prépare un café. Installe-toi là, regarde le lac et écoute-le.

Ce sont ses mots, rituels, quand ça ne va pas. Ça me fait un bien fou de l'entendre aujourd'hui. Je n'étais pas venue le voir depuis l'enterrement de Marceau. Quand il laisse son bateau à l'agence, pour de petits entretiens, il a toujours les mots qu'il faut. Il pourrait le réparer lui-même, c'est juste une bonne raison pour passer nous voir, Karen et moi.

Reynaud pose les tasses de café sur la table et s'installe à côté de moi.

– Tu veux qu'on en parle, ou bien que je te raconte mes vieilles histoires ? Je suis sûr d'en avoir encore des inédites en stock.

Je lui adresse un regard tendre, qui dit aussi « Pas aujourd'hui ». Je préfère aller droit au but.

– Marceau avait préparé quelque chose au cas où il lui arriverait... Enfin, tu vois. On a reçu une lettre, avec Alexis et Rollin.

– C'est bizarre, mais ça ne m'étonne pas de lui. Il faut toujours qu'il ait le dernier mot, ce foutu écrivain.

– Mais là, c'est différent, il... Il nous a écrit... à propos de Jade. Il dit qu'il nous doit la vérité.

Reynaud se tourne vers moi et repose sa tasse. Son visage trahit le réveil d'une vieille blessure, profonde, jamais pansée, malgré les années.

– La vérité... sur Jade ? Mais de quoi tu parles ?

– Il a tout consigné dans un manuscrit. Je me suis rendue à la banque, celle où il était censé avoir déposé le texte. Alexis et Rollin étaient là quand je suis arrivée.

Sa respiration s'alourdit. Il est aux abois. Il veut savoir, évidemment.

– On a trouvé un sac de sport, avec quelque trois millions d'euros en petites coupures. Mais pas de manuscrit.

– Ça, ça ne lui ressemble pas en revanche. Il vous a dit qu'il se trouverait là, à la banque ? Tu as la lettre ? J'aimerais la lire.

Reynaud reprend du service, réflexe de gendarme. Le papier tremble entre ses mains. J'enchaîne :

– Moi, je crois que Marceau n'est pas tombé. Je suis persuadée que ce n'est pas un accident et que quelqu'un l'a tué.

Reynaud détourne son regard de la lettre. Il me scrute – je n'arrive pas à comprendre tout à fait le sens de son regard.

– Tu en as parlé à la gendarmerie ? demande-t-il enfin.

– Oui, à ce con de Delmas, qui m'a prise de haut. Il ne fera rien.

– Delmas… Un opportuniste vaniteux. Il a toujours rêvé de me pousser dehors. Un sans couilles tout juste bon à pavaner.

– Il dit qu'il lui faudrait des preuves pour bouger et ouvrir une enquête.

– Ben voyons, et que le criminel se présente les poignets tendus, et encore, aux horaires d'ouverture du bureau de préférence. Quel tocard !

Je sais que je peux compter sur le vieux Reynaud. J'espère seulement ne pas lui attirer d'ennuis. Il se lève et pénètre dans le chalet d'un pas vif pour son âge. Depuis l'entrée, je l'entends fouiller plus loin dans son bureau, tout remuer, dans ce que je suppose être des coffres métalliques. La salle de séjour où je passe une tête révèle son univers. Plusieurs fusils de chasse accrochés à un mur.

Des armes rutilantes, entretenues. Du matériel de pêche en parfait état. Plus loin sur un buffet, des cadres avec des photos, des gens que je reconnais, d'autres non. Dans l'un d'eux, on me voit avec Marceau et les enfants. Au fond, dissimulée derrière les vivants, un portrait de Jade, quelques jours avant sa disparition.

– Tu es prête ?

Je me retourne comme prise en faute. Il cherche du regard ce qui a attiré mon attention.

– On va où ?

– Où l'autre imbécile aurait dû foncer, à la seconde où tu l'as informé de ta lettre.

15

– Je ne sais pas quel est ton programme ce soir Sarah, mais notre excursion va nous prendre du temps.

– J'ai envoyé un message à Karen pour lui demander de garder les enfants à la maison.

Nous roulons depuis un moment et la tension qui me noue depuis des jours s'est relâchée imperceptiblement, m'enfouissant de plus en plus dans le creux du siège passager. L'air déterminé de Reynaud et la tiédeur à l'intérieur de son véhicule, à l'abri des coups de vent printaniers, me rassurent. Comme s'il savait exactement ce qu'il faisait et qu'il portait une part de mon fardeau. Arrivés à Genève, Reynaud trouve une place à proximité de la HSBC. À l'accueil, avec son regard insistant, le portier me reconnaît de toute évidence. Reynaud sort sa carte de gendarme – périmée depuis cinq ans –, ce qui calme immédiatement les velléités du monsieur. Reynaud n'a pas la tête de celui à qui on demande des comptes.

*   *   *

– Nous devons vous poser des questions sur l'un de vos clients, Marceau Miller. Pouvez-vous me dire quand il s'est présenté pour la dernière fois ?

– Je ne peux pas délivrer ce genre d'information sans autorisation.

– Je comprends... Mais c'est important. Vous connaissiez bien Monsieur Miller ?

Le visage du guichetier perd de son impassibilité toute professionnelle et s'anime. Le nom de mon mari fait souvent cet effet.

– Ah, Marceau Miller, ce n'était pas n'importe qui ! J'adorais ses romans. Il me les a presque tous dédicacés.

Reynaud saisit l'opportunité, son ton s'adoucissant à propos.

– Si vous appréciez l'auteur, alors vous lui devez de m'aider. Cela pourrait nous permettre de comprendre les circonstances de sa mort.

Le guichetier hoche la tête, visiblement ému. Il cherche rapidement sur l'ordinateur devant lui.

– Si ça peut aider... Voilà, Monsieur Miller n'était pas venu depuis un an, mais il s'est présenté il y a trois semaines, pendant mes congés... C'est dommage parce que du coup je n'ai pas pu lui faire signer son dernier livre... C'était... le jeudi 22 avril précisément.

– À peine plus d'une semaine avant sa mort, commente à voix haute Reynaud. Vous pouvez m'imprimer ce document, s'il vous plaît ?

– Certainement.

– J'aimerais aussi voir les enregistrements de vos caméras de surveillance. À qui faut-il que je m'adresse ? Monsieur Miller a forcément été filmé par l'une d'entre elles, dit Reynaud en pointant de l'index le système de sécurité.

– Pour ça, il faut que je demande…

Le guichetier jette un coup d'œil rapide autour de lui.

– Mais je dois pouvoir vous faire gagner du temps… Si vous voulez bien me suivre au poste de sécurité… On me doit un service.

Reynaud me précède. Quelques heures plus tôt, dans ce même bâtiment, mon sang bouillait et je montais dans les tours, en proie au doute et à la fureur. Cette fois, mon cœur bat toujours un peu fort, mais mon intuition s'aiguise. Nous avançons, au sens propre et figuré. Dans cette salle obscure où nous entrons, au mobilier moderne, encombrée de quantité de matériel informatique et vidéo, je vais revoir Marceau. Marceau projeté sur une dizaine d'écrans en noir et blanc, quelques jours avant sa mort.

– C'est très simple, lance le geek de la HSBC, après que le directeur de la banque a été appelé et donné son aval, j'entre le jour et l'heure, et on tombe directement sur ce qui nous intéresse. On a un matos génial.

Les secondes défilent. Au centre de tous les écrans, le tourniquet en verre de l'entrée de la banque. Il demeure immobile longtemps, puis – Marceau apparaît. Je plaque ma main sur mes lèvres. Comment imaginer qu'une scène aussi banale pourrait un jour me déchirer le cœur ?

– 16 h 44, note Reynaud.

– Je peux effectuer une avance rapide fois 2 ou fois 4. On ne manquera pas sa sortie.

– Faites, dit Reynaud.

– Hop, le revoilà.

Le technicien assure l'arrêt sur image.

– Il est 17 h 04. Il ressort après vingt minutes, un paquet sous le bras…, constate Reynaud.

Cela confirme ce que nous pouvions suspecter.

Je ferme les yeux.

– Une enveloppe kraft de la taille d'un manuscrit. Le genre d'enveloppe qu'il utilisait pour ses échanges avec son éditeur.

Reynaud se tourne vers le technicien.

– Imprimez-moi les captures d'écran de l'entrée et de la sortie avec votre superbe matériel dernier cri, vous voulez bien ?

Aussitôt fait, Reynaud me pousse gentiment vers la sortie, sans lâcher les précieux documents collectés. Nous rejoignons son véhicule. Reynaud affiche un air d'une grande concentration alors qu'il règle ses rétroviseurs qui n'ont pas dû bouger pourtant depuis notre arrivée. Je me laisse guider par son implacable autorité.

– C'est ça le vrai travail de gendarme. Et maintenant, boucle ta ceinture Sarah.

Le 4 x 4 rejoint le trafic, Reynaud manœuvre entre les files de véhicules au gré des Klaxons. Il fraie son chemin comme un pisteur animé par la fougue d'une traque prometteuse. Je ne sais pas où nous allons. Une légère inquiétude me traverse, aussitôt balayée par la confiance que je porte en lui. En quelques minutes, le vieux Reynaud a su me soulager d'un poids écrasant, en donnant une raison d'être à mes doutes : je ne suis pas folle.

Les kilomètres défilent. Les forêts épaississent autour de nous. Au bout d'un moment, nous bifurquons en direction des montagnes. Je reconnais la route, mais cette fois nous contournons le massif et le lac de Neuteu. Je m'accroche à la poignée quand le chemin devient chaotique. Ce chemin non balisé par lequel a dû passer Marceau.

– Les amortisseurs sont bons à changer, mais ça garde le dos jeune, me lance-t-il.

Au loin, j'aperçois le reste d'un scellé qui délimitait la zone où a été retrouvé le corps de Marceau. Reynaud me jette un rapide coup d'œil tandis qu'il engage le véhicule sur un chemin de traverse adjacent.

– Faire tomber un grimpeur qui ne s'encorde pas, avec l'intention de le tuer, ça ne peut se passer que là-haut.

Nous avançons dans une voie rarement empruntée, les herbes atteignent la hauteur des vitres. Rien d'autre qu'une piste oubliée, pour rôdeurs ou braconniers. Elle ne monte pas jusqu'au sommet, mais nous en rapproche. Soudain, le plancher racle un rocher. Le 4 x 4 se soulève. Reynaud serre les dents et ralentit. Il roule sur quelques mètres encore, puis jette un coup d'œil dans le rétroviseur avant de s'arrêter.

– On ne va pas pouvoir aller plus loin. Mais c'est tout proche, dit-il en défaisant sa ceinture de sécurité.

Alors que je descends du 4 x 4, une odeur de fumée, d'herbe brûlée, séchée, me prend les narines. Reynaud marche en direction du rocher qui a griffé le châssis du 4 x 4. Je le rejoins.

– Si ça m'est arrivé à moi, c'est arrivé à d'autres. La végétation n'a pas beaucoup changé ces dernières semaines.

– On cherche quoi précisément ?

– Venir dans l'intention de tuer, c'est aussi s'assurer de décamper rapidement. Pour devancer Marceau dans son ascension, il faut soit un hélicoptère soit venir en 4 x 4 jusque dans les environs. Mais l'hélicoptère, c'est pas ce qui se fait de plus discret.

Il me regarde humer l'air. Je redeviens celle à qui il apprenait la forêt.

– Elle vient de quelle direction cette odeur, Sarah ?

– Je cherche justement.

– Souviens-toi de ce que je t'ai appris.

– L'orientation du vent... Mais avec l'altitude et enfoncés comme nous le sommes dans la forêt... je ne suis pas certaine.

– Sarah, quelle est la nature de cette odeur ?

– Combustion d'herbes séchées.

– Et donc ?

Je cherche. Je ne veux pas le décevoir.

– Les abeilles. Enfumer les abeilles. Des apiculteurs !

– Bien ! Et maintenant, continue de réfléchir, Sarah. Où pourrait-on positionner des ruches dans les environs pour garantir leur sécurité et pouvoir tout de même y accéder ?

Je tourne sur moi-même, tous mes sens en alerte. J'écoute la forêt. Je respire l'air à fond, comme un prédateur traque sa proie.

– Là-bas ! En remontant juste à la lisière des arbres, avant l'espace un peu à découvert.

Il me tend la main, et au geste, ajoute les mots.

– En route.

Nous remontons le chemin en coupant à travers les arbres. Au bout de quelques pas, Reynaud tend le bras et me désigne un véhicule garé plus haut. Le hayon est grand ouvert, deux apiculteurs se relaient pour vider les ruches de leurs précieux tableaux aux alvéoles chargées de miel. Reynaud me fait signe de m'arrêter. Je le vois sonder les alentours du regard. Je m'avance à son niveau, une branche craque sous mes pas. Les deux apiculteurs, en tenue blanche avec leur masque, à mi-chemin entre ceux des compétiteurs d'escrime et ceux de la NASA, se tournent vers nous. Je perçois un instant d'hésitation, comme s'ils se tenaient prêts à déguerpir.

– Nous venons en touristes, lance Reynaud, m'invitant comme lui à lever un bras.

Nous nous approchons. L'odeur de fumée s'intensifie. Pour pouvoir accéder au miel sans difficulté, on enfume les ruches, ce qui a pour effet de rendre paradoxalement plus inoffensives les abeilles. Regroupées autour de leur reine, elles se concentrent sur un autre danger.

Des insectes désorientés commencent à voler par dizaines autour de nous. Les abeilles qui voyagent et ne peuvent pas retourner à la ruche sont, elles, excitées. Je les chasse d'un revers de main dès qu'elles s'approchent trop de moi.

– Restez à l'écart, n'avancez pas davantage si vous ne voulez pas être piqués, lance un des apiculteurs.

Ils échangent un signe de tête. L'un d'eux vient dans notre direction, se débarrassant délicatement des insectes qui s'agrippent à sa tenue. Arrivé à notre hauteur, il soulève son masque.

– Ne restez pas là. On ne veut pas de problèmes.

– Ce ne sera pas long. J'ai juste quelques questions, et pas au sujet des abeilles, répond Reynaud en montrant sa carte de gendarme.

– Écoutez, on peut s'arranger. On a un deal avec un de vos collègues.

Chic, des braconniers. Je laisse Reynaud poursuivre son interrogatoire.

– Le braconnage, je m'en fous, poursuit le gendarme, je ne suis pas là pour ça.

– Vous voulez le miel ?

La proposition arrache un sourire au vieux Reynaud.

– Non, même si je suis certain que c'est le meilleur de la région.

– Pour sûr, personne n'amène les ruches jusqu'ici.

– Quand les avez-vous installées là ?

– Ça remonte à quatre ou cinq mois.

– Avez-vous remarqué le passage de véhicules dans le secteur ?

– Personne ne passe jamais par ici, c'est pour ça qu'on y vient. Ça a un rapport avec le macchabée qu'on a retrouvé il y a deux semaines, c'est ça ?

– En effet.

– On raconte partout que le type grimpait sans corde. Faut être sacrément con.

Je sens la colère monter.

– Du calme Sarah, anticipe Reynaud en posant sa main sur mon épaule. Faites signe à votre collègue d'approcher, s'il vous plaît, c'est important.

L'homme est en train d'activer énergiquement le soufflet de son enfumoir, créant un volumineux nuage près des ruches. Il s'interrompt et nous rejoint.

– Ça nous a bien emmerdés cet accident. Avec tout ce monde, on a dû laisser les ruches sans surveillance pendant plus d'une semaine.

– Mais vous avez peut-être vu quelqu'un ou entendu quelque chose juste avant l'accident ? Ou le jour même ?

– Je viens tous les deux ou trois jours en cette période. Ça avait soufflé la veille de l'accident du gars, ça arrive qu'une branche endommage une ruche. J'étais venu faire un contrôle, rapide. J'ai entendu un moteur. Il sonnait pas tout à fait comme le vôtre. Quelqu'un patrouillait dans le coin. Je me suis planqué. Ça pouvait être un flic.

– Comment ça, vous vous êtes planqué ? Vous n'avez pas cherché à voir quand même ? Il était quelle heure ?

Le type hausse les épaules.

– Nous, on veut pas d'emmerdes. Cachés, ça nous va bien. Pour l'heure, j'm'en souviens, c'était la pause déjeuner.

– Il ressemblait à quoi ce bruit de moteur ?

– À un bruit de moteur, je peux rien vous dire de plus. À part que le gars avait pas réglé sa garde au sol assez haut. Comme vous. Alors ça a ripé sur le châssis. Ça fait fuir tout le gibier sur cinq cents mètres à la ronde un raffut pareil.

Je jette un dernier regard aux apiculteurs. Reynaud prend congé d'eux, puis nous rebroussons chemin.

– Il nous reste deux heures de lumière avant la tombée de la nuit. On va tâcher de monter jusqu'au sommet. Il faudra faire venir la scientifique, qu'ils examinent le rocher qui a accroché notre châssis et celui du mec.

Il se tourne vers moi ; son œil brille de la flamme qu'il devait avoir quand il était encore en exercice.

– Tu sais que c'est avec à peine un éclat de peinture sous le pont de l'Alma, à Paris, que les experts ont retrouvé la trace de la Fiat Uno qui a percuté la Mercedes de Lady Di ? Ils ont pu donner la marque, le modèle et l'année de fabrication. Même Scotland Yard était scotché. Là, les Français ont assuré, et ça date de 1997 !

Reynaud reste quelques secondes encore perdu dans ses pensées, puis nous nous remettons en route.

Il nous faut une vingtaine de minutes de marche à travers l'épaisse forêt pour atteindre le sommet, par le côté opposé à la paroi verticale qu'escaladait Marceau. Traverser ainsi doit forcément laisser des traces, des indices. Mais avons-nous seulement une chance de tomber dessus ? Il faut trouver le chemin le plus court, ou le plus « praticable » dans cet univers de nature brute. Sans même se concerter, l'un et l'autre savons quelle est notre mission. L'angoisse des battues pour Jade, vingt ans plus tôt, affleure à la surface. Voir progresser l'autre sur le côté, le garder à portée de vue, chercher, sonder, renifler les moindres éléments, branches anormalement cassées, empreintes de pas, de sang, morceaux de tissu – tout et rien à la fois. Les yeux partout, en haut, en bas, devant, sur les côtés et derrière, au cas où…

Des branches me griffent les bras, l'ascension est éprouvante, comme si la forêt me tirait en arrière. C'est après trente minutes à grimper, épuisés, que nous parvenons enfin au sommet. Là, se présente une corniche, grande d'une petite vingtaine de mètres carrés, face au vide.

Vertige.

Nous sommes au bord du précipice.

La vue panoramique sur le lac au loin et les montagnes est à couper le souffle. Voilà une partie de ce que venait chercher Marceau ici, en plus de l'adrénaline : l'isolement, une forme de liberté… et ce qu'il ne disait pas. Seul au monde, sur son perchoir interdit. Reynaud me fait signe de ne pas piétiner le sol sablonneux, gardant l'espoir de collecter d'éventuelles traces. Nous montons sur des rochers, en périphérie de la zone de surplomb.

– Tout ça, il faudra le faire analyser, et vite.

Plissant les yeux, je remarque des traînées particulières sur le sol. Reynaud les observait déjà.

– Ça ressemble à quelqu'un qui a effacé ses pas avec soin, à l'aide d'une branche sans doute. Il faudra faire ramasser toutes les branches cassées à proximité.

Je tourne sur moi-même : des branches, il y en a partout ici. Ça va être un enfer. Reynaud partage le même constat. Il balaye la forêt du regard, les sourcils légèrement froncés – première marque de découragement qu'il laisse échapper depuis le début.

* * *

Sur le chemin du retour, la fatigue s'abat sur moi. C'est un des premiers dangers en montagne, celui qui peut coûter un accident : le relâchement de l'attention. Alors, je ralentis. Reynaud le remarque et se rapproche de moi. Fidèle Reynaud. À l'instant où je m'attends à ce qu'il pose une main sur mon épaule, il laisse échapper un juron et s'arrête tout à coup. Alors que la lumière du jour faiblit, il tend le bras en l'air. Il a trouvé quelque chose.

16

Un regain d'énergie me traverse. En ce moment, ce dont j'ai besoin, c'est de l'obstination et de la volonté de Reynaud. Il lève devant moi une branche, avec le bout de laquelle il a accroché, sans y toucher, un équipement tout à fait reconnaissable. Une sangle d'alpinisme servant à porter du matériel. Perdue ici, alors que jamais personne ne vient dans les parages. Que le lieu n'est pas répertorié comme un spot d'escalade et qu'aucune marque n'indique le passage récent d'un grimpeur dans ce secteur. Seul Marceau, l'amoureux fou de ces sommets, qui haïssait tout aussi fort les règles et les recommandations, pouvait s'aventurer sur ce roc isolé. Mes derniers doutes se dissipent. Cette sangle, c'est peut-être le début d'une piste.

* * *

L'obscurité absorbe la forêt peu à peu ; nous devons partir. La lumière décline vite sous les frondaisons. Les troncs deviennent gris, les couleurs s'éteignent à mesure que nous rentrons. Nos pas sont moins assurés. Chaque effort me coûte tandis qu'une fébrilité me gagne – je suis au bord de l'épuisement. Il est temps que cette journée se termine.

Au volant de son 4 x 4, Reynaud manœuvre difficilement pour redescendre. De violentes secousses ébranlent l'habitacle. Puis, le chemin chaotique et isolé laisse place à une piste plus carrossable. Les soubresauts se calment enfin. Mon téléphone se met à vibrer ; des e-mails, des SMS et des appels en absence se bousculent sur mon écran. En quittant le roc isolé et la forêt, nous sortons de la zone blanche. La civilisation revient dès lors qu'on rejoint la vallée. Je consulte mon smartphone.

Tout roule avec Benjamin et Hermione,
malgré la situation. Karen.

Ces mots me soulagent à moitié. Hermione sait se montrer odieuse en ce moment, et Benjamin reproduit le comportement de son père : il se tient à distance.

Sarah, il faut qu'on se voie, il faut qu'on parle.
Je me fais du souci pour toi. Alexis.

Toute cette histoire a dynamité notre petit cercle qui faisait tout mon monde. Marceau, qu'as-tu déclenché ?

Aucune parole ne vient rompre le silence dans l'habitacle. Les grincements mécaniques règnent. Mon esprit cavale. Une cogitation qui m'enivre et me déstabilise – j'ai l'impression de perdre le contrôle. Reynaud ne quitte pas la route du regard. Je ne sais pas ce qui se passe dans sa tête à lui : son visage semble fermé, ses traits durs, soucieux. Cette journée m'esquinte à tous les niveaux.

La nuit prend ses quartiers, les phares éclairent l'asphalte. Les marquages au sol s'estompent. Nous quittons la route principale. Reynaud ralentit à peine à l'approche du chemin forestier qui mène à son chalet. Le halo des phares chasse la faune nocturne qui disparaît en hâte dans les arbres. Au loin, le discret scintillement du lac m'hypnotise. Soudain : deux éclats lumineux jaillissent entre de hautes fougères et les conifères. Reynaud écrase la pédale de frein. Les pneus traînent sur deux mètres. Un cervidé, pas loin de sa taille adulte, effleure l'avant du véhicule, à hauteur du pare-brise. Machinalement, Reynaud plaque son bras sur moi pour me protéger. Mon cœur tambourine à tout rompre. L'électrochoc m'a surprise autant que lui. Si j'avais été au volant, vu mon état actuel, l'animal aurait certainement traversé le pare-brise. Reynaud se tourne vers moi, le regard bienveillant, presque paternel.

– Ils pullulent en cette saison. Je les entends depuis ma terrasse le soir. Parfois, je les vois passer comme des ombres, sous la lune. Je resterais des heures à regarder leurs silhouettes se dessiner sur le lac où ils viennent boire.

Je comprends pourquoi il s'est épris de cet endroit, encore très sauvage, tellement isolé. Quand il coupe le moteur, les phares surtout, le lac se dévoile subrepticement. Je contemple l'immense étendue sombre, miroitant par endroits, tachetée de lumières éparses de bateaux encore en bourlingue. Ce volume colossal d'eau douce enclavé entre les montagnes a toujours exercé sur moi une force magnétique. Je connais le goût du Léman et sa température à chaque saison de l'année. Je sais le bien qu'il me procure quand il m'enveloppe. Un chemin permet d'accéder depuis la propriété de Reynaud jusqu'à la rive. Je lave mes mains dans l'eau sombre de la nuit. Je frotte mon visage, je me recoiffe. Je ne vois pas mon reflet, c'est peut-être mieux ainsi. Et je me tourne vers Reynaud qui se tient debout à mes côtés.

– Merci… pour ce que tu fais.

– Rien de plus normal, Sarah… Ce qui s'annonce sera sans doute difficile.

Il se détourne légèrement, pudique, et demande :

– Tu es en mesure de rentrer chez toi ? Tu peux dormir ici si tu veux.

– Ça ira, et j'ai les enfants à récupérer.

– Repose-toi. Tu sais ce qui t'attend demain.

Reynaud me confie le balluchon qu'il a préparé avec le fruit de notre collecte du jour. Il m'enlace. J'inspire profondément pour contenir encore ce qui me bouleverse. Puis je monte dans mon pick-up. Je reste un moment assise sans démarrer à repasser dans ma tête les événements de la journée, comme sonnée.

Un dernier regard à Reynaud, déjà dans son chalet. À travers les larges fenêtres, je l'aperçois manier un de ses fusils de chasse. Il ouvre la culasse, le fourbit, considère le long canon et y introduit une fine brosse au bout d'une tige souple.

Lui aussi se prépare.

TROISIÈME PARTIE

LA FILLE DU LAC

17

– Longue journée ? Tu as des morceaux de branches et des feuilles accrochés à tes cheveux.

Karen me tend une tasse. Sitôt rentrée, je me suis écroulée sur le canapé. Karen a entendu le pick-up et préparé aussitôt du café. Celui à la cardamome, qu'elle m'a rapporté de son voyage en Turquie. Celui que j'ai rangé au fond d'un placard sans jamais le goûter. Je m'ébroue comme un animal fatigué. Elle me dévisage avec tristesse. Je n'ose imaginer ce que je renvoie. Sale, moche et dévastée ? Karen enchaîne, l'air de rien.

– Les enfants ne se sont pas trop chamaillés. Mais Hermione est vraiment à fleur de peau… et le bégaiement de Benjamin s'est aggravé depuis l'accident de Marceau, non ?

Je balade mon regard sur le bazar environnant, ne l'écoutant que d'une oreille. Je traduis « pas trop chamaillés » par « Ils ont été insupportables ». Ma maison devient un vrai bordel. Je me sens encore plus crasseuse – en dessous de tout. Le café ne suffira pas.

– J'ai rafistolé la fenêtre près de la bibliothèque. Une vitre était cassée ? J'ai trouvé du chatterton et un bout de carton dans le hangar, en attendant que tu changes le carreau.

– Merci, Karen.

– Sinon, j'ai trouvé une bouteille de Dalmore dans le jardin… Il en reste un fond. Tu en veux ?

Elle m'adresse un sourire qui tente d'être complice et pose sa main sur la mienne. Je serre le poing.

– Au point où j'en suis, autant la finir.

Karen apporte deux verres, qu'elle remplit. Je jurerais que la tête de cerf qui orne la bouteille me défie de boire le *single cask* cul sec.

– Ça va prendre du temps, commence-t-elle, après une gorgée. Mais… je suis sûre que tu retrouveras un équilibre… malgré l'absence de ton mari.

J'en doute. Mais je veux couper court à la conversation. Elle-même ne parvient pas à prononcer le prénom de Marceau, ici, dans sa maison. C'est encore trop dur. Alors je lève mon verre sans autre forme de procès, m'apprêtant à le vider d'un trait.

– Au prix de la gorgée, dégustons-le.

Karen, et son sourire impeccable aux lèvres.

Je suspends le verre à hauteur de narines. Cette fois, je sens ses notes gourmandes. Un parfum de banane se mêle à celle… de la pâte d'amandes. Ce putain de whisky hors de prix m'évoque la pomme d'amour d'une pauvre fête foraine. Je repose mon verre.

– Je suis désolée de te demander autant en ce moment.

– Je sais ce que tu traverses... Rollin m'a dit pour le coffre à la banque, l'argent et... le manuscrit.

Je tais ce que nous avons découvert avec Reynaud. Plus la force d'entrer dans les détails ce soir, de remuer la mélasse qui me tord les boyaux.

– Sarah, laisse-moi te donner un coup de main pour les enfants.

Je la regarde avec un étonnement non feint, dans une faible mesure vexée.

– Je sais que je ne devrais peut-être pas me mêler... J'ai rangé des affaires pour t'aider un peu... Et... j'ai trouvé ça.

Elle tient à la main le carnet de suivi scolaire de mon fils. Elle l'ouvre à une page précise et me le tend. L'école y a inscrit plusieurs mots, à mon intention – jamais lus, jamais signés. Des colères de Benjamin en classe, deux absences injustifiées, des repas non pris à la cantine. Je me rappelle alors les demandes de rendez-vous laissées par son enseignante sur mon répondeur. Jamais rappelée. C'était Marceau qui s'occupait de l'aspect scolaire. Changer ces habitudes me semble insurmontable.

– Où l'as-tu trouvé ?

– Sous la bibliothèque, quand j'ai balayé les éclats de verre.

La mauvaise mère que je suis est démasquée. La honte m'assaille. Aveugle dans ma propre maison. Comment aurais-je pu le trouver : j'ai supprimé le mot « ménage » de mon vocabulaire. Karen se mord la lèvre inférieure. Je soutiens son regard. Je sais ce que je lui inspire : de la pitié. Moi, qui ai toujours arboré avec fierté ma soif féroce d'indépendance. C'est la battante que Marceau aimait en moi. Que penserait-il s'il me voyait aujourd'hui ? Éprouverait-il de la pitié, lui aussi ?

– J'ai aidé Hermione dans ses devoirs, reprend Karen. Je sais que vous traversez une période délicate, toutes les deux.

– Je n'arrive plus à communiquer avec elle. Si tu y arrives, tu as de la chance. Je peux te payer pour venir.

Karen hoche la tête, un sourire crispé aux lèvres. Mon ironie la pique.

– Après le repas ce soir, Hermione a proposé d'aller nous préparer du thé. Pendant qu'elle s'affairait dans la cuisine, je me suis rendue dans sa chambre, pour y déposer quelques vêtements que j'avais repliés. J'ai remarqué une boîte fabriquée par ma fille, tu sais, celle que Hermione a décorée de photos d'eux trois. Celles du camping dans le jardin, l'été dernier, quand Zoé a dormi chez vous plusieurs soirs.

Je ne suis pas d'humeur à discuter scrapbooking.

– Qu'est-ce que tu as trouvé, Karen ?

Elle prend son inspiration et me lance d'une traite :

– Hermione y range des roulées. Qui ne sentent pas que le tabac…

Je baisse le regard vers la table. Je tends le bras, et cette fois, le Dalmore y passe, d'un trait.

– On a tous fait ça, Sarah, ça lui passera.

– On n'avait pas douze ans quand on le faisait.

Au fond, ce qui me blesse le plus, c'est d'apprendre les premiers vrais problèmes de ma fille par mon amie. Hermione entre dans l'adolescence dans le pire des chaos, et je ne suis pas là pour la protéger. La culpabilité est un sale habit quand vous le sentez sur votre peau. Ça gratte, ça colle.

Quelques minutes passent où nous ne savons plus quoi nous dire. Karen se lève pour prendre congé.

– Je dois me lever tôt demain. L'agence... Repose-toi. Je sais que tu ne supportes pas de rester sans travailler, mais tu dois d'abord t'occuper de toi. Commence par une bonne douche, chaude, ça te fera du bien et file au lit.

Elle m'embrasse et ferme la porte derrière elle. La coupe est pleine. On me rappelle même de prendre une douche, comme aux enfants. Sans prévenir, des larmes baignent mes joues. Je ne pensais plus en avoir en stock pour aujourd'hui. Je me répugne. Une nausée monte en moi, la chaleur envahit mon visage. Sans parvenir à atteindre l'évier, je dégobille sur le parquet. Il ne manquait plus que ça – la crasse à son maximum. Des pas discrets dans l'escalier remontent vers les chambres. Je me sens trop vide pour les suivre. La mère indigne va rester tapie dans l'ombre et tâcher de se laver de tout. En commençant par le vomi sur ses vêtements.

* * *

L'eau monte progressivement dans la baignoire. Avant de m'y glisser, je décide d'aller ratisser le territoire de Marceau, *son* bureau. Je fouille une bonne dizaine de minutes les étagères, les meubles. Rien. Pas la moindre trace de manuscrit. Il n'y a que l'ordinateur de Marceau que je n'ai pas réussi à perquisitionner. Son mot de passe m'est inconnu. J'essaie une succession de combinaisons, mais rien ne me donne accès à ce fichu ordinateur. La femme qui connaît si bien l'homme de sa vie qu'elle entre dans ses pensées et réussit à cracker son mot de passe ? Ça ne fonctionne que dans les romans ou les films.

Un floc floc persistant vient troubler mes recherches. La salle de bains.

– Merde !

Je traverse le couloir au pas de course. La baignoire déborde. Le système d'évacuation de trop-plein est bouché. Je sais à présent où sont passés les savons qui disparaissaient après avoir été transformés en pâte à modeler par Benjamin… Je libère la bonde quelques instants, le temps que le niveau d'eau baisse.

Abandonnant ma quête perdue d'avance, je plonge délicatement dans ma baignoire devenue piscine à débordement. Mon corps disparaît sous la mousse du bain, mais pas mes questions, obsédantes. Dont celle-ci, la plus simple et la plus insupportable : « Où se trouve ce putain de manuscrit ? »

La chaleur du bain réussit à envelopper mon corps d'une torpeur que je n'attendais plus, mais les questions dansent en surface, comme de petits flotteurs de pêche. Ma tête plonge sous l'eau autant que ma respiration me le permet, puis je reprends mon souffle. Ainsi de suite jusqu'à ce que la peau de mes doigts flétrisse.

Je reste dans la baignoire pendant que l'eau se vide. Et je fais défiler mes souvenirs avec Marceau – il n'y a que là que je peux espérer voir ce que je n'ai pas encore remarqué. Me rappeler son odeur, son sourire, sa voix, sa bouche, nos étreintes… La morsure que je m'inflige me traverse la chair, déjà frissonnante des courants d'air maintenant que l'eau ne la protège plus.

La mousse glisse sur mes jambes, ma cheville droite, révélant mon unique tatouage. Le lac entouré de montagnes, et dans le ciel, le petit avion, celui que Jade m'avait conjuré de ne pas oublier. Elle m'avait présenté son dessin l'été précédant sa disparition, le jour où Marceau avait passé son brevet de pilote. Avec un regard et une intensité que je ne lui avais jamais connus auparavant, Jade m'avait demandé si je voulais bien me le faire tatouer à la cheville, la droite, comme elle. Je me rappelle encore ses mots qui ont suivi :

Filles du lac Léman, de ses montagnes et de son ciel à présent que nous venons de faire notre baptême de l'air ensemble… Héritières du rêve de mon père, ravivé par le vol de Marceau au-dessus de ces eaux.

Sa voix empreinte d'émotion résonne encore à mes oreilles. Ça comptait tellement pour elle. Pour moi aussi. Le lac, les montagnes, Jade et Marceau. Alors ce jour-là, on s'est fait tatouer, toutes les deux, par le même beau gosse, couvert d'encre de la tête aux pieds. Je me souviens de son béguin pour Jade, comme tous les mecs.

La chair de poule m'envahit définitivement, je m'enroule dans une serviette. Minuit approche, il faut aller dormir. En culotte et tee-shirt, je remonte la couette sur moi. Je glisse ma main sur la place à droite du lit. Je sens la légère déformation du matelas, la marque de la présence de Marceau à mes côtés. Je ne veux pas qu'on y touche. Je serre les dents attendant que ma conscience cède. Je sens les soubresauts de mes jambes me déconnecter du monde. Et la suite, qui me fait si peur ? Chaque nuit, un scénario se répète. Je glisse quelques heures dans le sommeil, puis le cauchemar vient. La main de Marceau, en pleine ascension. Il rate son point d'accroche. Je vois sa main, affolée dans le vide, puis il la tend vers moi, mais c'est comme si j'avais perdu le contrôle de mes membres, je ne peux pas l'attraper. Je crie à m'arracher la gorge, il articule une réponse, je n'entends rien. Les images du sommet du pic tel que nous l'avons arpenté cet après-midi m'assaillent. C'est nouveau, cette précision, et ça me terrifie. Marceau m'échappe, je me penche au-dessus de la falaise, il se débat dans le vide, il hurle, éperdu, mais c'est comme si une vitre épaisse et indestructible nous séparait. Je ne peux rien pour lui. Je n'ai que l'image, pas le son. Il me dit quelque chose. Je m'approche encore pour essayer de l'entendre, épouvantée par le danger et le vide, puis je bascule à mon tour, sans aucune prise pour me rattraper. Je le vois s'écraser au sol et disparaître alors que je le rejoins à une vitesse ahurissante. Mon cœur explose dans ma poitrine, je mets mes bras en croix devant mon visage et je me redresse d'un bond dans le lit.

En sueur, haletante, j'étouffe.

Alors je me lève, comme presque toutes les nuits, je descends l'escalier et je sors de la maison. Hagarde, poursuivie par mes ténèbres, j'ai besoin de *le* retrouver. Je me sens attaquée de toutes parts, comme prise en chasse par une nuée de chauves-souris invisibles dans mon entre-deux-mondes. D'ordinaire, je finis par sortir de mon cauchemar au bout de quelques minutes. Pas cette nuit. Cette nuit, je traverse le jardin, pieds nus, puis cours sur le ponton, droit vers le Léman, et je saute. L'eau glacée de la nuit m'enveloppe. Saisie par le froid, j'attends de réagir, mais je m'enfonce dans le lac, mon esprit toujours à moitié absent. Ailleurs, comme si le choc ne suffisait pas à me ramener à la réalité. Engloutie dans l'abîme opaque, je ne distingue absolument rien, pas même les bulles d'air que je rejette en hurlant ma rage. L'air va me manquer dans les secondes à venir. Alors je me débats, je frappe des démons invisibles. Je ne nage pas en réalité, je coule encore plus. La pression de l'eau sur mes tympans devient insoutenable. Je viens de passer la barre des quatre mètres. *Je vais me noyer.* Mes poumons sont sur le point de s'ouvrir, réclamant l'air vital. Je réussis à bloquer encore un peu ma respiration ; les dernières bulles s'échappent de ma bouche.

Je suis une fille du lac, des montagnes et du ciel. Le Léman a toujours été là pour moi.

18

Le manuscrit

Notre premier été en tant que guides, Reynaud nous a dispensé les quelques jours de formation obligatoires. Il nous imposait de prendre ses recommandations en notes dans nos carnets. « Pour devenir guide, il faut écouter, apprendre et comprendre la montagne. » « Vous accompagnerez des groupes, et en serez responsables. N'oubliez jamais les règles fondamentales, même sur les parcours que vous pratiquez tous les jours, surtout ceux-là. C'est toujours ceux qu'on connaît le mieux dont il faut le plus se méfier… » Nous n'étions pas sûrs que Reynaud ne parle que des chemins de randonnées.

Bien que passionnés, Sarah, Jade et moi ne prenions pas tout à fait la mesure de ses mots. Forts de notre insouciance, nous n'attendions qu'un moment : celui où nous abandonnerions carnets et grandes leçons, interdits et mises en garde, pour enfin profiter des joies du lac. Une vie entière ne suffirait pas à explorer et comprendre l'insaisissable Léman. Nous traînions nos kayaks de plage en plage, sur les galets, sur le sable ou sur la pelouse selon les endroits. Puis, à grands coups de pagaies, nous quittions la rive sans manquer de nous asperger. À ce jeu-là, je prenais souvent l'avantage, sauf quand Sarah et Jade s'alliaient contre moi. Je crois que la relation de Sarah et Jade s'est renforcée grâce à ces pactes. Les filles du lac, les filles des montagnes, et bientôt, avec mon brevet de pilote, les filles du ciel au-dessus du Léman. J'ai tenu ma promesse, j'ai eu mon brevet. Et je leur ai fait survoler le lac.

Enfant déjà, je ne rêvais que de voler. Dans la cuisine, papa nous embarquait Jade et moi, dans ses histoires d'avion, jusqu'à ce que notre mère lui demande d'atterrir. Papa faisait alors mine de s'intéresser au contenu de son assiette pour, dès la fin du repas, filer bichonner son Savage Bobber sous le hangar. Avec ses deux gros pneus avant, ce n'est pas la performance ni la vitesse qui caractérisent l'engin. Mais sa particularité de short take off, *décollage et atterrissage à très faible vitesse sur quelques mètres seulement, enchantait mon père. Il nous a emmenés, Jade et moi, survoler tant et tant de fois le lac et les hauteurs du Mont-Blanc que la carte de la région s'est imprimée en relief dans nos mémoires. En de rares occasions, quand nous n'étions que tous les deux à bord, mon père avait laissé mes mains d'enfant tenir les commandes. Un frisson me traversait toujours, faisant son chemin de la pulpe de mes doigts à la nuque, jusqu'aux tréfonds de mon cerveau : je volais vraiment. Maman ne devait jamais l'apprendre, bien sûr. Mais moi, je l'avais dit à Jade, dès le premier soir. Certaines promesses d'enfants deviennent de bons souvenirs, d'autres de lourds fardeaux qui rongent l'âme. À l'époque, elle en a conçu de la jalousie, je crois. Mais ma sœur et moi partagions tout – nos secrets, nos peurs, nos plus grandes excitations : aucune frustration n'aurait pu briser cela.*

Lorsque le Savage Bobber s'est abîmé dans le Léman, le virus inoculé par mon père ne m'a pas quitté pour autant. Pire, je devais le perpétuer, le conjurer, me montrer plus fort que lui. C'était devenu une obsession. Ma mère a refusé que je commence les heures de vol en double commande quand j'ai eu quinze ans, l'âge légal. J'ai dû attendre encore un an avant de les enchaîner, et me présenter à l'examen de la licence de pilote privé à dix-sept ans. Quand je suis revenu avec le sésame, casquette vissée sur la tête et lunettes de soleil sur le nez, j'ai lu, malgré ses réticences, de la fierté dans son regard. Celui qu'elle réservait autrefois à mon père. D'une certaine façon, j'exorcisais un peu le sort. À ses yeux, j'étais devenu adulte et nous essayions de tourner la page. Ma mère avait accompli sa mission. Malgré tous mes efforts, je ne réussis pourtant jamais à la convaincre de remettre les pieds dans un avion. Depuis la maison, elle nous observait survoler le lac, avec une anxiété qui ne la quitterait que lors de son dernier souffle.

L'arrivée de Sarah dans notre petit noyau nous a tout de suite donné une immense bouffée d'air frais, pareil à celui qui serpente entre les cols alpins au début du printemps. Sarah et Jade étaient unies par une complicité singulière. S'il n'y avait eu l'accent suisse de Sarah, on les aurait prises pour des sœurs. Quand j'emmenais Jade au-dessus du lac et des montagnes environnantes, je fermais parfois les yeux pour la laisser me guider, comme lors des courses aveugles de notre enfance, dans le jardin. Nous nous connaissions tant que ses yeux, ses mots, et même les intonations de sa voix devenaient miens. Il lui arrivait aussi de poser ses mains sur mes épaules pour piloter par procuration. Les yeux toujours fermés, je transposais la pression de Jade sur mes épaules dans le manche de direction du Savage Bobber. Très vite, Sarah aussi a voulu partager ces moments dans les airs. Jade s'en est réjouie sincèrement. Elle craignait que ma passion pour l'aviation installe une distance invisible entre Sarah et moi. Sarah a découvert pour la première fois la beauté de son territoire vu d'en haut. Elle en est devenue plus amoureuse encore, et je crois que cet amour a rejailli sur moi aussi à cette époque, moi qui lui permettais cette relation unique. Elle m'a ouvert de nouveaux espaces à survoler, dont elle me racontait l'histoire. Elle était déjà un véritable livre ouvert, et je m'attachais à chacun de ses chapitres.

Quelques semaines après notre premier vol, alors qu'on allait se baigner, j'ai remarqué le dessin sur sa cheville. J'ai mieux compris pourquoi elles esquivaient les plongeons dans le lac que je leur proposais, alors que l'été battait son plein depuis deux semaines déjà. Il fallait que le tatouage cicatrise. En me penchant de plus près sur la cheville de Sarah, mon cœur s'est serré. Il était similaire en tout point à celui de Jade. Déjà immergée dans l'eau, Jade, silencieuse, me regardait.

Et Sarah m'a raconté… sa version.

– Ça nous représente, Jade et moi. On s'est fait tatouer son dessin sur la même cheville.

Double coup de massue. Je n'ai rien laissé paraître devant Sarah, mais, plus tard, j'ai fait promettre à Jade de ne jamais aller plus loin que ce tatouage. Elle a fait encrer sur leurs chevilles une partie du secret. C'était périlleux. Aujourd'hui, le manuscrit est le dépositaire de cette histoire.

Le lien de Jade et Sarah était si fort que je ne pouvais pas m'opposer à tout.

Dans les eaux claires du lac, elles glissaient avec l'aisance des féras argentées, ces corégones emblématiques du lac, ondulant gracieusement entre les courants invisibles. Sarah avait à plusieurs reprises participé à des traversées du Léman. Tout aurait pourtant pu se terminer très vite pour notre impétueuse. À l'âge de cinq ans, elle avait échappé à la vigilance de ses parents, sur les rives suisses du lac. Convaincue qu'elle savait nager aussi bien que tout le monde, elle avait sauté d'un ponton. Son petit corps avait coulé comme une pierre lisse dans l'eau, dans un silence presque parfait. Elle prétendait n'avoir ressenti que sérénité, même sous plusieurs mètres. Le lac ne pouvait pas la prendre, pas elle.

Lorsqu'elle avait repris connaissance, elle était allongée sur la plage, à une vingtaine de mètres du ponton. Tout le monde avait respiré un grand coup en la voyant revenir parmi eux. Sarah avait juste mal à la tête et au cuir chevelu. C'est un chien qui lui avait sauvé la vie en la ramenant sur le bord, la traînant par sa tresse. Le père de Sarah, affolé, lui avait prodigué des massages cardiaques. Elle avait expulsé de l'eau, beaucoup toussé. Et finalement conclu que, oui, elle savait nager.

19

Je crois apercevoir des points lumineux au fond des ténèbres glacées du lac. Pourtant, je le sais, ce sont mes mouvements incontrôlés et le manque d'air qui inventent ces mouches scintillantes. Soudain, je sens sous mes pieds nus le contact froid et glissant de galets recouverts de plancton et de fines algues ; il me sort de ma rêverie. Par réflexe, je donne une impulsion sur mes jambes, aussi forte que mes muscles affaiblis me le permettent. J'entame ma remontée, cinq mètres à la verticale, toujours incapable de distinguer quoi que ce soit. La lumière des étoiles et de la lune ne s'aperçoit qu'en surface. Mes gestes retrouvent l'efficacité de la nageuse entraînée. Puissants, précis. Mais mes muscles se tétanisent, je le sens. La perte de contrôle est imminente. Moins d'une poignée de secondes, c'est tout ce qu'il me reste. La pression sur mes tympans est toujours écrasante. Mes gestes deviennent saccadés, mes bras se crispent en premier, puis mes battements de jambes ralentissent. Le noir absolu encore et toujours. Je me cambre, je sens ma cage thoracique se soulever. Ma tête crève la surface et au même instant, j'aspire en même temps l'air et l'eau qui me coule sur le visage, dans un spasme incontrôlable. Je sens une décharge électrique traverser tous mes membres. Je me débats à la surface, éclaboussant tout autour de moi. Je tousse à en perdre haleine, j'expulse l'eau de mes poumons. La douleur se mêle à la peur.

Je retrouve enfin le ponton. Mes mains agrippent un poteau de soutien et glissent sur la pellicule visqueuse d'algues vertes. Je finis par étreindre le pilier comme on attrape une corde pour grimper. Je reprends peu à peu le contrôle, je ne sens plus le froid, mon corps a déclenché d'autres priorités vitales. Ne pouvant me hisser sur le ponton, je progresse, de poteau en poteau, jusqu'à la berge, toussant et expulsant l'eau résiduelle de mon corps. Enfin sur la rive, à genoux dans l'herbe, je tremble de tous mes membres – mais je respire. J'aperçois une faible lumière depuis la fenêtre de la chambre de Benjamin. Ça doit être sa lampe de chevet. Pourtant, je suis certaine que tout était éteint en me couchant. M'étant remise avec peine sur mes jambes tremblantes, je remonte le jardin le long des bois. Dégoulinante, je passe les mains dans mes cheveux pour les essorer et les repousser en arrière. Quand soudain, je m'immobilise. Un bruit anormal, massif, à quelques mètres de moi dans les arbres. Un dernier filet d'eau glisse depuis mes cheveux jusque dans l'herbe. Je tends l'oreille en direction des bois sombres, je devrais fuir, mais je m'approche de quelques pas. Mon cœur qui bat trop fort m'empêche d'entendre au-delà du silence. Je me sens observée à travers le bruissement des feuilles. Ce n'est pas un animal, il aurait pris la fuite. Et puis, je ne les crains pas. Quelqu'un est là, depuis le début. Tout ce qui m'arrive n'a rien de normal. Je ne peux rien face à la nuit, mais j'affronterai mes cauchemars, un à un. Le danger est bien réel. L'ennemi n'est pas seulement dans ma tête.

J'attends encore quelques instants sans bouger. Puis le froid et la fatigue l'emportent. Je reprends mon chemin vers la maison. Dans moins de trois heures, entre les montagnes, le soleil réchauffera le lac de ses premiers rayons.

Je dépose mes vêtements trempés dans la panière près de la machine à laver. J'attrape une serviette dans la pile de linge que je ne repasse plus depuis des lustres. Elle s'écroule. Une fois sèche, je retire au hasard du tas des vêtements chauds. Je suis incapable d'aller me recoucher. Une profonde fatigue me ronge pourtant comme une gangrène. Mais pas question de replonger, trop d'adrénaline a circulé en moi. Je retourne dans le bureau de Marceau, avec la ferme intention d'y trouver de quoi nourrir mes obsessions.

20

Karen

J'ouvre les yeux, le radio-réveil indique 4 : 00. La nuit est agitée, mais c'était prévisible. J'allonge une jambe pour effleurer celle de Rollin. Je ne la trouve pas, je me retourne. Dans la pénombre et mon état de semi-conscience, je ne distingue pas les formes, je n'entends pas non plus sa respiration. J'étends mon bras, la place n'est même pas tiède. Je me lève, tout à fait réveillée à présent. Ma nuisette satinée glisse sur ma peau. Pas de lumière dans la maison, pas le moindre bruit. Mais où est-il bon sang ? J'allume dans le couloir de l'entrée, son manteau est là, ses chaussures aussi. J'allume le salon cette fois, et mon cœur fait un bond.

– Mais ça va pas de rester dans le noir comme ça ! Tu m'as fichu une peur bleue !

Il reste assis sur le canapé, sans bouger.

– Qu'est-ce qui se passe Rollin ?

– Eh bien tu vois, je ne dors pas.

– C'est à cause de la lettre de Marceau ?

– À ton avis ?

L'origine du mal, je dois la trouver. Et garder le contrôle.

– Quand je suis rentrée de chez Sarah, tu dormais pourtant.

– J'étais rincé et j'ai pris un truc. Ça m'a mis K.O., mais pas suffisamment. Cette histoire de manuscrit… ça me rend fou. On se disait tout avec Marceau, pourquoi là… Sarah a pété les plombs. Et la connaissant, ça va faire des dégâts. Beaucoup de dégâts.

Chaque demeure abrite ses secrets et ses ombres. Je n'ai aucune envie de me retrouver à découvrir les choses comme Sarah, par la bouche d'une tierce personne – trop tard. Alors je tente une approche douce.

– Il n'y a rien à craindre, Rollin… Pourquoi tu parles de dégâts ? Il y a des choses qui nous concernent dans le manuscrit ?

Je creuse, je pose les questions, je cherche. Je veux protéger ma famille avant tout. Et ce n'est pas vraiment sur lui que je peux compter.

– Que veux-tu qu'il y ait, Karen ? Rien, sinon d'affreux souvenirs, et on n'a pas besoin de ça. J'ai pas envie… que les mémoires soient salies, tu comprends.

Il me balade. Je dois rester tendre.

– Ça veut dire quoi ? Qu'il ne faudrait jamais trouver ce manuscrit ? Dis-moi, Rollin.

– Sarah ne voudrait pas l'entendre, elle serait folle. Mais oui, je pense que ce serait peut-être mieux.

– Ces choses… cet été-là… c'était avant notre rencontre. Mais s'il y a des choses que tu dois me dire, tu peux. Maintenant. C'est par toi que je veux l'apprendre… Et si on peut éviter des problèmes, ça m'arrangerait. Pense à Zoé.

Rollin lève enfin le regard vers moi, les lèvres restent serrées. Un long silence passe.

– Mais il n'y a rien à dire ! C'est juste… qu'il doit parler de Jade. Et avec sa putain de façon de raconter les histoires, ça va nous achever, un manuscrit pareil. Cet été-là, Karen, a planté… comme une graine de souffrance en moi. J'avais vingt ans, j'étais terrifié, tu comprends ? Normalement, ça n'arrive qu'à la télévision ou chez les autres ! Jade n'est *jamais* revenue. Il ne se passait pas un jour sans qu'on s'écrive elle et moi. Nous étions ensemble à l'époque. J'avais des projets, je… et puis on ne l'a jamais retrouvée.

– Je sais, tu me l'as déjà dit tout ça.

– Karen, sans toi, je serais encore enfoui au fond de ma grotte. Voilà pourquoi je ne veux pas retrouver ce manuscrit. Tout ça va me rendre fou. Pourquoi Marceau a éprouvé le besoin de tout ressasser…

– Parce qu'il était écrivain et que son exutoire c'était l'écriture. Parce qu'il y a un truc qu'il n'avait toujours pas digéré, comme toi. Dont il n'a jamais parlé.

Ce mal-être de Marceau, je le connaissais bien. Le sujet était presque tabou avec Sarah, peut-être le seul que nous n'évoquions jamais. Jade était le fantôme de Marceau, et Sarah me donnait l'impression de ne pas pouvoir en parler non plus, comme si cela allait faire revenir son spectre. Mais j'ai vu la photo d'elle et Jade qu'elle garde toujours dans son sac. Et puis, il y avait nos sorties sur le lac avec Marceau, ses plongées qui en disaient long. Il n'avait déjà pas accepté la mort de son père, alors la disparition de Jade, forcément. Marceau avait plein de trucs cassés à l'intérieur. Et ça me rendait folle, en silence, pour lui et aussi pour Sarah.

Rollin ouvre péniblement la bouche comme un poisson hors de l'eau et demande faiblement :

– Elle était comment Sarah… Quand tu l'as vue hier soir ?

– Avant ou après que je lui parle de Benjamin et d'Hermione ?

Rollin fronce les sourcils.

– Pourquoi tu dis ça ?

– Ils font un paquet de conneries dans son dos. Et ça ne date pas d'hier, malheureusement. Hier, Sarah était dévastée. Mais je ne pouvais pas continuer à lui cacher que ses enfants vont mal. Pour lui faire gagner du temps, mais aussi parce qu'ils sont amis avec Zoé. Je ne tiens pas à ce que notre fille se laisse entraîner n'importe où.

Je lui raconte en lui faisant promettre de la boucler à ce sujet. Ça ne regarde que Sarah.

– Zoé peut être influençable, je le sais bien, dit Rollin. Mais elle t'écoute. Plus que moi, je sais. Elle connaît les limites.

– C'est toujours ce qu'on pense. Mais c'est encore une gamine.

– Sarah, elle n'a que nous. Alexis, toi et moi… C'est toujours compliqué avec les enfants, de toute façon.

– Oui, elle nous a…

Mais Sarah avait surtout Marceau. C'est grâce à lui que j'en apprenais plus sur elle, que je la comprenais mieux. C'était lui aussi le ciment de notre tandem.

Que vas-tu faire maintenant Sarah ? Après Marceau, vais-je aussi te perdre ? Quelles conséquences à court terme tout cela nous réserve – *me* réserve ? Je n'ai jamais connu un tel trouble chez Rollin. Tout se disloque.

21

Je jette un coup d'œil à mon reflet dans le rétroviseur. Le blanc de mes yeux a laissé place à un voile rougeâtre, mélange de fatigue, de tristesse et de rage. Il n'est pas encore 8 h, je suis déjà au volant, déterminée. Je tâche de fixer mon attention sur la route. Freiner, garder ses distances, regarder dans le rétro, débrayer avant de passer les vitesses et réfléchir en même temps : tout ça se bouscule.

Sur le parking devant la gendarmerie de Thonon-les-Bains, une des places réservées est disponible. Je saisis l'opportunité sous le regard d'un officier en train de finir sa cigarette. Alors que je claque la portière, le gendarme secoue la tête et me fait signe de remonter dans le pick-up. Je lui jette mes clés au visage, qu'il attrape au vol. Il en a perdu son mégot. Profitant de sa sidération, j'entre rapidement dans le bâtiment. Je plaque au passage ma carte d'identité sur le comptoir de l'accueil, ce qui fait lever le nez au planton penché sur son téléphone portable. Je l'entends crier mon nom dans mon dos, sans doute après qu'il l'a lu sur ma carte d'identité.

Le capitaine Robin Delmas sort de son bureau. Le planton lui fait signe de gérer, moitié exaspéré moitié soulagé.

– Vous vous croyez où à débarquer comme ça ? demande Delmas.

– Homicide.

– Je n'ai pas été assez clair ou vous avez du mal à comprendre, madame Miller ?

– Madame Miller a des preuves aujourd'hui. C'est pas ça que vous vouliez, des preuves ?

– Pour qui vous prenez-vous ?

– Pour quelqu'un qui préviendra le procureur, si vous ne vous en chargez pas. Croyez-moi, c'est dans mes cordes.

– Les règles, les procédures, tout ça, ça vous est totalement étranger, madame Miller ? Beaucoup finissent par s'en mordre les doigts.

Il agrippe avec colère l'enveloppe kraft que je lui tends.

– Ça devrait beaucoup vous plaire, lui dis-je.

– S'il n'y a rien de probant dedans, je vous fais enfermer le temps nécessaire dans une de nos cellules, madame Miller.

Delmas sort les photos des caméras de surveillance de la banque. Son œil accroche les moindres détails, dates, lieu et le cercle rouge dessiné au feutre qui entoure ce que tient Marceau à la main. Il regarde dans l'enveloppe et comprend qu'il y a davantage. Il me lance avec autorité :

– Dans mon bureau.

Je m'installe face à lui, prête à entamer le second round. Son pot à crayons est rafistolé avec du scotch. Il pose l'enveloppe et, par réflexe ou par prudence, rapproche de lui ses stylos

– S'il vous prend la moindre envie de balancer quoi que ce soit, c'est la cellule. O.K. ?

Il insiste avec sa cellule.

– Ça ne dépend que de vous, capitaine Delmas.

– Ne me cherchez pas, Miller, ne me cherchez pas.

Après tout, pourquoi serais-je toujours la seule à être en pétard ?

Delmas analyse les relevés des accès de Marceau à la banque. Son sourcil droit remonte. Il tique aussi sur la bizarrerie du calendrier. Rien pendant plus d'un an et, une semaine avant sa mort, il se présente. Il sort le sachet transparent qui contient la sangle d'alpinisme trouvée sur la Dent du Vélan. Un sachet officiel, soigneusement annoté comme on l'apprend à l'école de gendarmerie, je vois bien qu'il trouve ça louche. Puis il lève le regard vers moi.

– Qu'est-ce que c'est que ce cirque ?

– Je vous l'ai dit, certaines choses sont dans mes cordes.

Méfiant, il inspecte le contenu. Ses doigts pressent le matériel à un endroit précis. Il plisse les yeux puis finit par toquer à la large vitre qui donne sur l'open space de son groupe. D'un geste de la main, il interpelle un officier, qui se lève aussitôt.

– Capitaine ?

Delmas tend le sachet transparent à l'officier qui se tient sur le seuil.

– Cette marque, là, sur l'étiquette... ça n'aurait pas à voir avec un vol de matériel enregistré il y a plusieurs mois ? Tu peux me vérifier ça ?

L'officier manipule l'objet et esquisse un sourire.

– Je peux vous le confirmer tout de suite : ça correspond. Ça vient d'où ?

– Madame Miller ici présente vient de nous l'apporter.

Je meurs d'envie d'en savoir davantage. Soit on s'est plantés avec Reynaud et il s'agit d'une tout autre affaire. Soit on tient quelque chose.

– C'est quoi cette histoire de vol ? je demande.

Coup d'œil à son officier, Delmas reprend la main.

– Il y a six mois environ, le local technique de "la Maison de la Forêt" a été victime d'un cambriolage. Il n'y en avait pas pour cher, et peu de dégâts. Ce sont des gamins qui ont fait le coup, pas des caïds, une dizaine d'années à tout casser. Ils avaient une clé. On les distingue sur les enregistrements vidéo, mais pas vraiment possible de les identifier : les images sont de très mauvaise qualité et ils portaient des casquettes. Ils ont surtout embarqué les friandises qui étaient là pour une fête et se sont servis du matériel sur place pour le transport. Pratiques et malins, ces gosses. Mais "la Maison de la Forêt" laisse une trace discrète au feutre indélébile depuis quelques années sur toutes les étiquettes de son matériel. Comme une signature.

“La Maison de la Forêt”. Notre jeunesse, à Marceau et à moi, ressuscitée là, par cette simple évocation. Au même moment, les paroles de Karen hier soir font irruption dans mon esprit. Et si mes enfants avaient participé à cette connerie ? Penser à Hermione et Benjamin suffit à me terrasser. Je m’enfonce dans ma chaise, toute ma combativité est soudainement ratatinée. Je me fais violence pour tenter de reprendre le dessus.

– Comme c’est indiqué sur le sac, ce matériel a été retrouvé à proximité de l’endroit où mon mari a été tué. Il y a également des traces au sommet de la paroi qu’escaladait Marceau et des apiculteurs tout proches qui ont remarqué un véhicule peu avant la mort de Marceau. Il faut faire des prélèvements sur place… Et je n’ai rien trouvé dans son bureau, ni manuscrit ni aucune clé USB ou sauvegarde quelconque, sauf peut-être l’imprimante. J’ai lu dans la notice qu’il était possible d’analyser l’historique d’utilisation. Mais je ne peux pas accéder à l’ordinateur portable de mon mari, je n’ai pas son mot de passe.

J’ai tout déversé d’un coup, comme pour me libérer – comme on vomit jusqu’à la bile. Delmas s’est assombri. Sans me quitter des yeux, il penche légèrement la tête en arrière, puis la ramène de côté.

– C’est ce vieux fou de Reynaud qui est derrière tout ça, n’est-ce pas ?

L’envie de le gifler monte en moi. Et de lui crever aussi ses petits yeux de corbeau. Cette fois, c’est moi qui penche la tête, mais en avant, droit vers lui.

– Vous m'aurez sur votre chemin jusqu'à ce qu'une enquête soit ouverte.

– Ce n'est pas à vous d'en décider, et encore moins de venir me dicter la façon dont je dois faire mon travail. Vous n'êtes pas loin de l'outrage.

– Laissez-moi vous aider, putain !

– Dehors ! Fichez le camp de mon bureau, tout de suite !

Je le fusille du regard.

Ma décision est prise. Marceau avait un solide carnet d'adresses. Il va finalement me servir.

La journée de Delmas ne fait que commencer.

22

Il n'y a qu'une seule personne dont l'amour a toujours été présent depuis que j'existe, sans aucun jugement, aucune manipulation, juste des sentiments forts et authentiques : Louise, ma grand-mère.

Respirer le calme en sa présence, abandonner pour un moment mes questions comme des valises au fond d'un placard. Ne pas douter, recevoir une attention sincère, généreuse, aimante. Accepter de baisser les défenses un instant sans craindre un danger immédiat.

Sur les hauteurs d'Évian, je roule vitres ouvertes, enivrée du parfum des haies fraîchement taillées, des gazons entretenus, des mélanges odorants de chèvrefeuille aux notes d'orange, d'héliotrope aux pointes de vanille et de belles-de-nuit aux fragrances tropicales. Par-dessus les toits, entre les habitations et la végétation, le lac et l'immensité sur fond de montagnes s'offrent au regard. Je remonte l'avenue de la

Dent d'Oche en direction des Verdannes, jusqu'à l'Ehpad où loge ma grand-mère. Depuis sa chambre dans cet établissement moderne pour lequel l'architecte a eu l'ingénieuse idée d'employer un habillage bois, elle peut garder un œil sur le lac, les montagnes et les forêts. C'est de là qu'elle noircit des carnets à longueur de journée, dans l'unité Alzheimer.

J'abandonne le pick-up sur le parking visiteurs et j'emprunte l'escalier dont je connais chaque marche. Les aides-soignantes me saluent. À cette heure-là, ma grand-mère n'est pas encore en vadrouille dans les salons ou dans le jardin. Je toque à sa porte, selon notre rituel, caresse les dessins de mes enfants, scotchés sous le numéro 27. J'attends la tirade de Louise – c'est le code pour entrer.

– Il n'y a de toquée que cette porte et point la mamie Louise, fait la voix lointaine encore lumineuse pour ses quatre-vingt-douze printemps.

Tout le monde l'appelle mamie Louise ici. Son sourire m'envahit de chaleur. Elle est assise dans son fauteuil près de la grande fenêtre. Sa peau, c'est l'histoire des plus belles années de ma vie, des souvenirs marqués comme chacun de ses sillons. La pièce est simplement mais joliment décorée, avec quelques souvenirs à elle. Personne ne s'étonne qu'il y ait un écrivain à succès dans la famille, au vu du nombre de carnets griffonnés empilés dans son placard et sur les meubles.

– Tu te rends compte qu'ils ont coupé les arbres près de l'église. Et les oiseaux alors ? C'était beau de les voir s'envoler à chaque coup de cloche.

Indignée, jamais résignée. Elle poursuit, je souris.

– Enfin je vois un peu plus de lac comme ça. Mais j'appellerai la mairie pour leur dire, quand même.

Je lui apporte un galet que j'ai ramassé au bord du lac. Notre coutume aussi, depuis des années. Elle le prend, longe une veine blanche sur le gris profond du caillou, typique du lac, le respire, et le verdict est toujours le même, mais il faut être sûr.

– Il sent bon. Il vient bien de notre lac, celui-ci.

Ensuite, elle veut toujours que je lui raconte où j'ai trouvé ce nouveau galet précisément, quel jour, à quelle heure. Elle note ces informations dans son carnet, puis ajoute un numéro sous le galet, qu'elle reporte sur une de ses pages. Elle me raconte enfin ce qu'elle connaît de l'endroit d'où provient le caillou, ce qu'elle y a vécu. Car elle connaît tout du lac, mamie Louise.

Dans ses carnets, elle tient ainsi et de façon scrupuleuse un immense registre à donner le tournis. Elle passe après cela des heures dans l'atelier peinture à décorer ses galets avant de les déposer sur les parterres devant l'établissement. Une véritable artiste qui immortalise ainsi ses émotions et ses souvenirs.

Assise sur son siège, Louise me tend les bras. Je me mets à genoux, je pose ma tête sur elle. Elle caresse mes cheveux comme quand j'étais enfant, je ferme les yeux, un instant. J'oublie le monde, je sens les doigts noueux mais encore agiles remonter le long de mes cheveux jusqu'aux racines. Le contact de ses mains m'apaise immédiatement.

– Il faudra dire à Marceau de passer me voir. Il me parle de l'avancée de ses chapitres chaque semaine, mais là, ça fait plusieurs jours que je ne l'ai pas vu.

Mon cœur se serre, je pince les lèvres. Elle a oublié. C'est comme ça avec Louise. Elle peut être heureuse plusieurs fois dans la même journée avec la même bonne nouvelle – et triste aussi, pas seulement pour la mauvaise, mais parce que sa mémoire lui joue des tours et qu'elle s'en aperçoit de temps en temps. D'année en année, hélas, la méthode des petits carnets et des galets atteint sa limite. Le temps et la maladie font leur œuvre.

Je change de sujet, lui parle des enfants. Je lui montre de nouvelles photos sur mon téléphone. Benjamin et Hermione passent eux aussi régulièrement. Ils apportent leurs propres galets. Je repousse loin le sujet Marceau pour étirer notre moment, comme si aucun malheur n'était arrivé.

– Tu devrais être au travail à cette heure-là, Sarah ! File, ne laisse pas Karen seule.

Les mécanismes ne sont pas tous rouillés.

– J'ai seulement fait un petit détour pour te voir, grand-mère. Je reviens vite.

– Et n'oublie pas de dire à Marceau de venir, j'ai un carnet à poursuivre moi. Tâche de te reposer aussi, t'as une petite mine.

Ma gorge se serre. Mais je ne laisse rougir mes yeux qu'une fois la porte de la chambre refermée derrière moi.

Mon téléphone vibre dans ma poche, comme pour me détourner de mon chagrin : un message de la personne que j'ai contactée après avoir fouillé dans les centaines de cartes de visite trouvées dans le bureau de Marceau. J'avais l'embarras du choix. Le rendez-vous est fixé au restaurant du port d'Yvoire, en terrasse. La voix assurée de la femme au téléphone ne laisse aucune ambiguïté sur son professionnalisme. Elle m'attend déjà.

* * *

Dans la ville médiévale d'Yvoire, chaque pierre murmure une histoire ancienne, une mélodie d'époques révolues. J'entre par une ancienne porte en pierre, surmontée d'une herse rouillée, témoin silencieux de siècles de protection. Les murs de la ville, encore robustes, portent les cicatrices du temps, racontant des histoires de guerres, d'amours et de trahisons, me donnant l'impression d'y ajouter mon drame, invisible.

Les ruelles pavées, étroites, serpentent entre des bâtiments séculaires, comme un labyrinthe tissé d'ombre et de lumière. Les pas des voyageurs, touristes aussi nombreux que curieux, résonnent, échos fidèles de ceux qui les ont précédés des siècles auparavant. Chaque recoin de la ville est une toile vivante, une célébration de l'histoire et de la nature.

Les façades des maisons à colombages, dont certaines datent du XIVe siècle, sont ornées de géraniums écarlates, de jasmin et de chèvrefeuille qui embaument l'air de leurs arômes. Les fenêtres en vitrail projettent des éclats chamarrés sur le sol pavé, comme si des morceaux d'arc-en-ciel s'étaient échoués là, comme si tout allait bien. J'aimerais puiser dans cette beauté la force qui me manque.

Je continue de traquer le bonheur des autres sur une petite place enclavée, où trône une fontaine en granit, sculptée de motifs floraux et d'entrelacs. Autour, des terrasses de cafés invitent à s'arrêter, à déguster un vin local en écoutant le brouhaha des conversations et le rire des enfants jouant à cache-cache derrière les statues.

Le jardin des Cinq Sens, plus loin – havre de paix éclatant de couleurs et de fragrances. Les roses, dans une palette allant du rouge profond au rose pâle, côtoient les lavandes, les iris et les hémérocalles. Les papillons virevoltent avec délice, se laissant bercer par la mélodie du vent dans les feuillages.

Je m'enivre autant que je le peux.

En descendant vers le port, le lac exerce son pouvoir fascinant, offrant ici une vue imprenable sur son étendue azurée. Un bleu profond, miroitant sous les rayons du soleil, évoquant des myriades de saphirs en mouvement. Les cygnes majestueux d'Yvoire glissent sur l'eau, comme s'ils régnaient sur cet endroit privilégié du lac. Sur le port, d'élégants voiliers cohabitent avec les barques des pêcheurs, donnant l'impression d'être suspendus dans le vide tant l'eau claire dévoile les fonds. Les montagnes alpines y plongent leurs reflets avec une majesté tranquille. Y manque celui de Marceau.

Ici, passé et présent se fondent. Mais pour moi, le miracle n'agit plus.

Je cherche alors du regard celle que je dois retrouver en terrasse de l'hôtel-restaurant du Port. Je l'aperçois, comme elle s'est décrite – brune, cheveux attachés, chemisier clair, lunettes de soleil, installée à une table ombragée. Je la rejoins d'une démarche mal assurée. Elle m'observe : je passe au scanner, de la tête aux pieds. Elle n'imaginait sans doute pas ainsi la femme du romancier à succès. Je me sens moins à l'aise que Marceau ne pouvait l'être avec des gens comme elle.

Je lui tends une clé USB, comme convenu. Nous passons plus d'une heure ensemble et c'est elle qui règle la note. Puis nous marchons le long du port et des venelles encore quelque temps. Enfin, elle me tend la main et me remercie.

À présent, le ver est dans la pomme.

* * *

En chemin pour Lugrin, je me surprends à jeter compulsivement un œil dans mes rétroviseurs. Je suis prête à parier que le véhicule qui me suit est le même que celui qui s'était garé non loin de moi à Yvoire. Je distingue un homme au volant, avec des lunettes de soleil, une silhouette banale, rien à en dire. À une centaine de mètres devant moi, je repère un large décrochement face à un champ de blé, un accès pour les engins agricoles. Sans prévenir, je me gare brutalement sur l'emplacement, dans un nuage de poussière. Le temps que les dernières volutes se dissipent, j'entends le moteur du véhicule se rapprocher.

Arrivé à ma hauteur, l'homme passe au ralenti, il me fixe et m'adresse un signe de main sans équivoque. C'est ça, je suis peut-être folle. Je garde encore mes mains crispées sur le volant, avant de me gratter le cou. Une plaque est revenue sur ma peau. Je tente une inspiration calme, mais je tiens sur les nerfs ; dans cet état d'épuisement, je donne, je ne récupère jamais. L'impression de vivre un jour sans fin – l'allongement d'un cauchemar avec de faux moments de répit. Le sentiment affreux que tout s'oppose à moi, se retourne contre moi.

Sans couper le moteur, je descends prendre l'air. Je fais le tour du pick-up, donnant un coup de pied dans chaque pneu, envie de hurler, de libérer ma rage, mes frustrations, ma peine, mais rien ne vient. Impossible de me défaire du poids insupportable de ce qu'est devenue mon existence. Je remonte et m'engage de nouveau sur l'asphalte. Les dernières habitations de Lugrin pointent encore à l'horizon alors que je m'enfonce dans une zone forestière. Un reflet trop rapide a attiré mon attention dans la mince entrée d'un chemin que je viens de passer. Le capot d'une voiture ? J'en suis presque certaine. Tout a été trop vite pour mon cerveau qui ne traite plus les informations comme il faut. Je ne lâche pas mes rétroviseurs jusqu'à l'embranchement qui mène chez le vieux Reynaud. Étrangement, dans la forêt je me sens plus à l'abri. Aucune trace de poursuivant ni aucun bruit de moteur à proximité alors que je coupe le mien, face au chalet.

Je balaie l'air d'un revers de main devant moi, entre doute, inquiétude et fausse raison. Je deviens cinglée et je commence à m'en rendre compte, c'est le plus inquiétant. Reynaud est sur sa terrasse. Il me sourit en coin quand je le rejoins, tournant sa tablette vers moi. Il a apprivoisé son cadeau de départ en retraite. Je regarde ce qui défile à l'écran.

– Déjà !

– Le fil Twitter du *Dauphiné* a été repris par une dépêche de l'AFP. Regarde : « Crime ou accident ? Qu'est-il réellement arrivé au romancier à succès Marceau Miller ? » Et là, c'est RTL : « La thèse de l'accident tombe en chute libre pour l'alpiniste et célèbre écrivain Marceau Miller, qui a trouvé la mort il y a deux semaines en Haute-Savoie, près du lac Léman. »

Reynaud sourit à présent à pleines dents. J'ai tout balancé à la presse, à cette journaliste à Yvoire, à défaut de fracasser une fois encore les bibelots sur le bureau de Delmas. Tandis que Reynaud continue d'énumérer les médias qui reprennent l'affaire, lui conférant une ampleur nationale, je fixe mon attention sur un étrange dispositif installé sur la terrasse. Un chevalet de grande taille.

– Tu te lances dans des activités artistiques en plus de la chasse ?

Reynaud repose son écran comme un enfant lâche sa console de jeux vidéo. Il se lève, disparaît dans son chalet. Je le suis. Machinalement, je jette un œil aux photos du meuble sous la fenêtre. Celle de Jade n'est plus là. Reynaud revient et me fait signe de me pousser pour dégager le passage. Il est encombré d'un tableau d'un bon mètre cinquante de long. Il l'installe sur le chevalet. Je n'en crois pas mes yeux.

– On va tout reprendre depuis le début, Sarah. Sur le même tableau que celui qui m'a servi pendant des années pour mes enquêtes.

– Alors la retraite, pour toi, c'est juste un concept ?

Il souffle pendant qu'il agite une main en l'air, comme pour chasser ma mauvaise foi. Évidemment, je jubile. Parmi les photos et les documents déjà accrochés, je retrouve le portrait de Jade. Reynaud commente un à un les éléments qu'il a disposés. Je devine que l'écheveau de l'enquête avait déjà commencé depuis un moment dans sa tête d'ancien gendarme. Une photo de moi est également épinglée. Elle date du printemps. Je suis à bord d'un bateau sur le lac. Puis celles de Karen, de Rollin, d'Alexis, et des enfants aussi. Mais un bruit de moteur interrompt la séance.

– Tu attends quelqu'un ? me demande Reynaud.

Je hausse les épaules et fais non de la tête. Il marmonne :

– Personne ne vient ici à cette heure-là…

Reynaud rentre pour récupérer son fusil de chasse favori parmi les trois accrochés au mur. Je recule d'un pas tandis qu'il ressort, fin prêt à accueillir ses visiteurs.

23

Un véhicule se gare derrière mon pick-up. Je lis le mot gendarmerie sur toute sa longueur. Les gyrophares s'éteignent, les flashs bleus disparaissent de la végétation. Des cliquetis métalliques vibrent dans l'air, signe que le véhicule est chaud, qu'il a roulé à tombeau ouvert pour arriver ici. Delmas claque sa portière en sortant du véhicule, suivi d'un officier aux larges épaules. Il se dirige droit sur moi d'un pas ferme.

– Vous êtes complètement inconsciente ?! Vous venez de mettre un sacré bordel !

– Peut-on enfin dire que l'enquête est ouverte, capitaine ?

Je vois le visage de Delmas passer au rouge, sa veine du cou et celle de son front gonflent par intermittence. Le noir dans ses yeux est pareil à l'encre d'une seiche prête à neutraliser l'ennemi.

– J'ai la procureure à la gorge, la gendarmerie est devenue un véritable centre d'appels. Ça vient de tout le pays ! Les journalistes ont envahi le parking, ils frappent aux portes et aux fenêtres. Tous les hôtels affichent complet, certains font même du camping ! Mais vous allez tout faire foirer ! On ne parle plus que de ça, et c'est tout mon groupe qui en pâtit.

L'officier qui accompagne Delmas se penche vers lui et lui montre son téléphone portable.

– Magnifique ! s'écrie ce dernier. Il ne manquait plus que ça. Les fans de votre mari ont créé une page de soutien sur les réseaux, « La vérité sur la mort de Marceau Miller ». L'éditeur a partagé, le *Dauphiné* également, on est bien !

Delmas se tourne vers moi.

– Dois-je maintenant m'attendre à voir débarquer des hordes de lectrices piétiner l'enquête ?

Arrogant et misogyne. Il a tout pour me plaire décidément. L'officier s'approche de nouveau de son supérieur.

– Chef, monsieur le maire demande à vous voir en urgence. Il veut superviser une conférence de presse pour essayer de calmer les habitants et ceux des villes voisines.

Delmas n'écoute que d'une oreille. Il fixe Reynaud. Le téléphone du capitaine vide à coup sûr sa batterie très vite tant il vibre sans discontinuer sous les flots de messages et d'appels. Delmas et Reynaud se toisent. Le capitaine finit par baisser le regard sur le fusil, puis ses yeux s'arrondissent quand ils se posent sur le tableau d'affichage.

– Vous me faites quoi là ? Non, mais dites-moi que je rêve !

– Ça vous a toujours posé un problème de voir ma gueule, hein Delmas ? Faut croire que quand on fait mal son boulot de gendarme, on finit par se faire rattraper.

– J'ai du respect pour vous, l'ancien, mais vous n'étiez plus à votre place. Il faut savoir rendre les armes un jour. Et aujourd'hui vous n'avez plus autorité sur rien en termes d'enquêtes criminelles, vous m'entendez ?! Vous savez très bien ce que ça peut vous coûter, alors je ne vous le dirai pas une seconde fois !

Reynaud prend son temps avant de lui répondre.

– Delmas, cette enquête, si vous la foirez, c'est un faux pas dont vous ne vous remettrez jamais. C'est « l'ancien » qui vous le dit. Elle est devenue un objet médiatique. Vous serez le premier à sauter, avec pertes et fracas, si vous ne vous en saisissez pas vraiment. Je donne moins cher de votre peau que de la mienne.

Le masque de ressentiment de Delmas se lézarde.

Un point partout, balle au centre.

Reynaud tient le jeune loup par les couilles. Un léger sourire illumine le visage du vieil homme. Une satisfaction non feinte qui rappelle les règles du jeu. Et qui en est le maître.

– Vous ne faites plus rien sans m'informer, reprend Delmas, qui essaie de se rendre une contenance. L'enquête est ouverte. Désormais vos agissements relèvent de l'obstruction à la justice. Que je n'aie plus à revenir ici.

Delmas et son colosse remontent dans leur voiture et repartent dans une marche arrière sonore. Je croise le regard de Reynaud avec le sentiment de revivre le passé, une douleur aiguë me barre le ventre. Vingt ans après, un nouveau drame. Et ce même sentiment d'une enquête qui se refuse à nous, malgré les petites victoires remportées. Un silence s'abat sur nous comme une brume aveugle qui glace le sang. Reynaud sort la cartouche de son fusil et pose l'arme sur la table de la terrasse. Il roule la cartouche dans la paume de sa main et la fixe. C'est le moment que je choisis pour lui faire part de mon intuition. Et de mes intentions.

– Tu sais… Ce qui s'est passé cet été-là, avec Jade… je n'y ai en vérité jamais cru. Bien sûr, j'avais tout à fait confiance en Marceau. Mais j'ai besoin de comprendre, il le faut. Je suis au fond de moi persuadée que la mort de Marceau est liée à la disparition de sa sœur. Il faut reprendre l'enquête.

Reynaud marque un silence avant de répondre.

– Ce n'est pas si simple, Sarah. L'affaire de Jade est classée, il faut des éléments nouveaux, en lien direct. On ne peut pas se baser juste sur des intuitions.

Je m'approche de lui.

– Je me fiche complètement de ton baratin de gendarme. C'est *toi* qui vas reprendre les choses en main. Pour moi, pour Marceau, pour Jade et pour toi. On l'emmerde, Delmas. Qu'il aille se faire foutre avec ses menaces.

Reynaud baisse la tête. En lui semblent se débattre des regrets vieux de plusieurs décennies. Il dit enfin, d'une petite voix qui lui ressemble peu :

– Je comprends pas où j'ai pu merder, Sarah. J'ai tout décortiqué. Exploré toutes les pistes, pendant des années. Il n'y avait rien, rien du tout, comme si elle s'était volatilisée. Ça me bouffe depuis vingt ans.

Puis, traversé d'un élan subit, Reynaud se lève et, m'attrapant par le bras, m'invite à le suivre. Nous contournons le chalet. Derrière une pile de bois fendu, haute de trois mètres, il se met à genoux pour accéder à une trappe à double battant, verrouillée par un gros cadenas. On dirait l'entrée d'un abri antiatomique. Reynaud ouvre en grand les vantaux et actionne un interrupteur. Il me fait signe de le précéder. Je descends en faisant très attention l'escalier passablement raide.

Le sous-sol s'étend sur une immense surface, sous tout le chalet semble-t-il. D'un côté, des alcôves de pierre remplies de bouteilles de vin. Plus loin un établi qui déborde d'outils. Puis un mince couloir, éclairé d'une ampoule à faible puissance, nous mène à une porte couverte par ce que je pense être un blindage métallique. Elle est lourdement verrouillée. Un logo jaune et noir affiche le symbole nucléaire.

Des claquements se succèdent à mesure que Reynaud déverrouille la porte. J'entre dans la pièce sombre, aucun écho. Ici les bruits sont étouffés, comme celui des secrets longtemps tus. Même un hurlement ne pourrait s'entendre depuis l'extérieur.

24

Le manuscrit

On a tous un jardin secret, plus ou moins grand.

Mais qui sait combien de temps ça dure, un secret ? Sarah connaît l'entrée de mon jardin. J'ai jeté la clé, mais le portillon est ouvert.

Très vite, j'ai eu besoin d'espace, besoin d'aller prendre l'air ailleurs. La première fois que ça s'est produit, ne sachant pas de quelle manière aborder la chose et ne voulant, surtout, pas essuyer de refus, je me suis enfui. C'était quelques mois après la mort de mon père. J'avais une dizaine d'années. Je n'avais laissé qu'un mot sur mon lit : « Je reviens, demain. » Alors ma mère a attendu, le premier jour. Puis le second, forcément, elle s'est rendue à la gendarmerie. C'est Reynaud, pas encore capitaine à l'époque, à qui on a confié la tâche de me retrouver. Reynaud était alors un jeune gendarme, il n'avait pas quarante ans. Il m'a déniché en moins de vingt-quatre heures, un peu vexant quand même. J'avais fait en sorte de me tenir loin des chemins balisés, totalement enfoncé dans la forêt et les montagnes. Reynaud, c'est comme s'il avait un sixième sens. Ma mère a eu raison de contacter la gendarmerie. En fait, j'étais en train de me perdre.

Plutôt que de me faire la morale, Reynaud m'a initié. Il ne m'a pas jugé. Il était comme la forêt, prêt à m'accueillir sans se préoccuper de qui j'étais et ça m'allait très bien. J'avais emporté un bagage à main ; de quoi dormir, manger, boire et lire. Un vrai scout. Mais j'avais oublié l'été, et son cortège de moustiques. C'est là que mon apprentissage de la forêt a commencé.

Ici, au moins, on ne parlait pas de la mort de mon père, comme si cela n'existait pas. Un tel soulagement. Reynaud m'a enseigné les rudiments, comme on les enseigne à un gamin de dix ans. Sauf que moi, j'intégrais très vite. Peu à peu, la forêt devenait mon territoire. Au fil des ans, ma mère ne s'inquiétait plus de me voir disparaître de temps à autre, elle savait que ça m'était nécessaire. Je laissais toujours le même mot, « Je reviens », et je revenais. Ma mère ne m'en parlait jamais, ni à personne d'ailleurs.

Jade restait à la maison. Jade, seule, savait pourquoi je partais. Mais nous n'avions pas besoin de le formuler à haute voix. En commençant à travailler à "la Maison de la Forêt", pour devenir guide, j'avais caché à tous que je connaissais déjà bien mieux la forêt que Reynaud lui-même. Même Jade ne soupçonnait pas à quel point. Je m'émerveillais comme les autres, pour ne pas me faire remarquer, et feignais de tomber dans les mêmes pièges que Jade ou Sarah. Je prenais des notes consciencieuses sur mon carnet, comme mes camarades. Je mourais d'envie pourtant d'approuver certaines paroles de Reynaud, d'en étayer ou réfuter d'autres. Mais j'ai tout gardé pour moi.

Encore un secret.

La forêt, savait, elle. Comme un dialogue silencieux entre elle et moi. Elle ne m'a jamais trahi. Au contraire, elle a été mon plus grand soutien.

On a tous un arbre qui nous correspond quelque part. J'ai trouvé le mien après plusieurs années de vagabondages. La forêt est vivante, comme nous, mais avec une intelligence bien supérieure. Elle vit à son rythme. Elle s'adapte à l'environnement, quand nous, nous cherchons à adapter l'environnement. Nous ne percevons pas le centième des animaux qui rôdent autour de nous dans les bois, à moins d'y avoir été éduqués. Nos sens sont rouillés par la civilisation. Notre toucher ne connaîtra bientôt plus que le contact des produits industriels. Les capacités primitives de notre odorat sont en sommeil, parasitées par les fragrances chimiques puissantes, qui trompent nos interprétations. Notre acuité visuelle se réduit et ne réagit plus qu'aux pixels, injection massive de lumière artificielle dans nos rétines, informations trompeuses pour notre cerveau. Nous avons perdu le contrôle de précieuses aptitudes – défenses et repères, surtout.

Sarah a ça en elle, comme un virus que nous partageons. Je suis seulement plus atteint qu'elle. C'est cet abysse qu'elle entrevoit parfois dans mon regard, sans le comprendre pleinement. Je suis de ce monde, mais pas tout à fait.

25

J'avance dans la pénombre du bunker de Reynaud. Il actionne un nouvel interrupteur et la lumière jaillit d'une ligne d'ampoules accrochées au plafond. Autour de moi, les murs sont couverts de plans de la région, de cartes découpées, de photos qui me sont familières, mais aussi des dessins, des schémas, du matériel d'alpinisme et de randonnée. Je chancelle comme percutée de plein fouet par une vague scélérate de souvenirs venus du fond de ma mémoire.

– Vingt ans d'enquête, Sarah, vingt ans que je cherche, vingt ans que je doute, vingt ans que je veux comprendre, vingt ans que je veux encore croire à l'impossible.

Il me faut plusieurs longues minutes pour me reconnecter à la réalité et chasser le vertige. Mon regard s'accroche à chaque détail, passant d'un mur à l'autre. Je m'approche d'un dessin, je glisse ma main sur le visage tracé au crayon à papier. Je reste sans voix.

– Il y a quatre ans, j'ai demandé à un portraitiste d'imaginer à quoi pourrait ressembler Jade aujourd'hui, en s'aidant des photos de l'époque.

J'approche mon visage à quelques centimètres du mur. Je m'abîme dans le visage de ce que pourrait être Jade si elle était encore vivante. Puis je passe en revue chaque photo, comme à la loupe. J'en détache une, tandis que Reynaud me rejoint. Je ne formule aucune question, Reynaud sait bien quelles sont celles qui tournent dans mon esprit. Et parmi toutes, *la* question.

– Je ne sais pas pourquoi Marceau ne voulait pas que je t'en parle, dit-il pour finir. Je crois que c'est à cause des armes, pour ne pas t'effrayer ou que tu lui interdises de continuer.

Sur la photo, Marceau pose avec Reynaud, chacun un fusil à la main. Je regarde le visage de mon mari pour m'assurer qu'il s'agit bien de l'homme que je pensais mieux connaître.

– Nous ne chassions que très occasionnellement. La raison *n'était pas* la chasse, Sarah, mais toujours cette fichue quête de la moindre trace de Jade. Là où nous allions, je doute même qu'un seul rôdeur y ait mis les pieds un jour.

– Pourquoi des armes, alors ?

– On ne s'en servait pour ainsi dire jamais, c'était plus une sécurité qu'autre chose. Tout ce que je peux dire, c'est que j'ai rarement atteint ma cible quand je faisais feu. Pourtant, j'étais un des meilleurs à la brigade pendant les séances d'entraînement. Marceau, lui, faisait toujours mouche. Une menace, un gibier, la forêt ne pouvait rien lui cacher, sauf Jade. C'est comme s'il avait un don pour ça. Il anticipait bien mieux que moi. Le temps que je me retourne, il avait déjà épaulé.

Je sonde ma mémoire, me repasse mentalement des centaines de situations à la vitesse de l'éclair.

– Ses errances en forêt, c'était ça ? Avec toi ? Il fait ça depuis qu'il est gamin.

– Je ne l'accompagnais pas toujours. Il ne me disait pas tout, tu sais. Il lui arrivait de m'emprunter un fusil de temps en temps, et il revenait souvent avec le même nombre de cartouches.

Je regarde autour de moi. Des cartons débordent de documents d'enquête, des heures et des heures d'analyse, et autant de questions qui surgissent des limbes de mon esprit.

– Où alliez-vous avec Marceau, je veux dire, quels endroits avez-vous explorés ?

Reynaud attrape un des cartons rempli de cartes IGN. Il en déploie une sur un établi. Elle est couverte de traces de feutre, presque totalement. J'en déplie une autre, et une autre encore. Toujours les traces de feutre, partout, avec des dates écrites en petit. Je tire un tabouret logé près d'une armoire sans porte, j'ai besoin de m'asseoir. Reynaud pose une main sur mon épaule.

– Ça va Sarah, tu veux boire quelque chose ? Tu sais, j'en ai descendu quelques-unes des bouteilles ici.

Je pose mon regard vers un coin de la pièce, sur un lit de camp avec une couverture roulée en boule.

– Officiellement, j'avais fini par recevoir l'ordre d'arrêter toutes mes recherches sur cette affaire. Officieusement, tout le monde savait que je continuais d'une façon ou d'une autre.

– Pourquoi vous ne m'en avez jamais rien dit, avec Marceau ? Pourquoi ?

Reynaud me regarde comme un animal fragile, je ne supporte pas.

– Parce qu'il faut bien que certains tournent la page pour éviter aux autres de devenir fous.

Cette phrase – et ses implications – résonne longtemps en moi. Je me lève du tabouret, encore abasourdie. Je promène mes mains sur les étagères, je sonde les boîtes les unes après les autres. Je m'arrête encore une fois sur les photos de Marceau accrochées au mur, ça me percute l'âme. Je suis plus que jamais convaincue que Marceau est mort à cause de cette histoire, qu'il y a un lien. Et je veux le trouver.

– Qui savait pour vos recherches en forêt ? Vos « chasses » qui n'en étaient pas ?

– Personne, on ne croisait pour ainsi dire personne de toute façon. Là où on allait, tout était bien trop sauvage et isolé.

Je continue mon exploration en ruminant. Je cherche, tout et rien à la fois.

– Est-ce qu'il vous est déjà arrivé d'avoir l'impression d'être suivis ?

Reynaud marque une pause, s'assoit et balade son regard sur les murs.

– Non, pas que je me souvienne. Avec un radar comme Marceau, personne n'aurait pu nous suivre sans qu'il ne s'en aperçoive.

Sous une pile de vieux disques durs qui n'ont pas l'air d'avoir été utilisés depuis longtemps, une boîte métallique attire mon attention.

– Tu vas en avoir pour des heures à tout déballer, Sarah. Tu devrais faire une pause.

J'ouvre la boîte et laisse glisser le contenu à même l'étagère sur laquelle je viens de la trouver.

Des photos, encore.

Je les regarde une à une.

Jade avec Reynaud au bord du lac, bras autour des épaules. Jade sur un chemin, sourire éclatant, à côté de Reynaud. Jade et Reynaud dans un canoë. Jade dans la forêt, le regard droit vers l'objectif de l'appareil photo, le bouton supérieur de son décolleté défait. Jade, encore Jade, toujours Jade, suggestive, nue, sortant du lac... en compagnie de Reynaud. Une trentaine de photos.

Je le regarde, interloquée. Lui aussi s'est figé.

– Tu n'aurais pas dû voir ces photos, Sarah.

Je réalise soudain que je suis dans un abri antiatomique, dans la cave d'un chalet isolé, seule, que je déterre des secrets les uns après les autres sur des gens que je pensais connaître. En compagnie d'un homme que je croyais connaître.

Je jette les photos et je m'enfuis en courant. J'entends mon prénom trois fois dans mon dos alors que je remonte l'escalier, je sors du gouffre et rabats les vantaux de la trappe. Ça le ralentira toujours un peu. Je me retrouve à l'air libre, je trébuche et m'affale sur le sol, à côté des bûches bien empilées. Je ne parviens pas à me redresser, ma respiration s'emballe, je manque d'air, alors j'avance à quatre pattes, besoin de respirer, ma tête tourne.

Jade était comme une sœur pour moi. Nous partagions tout. Enfin, je le croyais. Tous mes appuis se dérobent, au propre comme au figuré. Mes repères tombent comme des dominos alignés. Derrière moi, le bruit des poings de Reynaud contre le métal de la trappe fermée.

26

Je progresse sur les genoux et la paume de mes mains qui me brûle, je dois me ressaisir. Mes doigts se crispent sur le sol, un mélange de terre, d'herbe et de graviers. Je me redresse, réussis à courir tant bien que mal jusqu'au pick-up. Je sors les clés de ma poche, elles tombent de mes mains tremblantes, je les ramasse. Je n'arrive pas à glisser la clé dans la serrure et griffe la peinture de la portière déjà abîmée avant de l'atteindre. Enfin à bord, je démarre maladroitement en espérant ne pas noyer le moteur capricieux. J'appuie plus que de raison sur la pédale d'accélérateur. Les pneus envoient une gerbe de terre et de boue sur les flancs des portières. Je garde un œil sur le rétroviseur alors que je m'engage dans le chemin forestier. Je prends de la vitesse et commence à y croire, quand j'aperçois Reynaud sur le bord du chemin, sortant des hautes fougères. Mon pied enfonce davantage l'accélérateur, je le dépasse. Je détale comme un lièvre surpris à l'orée d'un bois. La silhouette de l'ancien gendarme disparaît enfin dans mon rétroviseur.

En rejoignant l'asphalte et la civilisation, mon téléphone émet une série de bips signalant l'arrivée de messages. L'abri antiatomique de l'ermite est réellement coupé du monde. Je les écouterai plus tard, je ne veux qu'une chose : rentrer à la maison.

* * *

Enfin, mon refuge.

Le répit n'est que de courte durée, car alors que j'approche, je distingue à travers les branchages une agitation anormale. Un filet d'inquiétude coule dans mes veines. À côté de la voiture de Karen est garée celle de la gendarmerie. Je gare le pick-up et rejoins l'allée qui traverse le jardin jusqu'à la porte d'entrée. Là, un drôle de comité d'accueil m'attend : deux gendarmes, l'un près du hangar, inspectant le Savage Bobber de Marceau, et l'autre, sur le ponton au bout du jardin. Karen me salue de la main tandis que Benjamin court vers moi. Hermione reste assise sur le divan de la terrasse à côté de Zoé, toutes les deux accaparées par l'écran de leurs téléphones.

– Pou-pou-pourquoi tu-tu es toute sale comme ça ma-ma-maman ?

Je frotte mon jean, mais les traces de boue sur les genoux ne partent pas. Je regarde mes mains, la terre s'est incrustée sur tous les sillons de ma peau et sous mes ongles. Pires qu'après une séance de jardinage sans gants. Je réalise que tout me salit dans cette histoire.

Quand je relève la tête, le regard de compassion de Karen m'horrifie. Je m'aperçois alors seulement de la présence du capitaine Delmas, non loin, sur le pas de ma porte. Je caresse les cheveux de Benjamin. J'essaie de le rassurer, malgré cette présence policière qui n'arrange pas son bégaiement, malgré… malgré moi.

– J'ai jardiné sans me changer aujourd'hui, tout ce qu'il ne faut pas faire.

J'ai tenté. Benjamin ne semble pas dupe. Karen, tournant le dos à Delmas, me souffle :

– Ils sont passés à l'agence avant de venir ici. J'ai fermé pour l'après-midi. Je vais m'occuper des enfants, ne t'inquiète pas.

Hermione ne m'adresse pas un regard. Karen tire sur la manche de Zoé qui daigne me saluer. Un gendarme s'accroupit à côté d'elle.

– Elle est sympa ta casquette.

Zoé ne comprend pas. Un frisson me parcourt l'échine, en repensant au vol commis par des gamins à “la Maison de la Forêt”, et la remarque des flics sur les casquettes qu'ils portaient.

– C'est un souvenir de vacances ? Où l'as-tu achetée ?

– C'est un cadeau de mon père. Il a un food truck. Il fait les meilleurs sandwichs de la région, vous savez.

Karen entoure les épaules de sa fille et l'écarte légèrement du gendarme. La mère lionne protège sa progéniture.

– Mon mari en avait un lot qu'il a fait fabriquer pour une promotion. Pourquoi cette question ?

– J'ai partagé, j'en ai donné à Hermione et à Benjamin, coupe Zoé.

Là, c'est moi qui suis sur la défensive quand le gendarme me regarde avec insistance.

– Je ne sais pas si mes enfants les ont encore.

– Puis-je emprunter la casquette de votre fille ? demande le gendarme à Karen.

Karen me lance un regard lourd. Ensuite, tout va très vite, Zoé part comme une balle, nous prenant tous de surprise.

– Zoé ! Zoé ! hurle Karen, en courant sur la pelouse après sa fille.

Elle rattrape Zoé, coincée par la présence d'un autre gendarme au fond du jardin. Elle tente de la prendre dans ses bras mais la petite se débat.

– J'ai rien fait ! J'ai rien fait ! J'ai rien fait !

La gamine pleure à chaudes larmes à présent. Le gendarme ramasse la casquette qui a volé pendant la course endiablée de Zoé. Karen s'approche de moi, sa fille toujours accrochée à elle.

– Tu peux m'expliquer ce qui se passe, Sarah ?

Je ne sais plus bien qui doit s'en prendre à qui dans cette histoire, alors je partage ce que je sais.

– Il y a quelque temps, “la Maison de la Forêt” a été visitée. Il y avait des caméras de surveillance et ils ont repéré des gamins, qui portent des casquettes. Ils avaient tous les mêmes visiblement. On ne voit pas leurs visages.

Zoé a cessé de gesticuler dans les bras de sa mère, comme tétanisée.

– Rien ne dit qui a participé. Et de qui vient l'idée, me lance Karen avant de partir, emmenant Zoé et mes enfants.

Au ton de Karen, je comprends que nous n'échapperons pas à une conversation délicate. Mais tant de choses se bousculent en moi. Ce n'est vraiment pas le moment.

Delmas inspecte la casquette en me jetant des coups d'œil réguliers. Il m'attend, c'est clair. Quand j'arrive à sa hauteur, il me détaille des pieds à la tête.

– Votre activité, c'est plutôt la navigation, non ? Les traces de graisse ou d'huile de moteur, je peux comprendre. Mais cette boue sur vous, ça vient d'où ? Vous déterrez des cadavres ?

L'adrénaline, la peur, l'épuisement bouillonnent dans mes veines. Mais je suis ainsi faite que j'arrive encore à trouver la force de le provoquer.

– Atelier chasse et pêche avec votre ancien camarade.

– Je vous ai dit d'arrêter tout ça avec lui. Vous ne comprenez pas ? Vous savez où ça peut vous mener ?

J'ouvre la porte de la maison ; je rêve de ma chambre, de me changer, d'être chez moi. Je tends ensuite le trousseau de clés à Delmas.

– La longue clé donne accès au sous-sol et celle avec le morceau de tissu c'est pour la porte de l'arrière-cuisine. Le bureau de Marceau est au premier.

Delmas rassemble ses hommes qui prennent soin d'essuyer leurs pieds sur le tapis avant d'entrer, en me jetant un coup d'œil, comme pris en faute avec leurs gros godillots souillés. Qui suis-je pour juger ? Je file dans la cuisine, j'ouvre le robinet. Je pousse la vaisselle qui traîne encore au fond de l'évier et avec la brosse je frotte mes ongles pendant plusieurs minutes. Je règle plus fort l'arrivée d'eau. Le bruit couvre celui des sanglots qui m'ont enfin rattrapée. J'étouffe d'une main mouillée les sons prêts à sortir de ma bouche.

Je me rince le visage, nie mes larmes, puis attrape le torchon et sèche mes joues, mes mains – malgré le reliquat de terre qui reste sous mes ongles. Je monte dans ma chambre avec l'intention de changer mon jean et de tenter de me débarrasser de ma crasse la plus apparente. De me reposer aussi, peut-être. En passant devant le miroir, j'ai l'impression de me voir avec un nombre d'années incalculable en plus.

Dans le couloir, les gendarmes remuent tout ce qui est possible. L'un d'entre eux passe devant moi avec une pile de cartons provenant du bureau de Marceau. Je cours m'enfermer dans la chambre de Benjamin. Au moins là, je ne verrai pas leurs allers-retours. Je m'assieds sur son lit et regarde autour de moi. Depuis combien de temps n'ai-je pas considéré cet endroit avec l'attention nécessaire ? Comme mon fils n'est pas du genre à laisser de bazar, je passe dans sa chambre comme un automate – changer les draps, passer l'aspirateur, ranger ses vêtements propres. Je n'ai pas vidé sa poubelle de bureau depuis qu'il en a une, il s'en charge. Je détaille son univers autour de moi comme pour la première fois. Les posters de films d'animation ont été remplacés par des héros de jeux vidéo et des sportifs de haut niveau. Et sur le haut de l'armoire, la visière d'une casquette dépasse. Sur la pointe des pieds je l'effleure du bout des doigts. Un long bras me dépasse et attrape la casquette. Je me retourne vers le gendarme arrivé derrière moi.

– C'est bien la même que celle de sa petite camarade. Vous voyez, en fin de compte, il ne l'a pas perdue…

La vision de ce gendarme en tenue dans la chambre de mon fils, avec entre les mains ce qu'il considère certainement comme être un élément à charge, me terrifie.

– Le capitaine Delmas vous demande, madame Miller. Il est dans le bureau de votre mari.

Je souffle de lassitude. Avant de quitter la pièce, je m'arrête sur le seuil, et sur un ton d'ordre plus que de prière :

– Je veux parler à mes enfants avant que vous ne les interrogiez. Ne faites rien sans mon accord.

Le gendarme hoche la tête tandis qu'il enfourne la casquette dans un sachet transparent. À cet instant, j'ai l'impression qu'une bombe remplie d'ondes négatives vient d'exploser chez moi. Je longe le couloir jusqu'au bureau de Marceau, avec le sentiment d'être traversée par toutes ces radiations néfastes qui rebondissent sur les murs, pour revenir plus puissantes, plus destructrices.

Delmas porte des gants blancs en latex. Un de ses hommes prend des photos sans s'interrompre. Un autre est assis devant l'ordinateur de Marceau.

– Dites, madame Miller, vous n'auriez pas le mot de passe ?

Je secoue la tête : négatif.

– Nous n'avons emporté que ce qui nous semblait utile, déclare Delmas, pas de superflu.

Je porte un regard différent sur l'endroit à présent. Je cherche le reflet d'une vérité que je ne connais pas, comme tous les secrets de Marceau. Tout m'apparaît étranger soudainement.

– Dans le MacBook de votre mari, nous avons retrouvé des documents relatifs à l'acquisition d'un système de sauvegarde externe, « Time Capsule ». Un écrivain assure forcément des sauvegardes.

– Comme je vous l'ai dit, je n'ai rien trouvé. Ni disque externe, ni clé USB, et encore moins votre système « Time machin chose ».

– Ici, madame Miller, il y avait un appareil, voyez le rond de poussière autour. Il y a même la trace du fil électrique. Vous n'avez pas le souvenir d'un appareil placé ici ?

Je secoue la tête de nouveau. Mais à présent, je doute de tout, même de moi. Le gendarme qui doit être l'expert informatique tourne autour de l'imprimante et manipule les paramètres. Il y connecte un ordinateur qu'il a apporté.

– Je viens de récupérer la liste des documents imprimés depuis les six derniers mois, chef.

Delmas se penche sur l'écran et me fait signe de venir. Il fait défiler les noms des documents. Il y a de tout, dans tous les formats, jpg, docx, pdf... Des intitulés ressortent avec des mots évocateurs, « psychologie », « médical », « médias »... Et puis, à la date du lendemain de son passage à la HSBC, un intitulé attire notre attention. « Le Roman de Marceau Miller », un fichier au format docx, suivi d'un mélange d'une dizaine de chiffres et de lettres, comme un numéro de série. Un charabia informatique typique.

– « Le Roman de Marceau Miller », c'est bizarre, non ? C'est le titre qu'il donnait à ses livres en cours ? me demande Delmas.

– Je n'en sais rien. Il n'y a que son éditeur qui pourrait vous le confirmer.

– Et tous ces chiffres derrière ? Date, numéros de version, référence quelconque ?

– Aucune idée. Il ne me disait rien de ses travaux en cours.

– Bon… Auriez-vous le numéro de téléphone de son éditeur, madame Miller ?

Évidemment, je l'ai. Quand il n'arrivait pas à joindre Marceau, Édouard Payet passait par moi. Delmas enregistre le contact et appelle.

– Je mets l'appareil sur haut-parleur. J'aurai sûrement besoin de vous aussi.

À la seconde tonalité, Édouard Payet décroche.

– Capitaine Delmas, gendarmerie de Thonon-Les-Bains.

– Bonjour, je m'attendais à votre appel.

– Je vous appelle pour…

– Oui ! Je suis l'enquête, vous savez, les médias en font une affaire sérieuse. C'est abominable ce qui est arrivé. Et Sarah, comment supporte-t-elle tout cela ?

Je n'avais pas entendu la voix d'Édouard depuis ses condoléances pour Marceau, et le document à signer pour la publication du roman en cours.

– Madame Miller suit notre conversation, répond Delmas. J'ai quelques questions à vous poser. Marceau Miller était-il sur un manuscrit ces derniers temps ? Vous avait-il communiqué un titre ou le sujet de son livre ou de ses recherches ?

– Marceau était de ces écrivains du genre discret. Besogneux, dans son coin. Je le laissais faire parce qu'il rendait toujours sa copie dans les temps, ce qui est plutôt rare dans ce métier. Marceau était *toujours* sur un manuscrit, un acharné. Il m'a envoyé la première version de son travail il y a un peu plus de trois mois. Nous avions cette habitude. C'est seulement à ce moment-là que je découvre le nouveau roman à venir, quand il a un texte entier à me soumettre, jamais avant.

Je me rends compte à cet instant qu'Édouard lui-même ne savait pas grand-chose de la genèse des romans de Marceau. Mon mari, encore plus solitaire et retranché que je me le figurais. Delmas plisse toujours le front et déroule ses questions.

– Si je vous dis « Le Roman de Marceau Miller » ? Est-ce un titre de travail qu'il donnait à ses manuscrits, lors de cette première étape ?

– Quelle drôle d'idée ! Marceau n'était pas imbu de lui à ce point. Avez-vous lu certains de ses livres au moins ? Je peux vous en envoyer. Non, il ne donnait pas de titre. De toute façon, c'était mon rayon. Un titre, c'est exigeant et surtout stratégique.

La leçon d'édition commence, terrain glissant pour le capitaine.

– Sur quoi travaillait-il ?

– C'est confidentiel, capitaine. Vous vous rendez compte que je perds un ami, et mon meilleur auteur. Savez-vous combien d'exemplaires se sont écoulés de son précédent roman ? Allez, dites un chiffre ?

– Le sujet de son livre, c'est tout ce dont j'ai besoin, monsieur Payet.

– 325 000 exemplaires ! En grand format ! On talonne le Goncourt à chaque publication.

C'est fort, très fort…

Il ne change pas. Chiffres, stratégie… Même en deuil, un éditeur est un éditeur. J'interviens.

– Édouard, c'est Sarah. Il est très important pour l'enquête que nous sachions sur quoi travaillait Marceau.

– Alors je ne veux pas voir le sujet sortir dans la presse ! Le manuscrit est sous contrat. Je paie un prête-plume une fortune pour finir le boulot, on en a parlé, Sarah. Bon… Je vous raconte…

Dans ma tête je suis déjà ailleurs. Au pied de la montagne de secrets que mon mari a laissée derrière lui. Avec devant moi, une grande étendue moirée de silence.

27

Les gendarmes ont levé le camp, embarquant encore quelques cartons et l'ordinateur toujours verrouillé de Marceau. Je suis restée assise sur le siège qu'occupait mon mari, laissant les bruits du jardin et du bois tout près, recouvrir de nouveau de la maison. Autour de moi, un chaos écœurant. Tout a été fouillé par des mains étrangères, laissant un désordre dégueulant des étagères et des placards. Comme un drap retiré, impudique, censé ne plus cacher le moindre secret. Je ne vois pourtant rien, moi, sa femme.

SMS de Karen.

Est-ce que tu veux que je garde les enfants
pour la nuit ?

J'hésite un court instant.

Je passe les prendre dans une heure, merci Karen.
Je dois leur parler.

Quels mots une mère peut-elle trouver dans de telles circonstances ? Les accabler pour des bêtises de gamins ? Leur avouer que cela peut avoir un lien de près ou de loin avec ce qui est arrivé à leur père ? « Tout va aller mieux, les enfants, et on trouvera qui a tué papa… et pourquoi. »

Bizarrement, je devrais être terrifiée à l'idée de me retrouver seule dans la maison, avec Reynaud qui peut rôder autour, mais je ne ressens rien. D'ailleurs, je n'ai rien dit à Delmas, il m'aurait prise pour une folle. Je ne peux pas me le permettre alors qu'il lance enfin l'enquête.

Je ferme les yeux. Cinq minutes, j'ai besoin de cinq minutes.

* * *

Dans le bureau de Marceau, l'obscurité commence à poindre. J'aperçois au plafond des scintillements presque invisibles. Je ne venais jamais ici pour ainsi dire. Je découvre cet univers seulement maintenant, c'est absurde. Je reconnais les étoiles phosphorescentes qui plaisaient tant à Benjamin. A-t-il demandé à son père d'en couvrir le plafond de son bureau ? Puis, mon regard glisse sur la grille d'aération et quelque chose me retient. Je ne comprends pas quoi. Je prends une chaise que j'installe juste en dessous et je grimpe. Il manque une vis à la grille, et il n'y a pas de poussière dessus. Je remarque aussi que les trois autres vis ressortent du plafond, de sorte que je peux les dévisser à la main. Je m'aide du peu d'ongles qu'il me reste. Je laisse tomber les vis une à une sur le sol, tandis que je retiens la grille. Si j'avais peur des araignées comme Hermione, je serais obligée de mettre un gant et de serrer les dents pour sonder le dessus du plafond autour de l'ouverture. Ma main aveugle explore le faux plafond. Mes doigts butent sur un objet lourd, j'en attrape une extrémité. J'extirpe ma trouvaille, souffle coupé.

Je tiens une arme de poing par le canon. Le métal est froid. Je descends de mon perchoir, avec l'impression rance que Marceau me met lui-même une arme entre les mains. Sous mon toit et celui de mes enfants, un calibre. Quand on sait ce dont sont capables des gamins inconséquents, là, je lui en veux, vraiment.

Mais au rythme où vont les choses, et foutu pour foutu… Peut-être devrais-je au moins apprendre comment ça fonctionne.

Le canon toujours dans la main, je poursuis mon inspection de la pièce, comme si cet objet de mort était le premier indice d'un jeu de piste vers d'autres découvertes sidérantes. Soudain j'entends toquer à la porte d'entrée de la maison. Je jette un œil depuis la fenêtre du bureau. Il fait pratiquement nuit, mais grâce à la lumière activée par le détecteur de présence, je distingue une silhouette. Ce n'est pas Karen. Puis j'aperçois le capot d'une Porsche rouge garée sur la pelouse. Je descends ouvrir en pestant.

– Bonsoir, Sarah. Je m'inquiétais de ne pas avoir de réponses à mes messages. Karen et Rollin m'ont dit que les gendarmes étaient passés aujourd'hui. Comment tu vas ?

– C'est compliqué, Alexis.

Il aperçoit soudain ce que j'ai à la main.

– Sarah ! Reprends-toi, pense aux enfants ! Pose cette arme, s'il te plaît.

– Si je devais faire une connerie, ça ne serait pas avec ça.

Je secoue légèrement l'arme dans ma main, et sans prendre garde, j'appuie sur un bouton le long de la crosse. Le chargeur est éjecté et tombe sur le sol. Une balle dorée roule sur le parquet.

Alexis ne peut s'empêcher de sourire.

– En effet, ce serait sans doute une solution vouée à l'échec.

Il ramasse la balle, puis le chargeur, retire ensuite délicatement l'arme de ma main et me serre dans ses bras. Mes larmes silencieuses et chaudes imprègnent sa chemise. Je sens ses doigts réconfortants se poser sur mes cheveux. Il ne dit rien jusqu'à ce que je retrouve une respiration plus apaisée.

– Cette situation nous bouscule, je suis déstabilisé aussi. On découvre beaucoup trop de choses, tout d'un coup. C'est pour ce genre de raisons que je me tiens à distance des gens parfois, contrairement à l'image que je peux renvoyer. Sans doute la crainte d'être trahi ou déçu, ou les deux à la fois, et d'en souffrir. C'est difficile de faire confiance.

Je recule et lui fais face. Il sèche mes joues et me regarde avec tendresse. J'ai, pour la première fois depuis des semaines, le sentiment d'exister ailleurs que dans le monde du mal.

– J'ai trouvé cette arme dans son bureau, cachée au-dessus de la grille d'aération. Les gendarmes se sont focalisés sur les livres, les ébauches de manuscrit, le matériel de l'écrivain, mais ils sont passés à côté de ça.

– Il faudra remettre cette arme aux gendarmes, Sarah. Un calibre comme celui-ci, ça n'est pas rien.

– Pourquoi une arme pareille ? Ça n'a rien à voir avec un fusil de chasse. Il se sentait menacé ?

– Je ne sais pas. J'ai plutôt l'impression qu'il n'était entouré que de fans sincères, et plutôt calmes. Il n'était pas du genre à créer des polémiques. Malgré son succès, il réussissait à rester assez discret, non ? Le genre à soigner son image et respecter ses lecteurs et même ses confrères, enfin je crois.

J'en viens à me demander si je ne connaissais pas seulement Marceau à travers ce que j'en lisais dans la presse – les photos sur papier glacé, le Marceau des plateaux télé. Est-ce que toute notre histoire n'était qu'un scénario habile ? Cette maison, un décor de cinéma ? Où est le vrai, où est le faux dans notre histoire ? Tout s'embrouille dans ma tête. Alexis pose ses mains sur mes épaules, il me sort de mes tourments avec ses questions.

– Et les gendarmes, ils t'apportent des réponses ?

– Ils font leur job, ils tiennent des bouts de ficelle. Je n'ai pas vraiment l'impression que ça avance, non.

– C'est seulement le début. Tu peux compter sur moi, tu sais, je suis là. On passe tous un cap difficile. Si je peux t'aider à y voir plus clair, ça me donnera le sentiment d'agir. Il faut retrouver un semblant de vie normale, au moins pour les enfants.

L'ordinaire vient à me manquer, fatiguée des surprises, j'avoue. Épuisée, même.

Je le suis pourtant docilement à l'extérieur. La nuit est tombée, drapant le monde de son voile d'encre. L'air s'est rafraîchi, chargé des effluves boisés environnants. Une brise, légère comme un soupir, fait danser les feuilles d'argent des bouleaux, mêlant leur mélodie à la berceuse éternelle du Léman. La lune, reine pâle de ce royaume, tisse un chemin de lumière sur les eaux d'obsidienne. Dans ce théâtre hypnotique, les Alpes se dressent, géantes assoupies aux contours flous, leurs sommets effleurant un ciel piqueté d'étoiles scintillantes. Un hibou grand-duc, baryton solitaire, entonne une aria, rappelant que le soir n'est jamais vraiment silencieux pour qui sait l'écouter. Sous mes pas, l'herbe du jardin absorbe déjà l'humidité de cette nuit. Alexis ouvre sa voiture et allume les phares. Les pinceaux de lumière atteignent tout juste le ponton au bout du jardin. C'est pour ça qu'il s'est autant avancé sur la pelouse. Il se penche à l'intérieur et attrape un objet dans la boîte à gants.

– Tu sais que de temps en temps j'emprunte un bateau à ton agence. Karen me prête presque toujours le même, celui qu'il lui reste quand je lui demande à la dernière minute. J'ai des clients qui signent presque tout ce que je leur propose une fois que je les emmène en balade sur le lac. La technique est payante.

J'accompagne Alexis en même temps qu'il me parle. Nous marchons en direction du ponton. Je n'avais pas identifié l'objet qu'il tient à la main, jusqu'à ce qu'il le tende devant lui, à côté d'un autre, semblable en tout point.

– C'est bien ce que je pensais. Ce morceau couvre certainement l'un des poteaux de ton ponton.

En une fraction de seconde nous repérons le poteau dépourvu de sa coiffe de protection.

– Je suppose que quand on amarre maladroitement une embarcation et qu'on retire en hâte le bout, on accroche facilement ce truc. Coup de chance, il n'a pas fini dans l'eau. On est sortis pas mal de fois avec Marceau depuis ce ponton, c'est pour ça que j'y ai pensé. Mais que faisait ce cache de protection dans le bateau de l'agence ? Il est trop important pour être amarré ici ?

– C'est un des Antares Fly, il dépasse les onze mètres et pèse plus de six tonnes. Amarrer ça ici, c'est prendre le risque d'abîmer du matériel. Non, ce n'est pas possible…

Mes propres mots me laissent perplexe. Alexis ne trouble pas le silence, juste le clapotis du lac sous nos pieds. Nous n'utilisons pas les bateaux récents de l'agence pour nos navigations privées, uniquement la vieille coque rapiécée et non commercialisable. L'Antares Fly n'avait *aucune raison* d'être amarré ici.

* * *

Tandis que la Porsche d'Alexis quitte la propriété dans un ronronnement sourd, je continue d'inspecter les contours du ponton à l'aide de la torche de mon téléphone. Je traque la moindre déformation du bois ou résidu de peinture. En supposant qu'on accoste en hâte, l'usage d'un amarrage rapide aux poteaux n'a rien de conventionnel et les vieux pneus accrochés en guise de pare-battages ne protègent plus grand-chose depuis des lustres, surtout pas pour un modèle de cette taille.

L'impression d'avancer dans la brume, de lancer des questions dans les eaux profondes du lac, sans espoir de réponse. En venir à douter de tout et de tous réveille en moi des angoisses que je pensais disparues depuis des années. Est-il seulement possible de guérir un jour de tout ce qui nous hante ?

Je regarde l'heure sur mon portable : 23 : 15. J'ai oublié les enfants. Sans même prendre la peine de fermer la maison, je monte dans mon pick-up. Mais une nouvelle intuition me tenaille. Et sans avoir eu l'impression de décider quoi que ce soit, je m'engage sur la route pour l'agence. Ça ne me prendra pas tant de temps que ça. Cette histoire de bateau me lancine. Chaque élément susceptible de me faire avancer d'un pas dans cette affaire vire à l'obsession.

Dans quelques minutes, je serai seule à l'agence.

28

Les lumières des chaumières s'éteignent progressivement sur les rives du Léman. Le lac est déjà plongé dans la nuit. Je gare le pick-up face à l'agence, en laissant les feux allumés, braqués sur les bateaux. Je les compte : ils sont tous à quai – danse légère sur l'eau calme ce soir. J'allume l'ordinateur aussitôt entrée dans l'agence. Pendant qu'il démarre, je consulte l'agenda à spirale que tient Karen. Je remarque alors la carte de visite de Delmas, le capitaine de gendarmerie, glissée entre deux pages. Qu'est-il venu chercher ici ? Karen m'a dit que lui et ses hommes étaient passés à l'agence : ont-ils perquisitionné comme chez moi ? Arrive le login de connexion sur l'écran : je tape le mot de passe, refusé. Je le tape une seconde fois, refusé. Mes mains commencent à trembler, mais je suis certaine de taper le bon, mes doigts le tapent par habitude depuis des années. J'essaie encore et encore. Rien à faire. Je frappe du poing sur le bureau. Peu importe, je me passerai du planning des réservations. Je n'ai que trois bateaux à inspecter, ceux du gabarit généralement emprunté par Alexis, les Antares Fly. C'est sur l'un d'entre eux qu'il a trouvé la coiffe du poteau de mon vieux ponton.

Dans l'armoire à clés, j'attrape le trousseau des bateaux concernés, puis, sous le bureau, la lampe *Wolflite* par sa grosse poignée. J'enclenche l'interrupteur et vérifie que la torche fonctionne. Il y a toujours des soutes à éclairer et des états des lieux à mener dans les rafiots que nos clients nous ramènent : fuites, oubli, dégradations…

Dehors, depuis le ponton, j'éclaire la proue des bateaux, les lignes de flottaison puis les arêtes d'étraves. Des poissons suivent mon faisceau le long des coques, espérant sans doute trouver de quoi manger. Sur la partie avant d'un des Antares Fly, je ne suis pas longue à repérer une trace qui resterait invisible à qui ne cherche pas. Elle se situe sous le niveau du ponton. Normal, la passerelle chez moi est plus basse que celle-ci. Aucun doute, cette étrave est venue flirter avec les pneus à la gomme rongée et poreuse que j'ai fixés moi-même il y a bientôt dix ans, en guise de pare-battages de fortune.

Je monte à bord. Il gîte à peine compte tenu de son gabarit. Je promène mon faisceau sur le pont, la cabine, le bastingage, le cockpit. Il est en parfait état, il a moins de cinq ans, pour un bateau c'est comme neuf. La révision constructeur a été faite il y a quelques semaines à peine, comme pour les deux autres. Je m'en souviens très bien, c'est moi qui ai mené le bateau chez *MotorBoat*. Victor, le propriétaire, est un confrère de confiance, installé plus loin sur le lac, qui a l'agrément de la marque.

Je déverrouille la cabine et entre en faisant attention à la marche. Mais c'est le haut du front que je me cogne, comme ça m'arrive parfois ; la force du choc va me laisser une vilaine trace pendant plusieurs jours à coup sûr. Une de plus. Je m'assieds sur une banquette : j'inspecte d'abord l'ensemble de l'habitacle à la lumière de ma torche, puis je passe aux choses sérieuses. Ne rien laisser au hasard. Tous les coffres, toutes les banquettes, tous les faux planchers sont ouverts et retournés, un à un. Pas la moindre trace, pas le moindre élément suspect. Puis je me glisse comme un serpent malhabile dans le minuscule espace technique qui abrite le moteur inboard. Là, je lève un mince plancher qui assure l'étanchéité, côté moteur. Toujours armée de ma torche, j'éclaire une vague forme blanche et luisante. En essayant de l'extirper, je comprends qu'il s'agit d'un sac plastique opaque, apparemment hermétique. Je le tire vers moi avec difficulté dans la position où je suis. Il pèse bien son kilo. Je sens battre mon cœur dans ma poitrine ; ce sac n'a rien à faire ici. Les signaux clignotants de mon intuition sont passés au rouge.

Et si c'était le manuscrit ?

Je pose la torche de façon que le faisceau éclaire ce que je m'apprête à déballer.

J'ouvre.

C'est d'abord l'odeur qui m'alerte. Ça sent les emmerdes à s'en brûler les narines.

Du cannabis. À toutes les sauces : feuilles séchées, pains de résine, boulettes à gober comme des friandises. En un éclair, je pense à ce que Karen a dit au sujet de ma fille. *Hermione planque des joints dans sa chambre.* Encore une chance que ce soit moi qui tombe sur cette saleté, et pas Karen. Ou pire, les flics. Et puis ça me revient, ce bon à rien de fils de Victor, le propriétaire de *MotorBoat*. Il a seize ans et bricole souvent avec son père. Ça lui arrive de convoyer mes bateaux pour lui rendre service. Et aussi : de traîner avec Hermione. L'a-t-il déjà emmenée en balade sur le lac pour fanfaronner ? Je vide le reste du sac et tombe sur une boîte… de capotes.

Il compte faire quoi avec ma fille, ce petit con ! Elle a douze ans, bordel !

Certes, Hermione ne me traite plus comme sa gentille maman depuis un moment déjà, et elle commence à avoir des formes. Mais quoi ?… J'attrape la saloperie de cannabis et sors de la cabine en me heurtant de nouveau la tête. Je donne des coups de pied de rage et de douleur dans le cockpit, mais cela ne me calme pas. Je vide le contenu des sachets dans l'eau. Il y a le cannabis qui coule immédiatement… et celui qui flotte. J'attrape la gaffe accrochée au bastingage et je m'acharne sur cette merde d'herbe séchée pour la faire couler. Je rassemble les sachets vides puis je passe sur le deuxième bateau.

Même chose.

Le petit salaud se sert de notre matériel de travail pour ses basses œuvres !

Un peu plus tard, je quitte le ponton avec mes trois gros sacs de plastique opaques, les sachets vides et les boîtes de préservatifs. Vraiment prévoyant, ce petit con : une dans chaque bateau. Je rejoins presque en courant le bureau de l'agence. Avec la paire de ciseaux dans le tiroir près de l'ordinateur, je découpe toutes les capotes en petits morceaux, récupère une grande enveloppe à bulles et fourre dedans tout ce que j'ai ramassé, le cannabis en moins. J'écris dessus le nom de son jeune propriétaire. Je n'aurai qu'un crochet à faire avant de rejoindre le domicile de Karen et Rollin pour déposer ce beau petit colis devant la porte du concerné – enfin, de ses parents. Il devrait comprendre le message.

Enveloppe à la main, je sors de l'agence. Mais quelque chose ne va pas. Les feux de mon pick-up sont éteints. Le ponton et les bateaux sont invisibles dans la nuit. Je distingue à peine mon véhicule. Alors, j'essaie de me concentrer sur les bruits. Ne filtrent dans l'air que le léger clapotis de l'eau sur les coques et les grincements plaintifs des bateaux contre le ponton. J'avance lentement mais sûrement, parviens jusqu'à la voiture et m'y glisse.

Quand je mets le contact, le moteur tousse, je pompe sur l'accélérateur, il démarre.

Les phares ne se sont pas éteints faute de batterie.

Dans l'ombre, je sens rôder la menace, je la sens tourner autour de moi en cercles concentriques. Tendre sa main sale prête pour se poser, au moment qu'elle choisira, sur mon épaule.

Quatrième partie

LES EAUX TROUBLES

29

Karen et Rollin habitent dans un petit chalet à Ballaison, entre les vignes et les champs de blé, à une dizaine de kilomètres du Léman, plus loin dans les terres. Compte tenu de leur situation en léger surplomb, leur salon offre une vue imprenable sur le lac. Les relations d'Alexis les avaient aidés à obtenir une place dans ce programme neuf, très prisé il y a dix ans.

La maison parfaite pour une Karen parfaite, qui veille mes enfants ce soir.

Et moi qui aurais dû les rejoindre il y a une ou deux heures déjà, j'ai perdu le compte.

Engagée sur la D225, j'approche de Massongy. Mes phares balaient les champs en culture, lacet après lacet. Je suis le tracé de la route comme hypnotisée, quand j'entends des bruits étranges provenant de la benne du pick-up. Comme des coups sur la tôle. Je ne vois rien dans les rétroviseurs, tout juste la lueur rouge de mes feux arrière dans la nuit. Mes pneus mordent le bord herbeux de la mince départementale, la voiture s'arrête. Je sors, le moteur tourne encore, les moustiques dansent dans la lumière des feux avant. Le cliquetis régulier des warnings rythme leur ballet.

Je contourne le véhicule et jette un œil à l'intérieur de la benne. La lumière du plafonnier de l'habitacle éclaire distraitement le spectacle, qui me fait grimacer. Un poisson imposant, immobile, aux écailles luisantes. Un brochet, prédateur carnassier, long de près d'un mètre. Ses mâchoires béantes semblent encore capables d'emporter ses proies dans une étreinte fatale. Et l'inexplicable : sa chair transpercée de branches de toutes tailles – au moins une vingtaine, dans un désordre malsain. Ce sont ces branches qui cognaient dans les virages, à coup sûr. Un poisson « vaudou » ? Je n'aime pas du tout ce type de message.

Un rectangle clair est posé à ses côtés : je reconnais la charte graphique des romans de Marceau. Je pointe la torche de mon portable dessus : c'est *Code Léman*, sorti il y a quatre ans. Le livre est gonflé, totalement déformé. Je l'attrape avec précaution, il a doublé de volume. Les pages trempées se déchirent. Il a dû passer plusieurs jours immergé dans l'eau pour être dans cet état. Je le sais parce qu'il y a longtemps, une fois où nous avions fait l'amour avec Marceau sur la rive d'un étang, j'avais fait tomber le livre que je lisais à ce moment-là. Je l'avais complètement oublié et retrouvé après plusieurs jours. Le livre était dans le même état.

Soudain, la queue du poisson claque sur la tôle, il se cambre violemment. Je crie. Mon cœur bat à tout rompre. Malgré le dégoût, j'ouvre l'arrière de la benne, j'attrape l'extrémité poisseuse de sa nageoire caudale et le tire d'un coup hors de la voiture. Il tombe lourdement dans l'herbe et roule dans le fossé, où il disparaît. Dans la panique, j'ai réduit en bouillie le livre trempé.

Tout cela n'était pas dans le pick-up avant que je m'arrête à l'agence.

Quelqu'un était là. Pourquoi ? Pour m'épier, pour me menacer ? Comme ces nuits où je sors dans le jardin ? Est-ce que tout cela est bien réel ? Ne suis-je pas en train de devenir totalement folle ?

Je referme la benne et reprends la route. À la sortie de Massongy, je m'arrête pour déposer mon colis de lambeaux de capotes sur le seuil de la porte du petit con. Je ne veux plus jamais le revoir, ni auprès de mes bateaux, ni auprès d'Hermione.

Soirée de merde.

Il est minuit passé quand j'aperçois le chalet. Les lumières sont allumées. La silhouette de Karen, statue du commandeur, apparaît derrière la baie vitrée. Je l'imagine ruminer la petite phrase parfaite qu'elle va me sortir et cette pensée m'est insupportable. Elle m'attend sur le seuil de la porte, qu'elle referme doucement derrière elle, nous isolant un instant toutes les deux dans la fraîcheur douce de la nuit.

– T'en as mis du temps, Sarah ? Je me suis inquiétée.

Elle penche la tête sur le côté.

– Tu as une drôle de tête… Les enfants peuvent rester à la maison, si tu veux. Je les ai autorisés à jouer à la console de jeux. Il n'y avait que ça pour leur changer les idées ce soir.

Elle me dévisage maintenant. Je passe la main sur mon front, mais c'est peine perdue.

– Qu'est-ce qui t'est arrivé ? Tu es blessée ?

– C'est rien, je me suis cognée bêtement sur un des bateaux.

– À cette heure-là ? Qu'est-ce que tu es allée y faire ?

J'enchaîne fébrilement, pour ne pas perdre la face.

– J'avais besoin de jeter un œil au planning des réservations… Mais je n'ai pas réussi à me connecter à l'ordinateur. Tu as changé le mot de passe ? Et le capitaine Delmas… De quoi vous avez parlé à l'agence ?

Cette fois, c'est moi qui la fixe. Elle marque un silence avant de répondre.

– Tu es certaine que tout va bien, Sarah ? Je n'ai pas changé le mot de passe sur l'ordinateur, c'est le même depuis que l'agence est ouverte. Je t'aurais prévenue, voyons !

La crécelle des grillons reprend de plus belle dans le champ d'à côté. Pas question d'évoquer le poisson-vaudou ou le livre en bouillie. Ce serait un coup à ne pas repartir avec les enfants. Pas question de parler non plus du cannabis retrouvé sur les bateaux, ça ferait beaucoup pour la même soirée. Allons à l'essentiel.

– Je vais ramener Hermione et Benjamin à la maison. Nous devons passer du temps ensemble… et parler.

Avant de me laisser entrer, Karen m'observe encore gravement. Elle semble hésiter sur ce qu'elle a à me dire.

– Le capitaine Delmas est venu me voir, en effet. Il m'a posé des questions, sur Marceau, sur toi, et à propos des enfants. Je lui ai servi des banalités. Mais toi et moi, on sait que certaines choses n'ont pas besoin de faire surface.

Je réponds plus sèchement que je ne le voulais.

– Ce qui n'a pas à voir avec la mort de Marceau n'a pas besoin d'être remué. Je sais ce qu'on risque, perdre l'agence. Et Delmas, ce ne sont pas quelques arrangements sur le rachat et la vente d'un lot de bateaux qui l'intéressent.

Au pli sur son front, je devine Karen très soucieuse.

– On est bien d'accord, dit-elle, on n'avait pas le choix. C'était ça ou la faillite. Même si je ne comprends toujours pas pourquoi tu n'avais pas voulu demander d'aide à Marceau à ce moment-là. Pas par fierté, j'espère. Et pour l'histoire des enfants, avec les casquettes et le vol dans "la Maison de la Forêt", Delmas a gratté. Il a interrogé Zoé. Elle n'a fait que donner des casquettes publicitaires du food truck de Rollin. On en a des dizaines à la maison. En échange d'une poignée de bonbons récupérés au moment du vol. Mais Zoé n'a rien volé ! Et les deux gamins ont été identifiés et interrogés, fin de l'histoire.

– Comment ça, « fin de l'histoire » ?

– Ne mêle pas nos enfants à tout ça, tu entends ! Ils n'ont rien à voir avec ça et tu le sais. Delmas est revenu sur le vol, et les deux gamins interpellés sont passés à table. Ils ont revendu un peu du matériel volé sur eBay. Lui cherchait des infos sur une sangle mais ça ne disait rien aux gamins et il n'a rien retrouvé non plus sur la plateforme. Rien à voir avec Zoé en tout cas.

Je force légèrement le passage pour entrer dans la maison. Hermione et Benjamin sont déjà prêts. Ont-ils entendu notre conversation avec Karen ? Hermione passe devant moi sans un baiser ni même un mot et se dirige vers le pick-up. Elle se retourne.

– Je suis fatiguée, je veux rentrer.

Benjamin fait preuve de politesse, lui, et embrasse Karen.

– Bon-bonsoir, Karen.

Je devine qu'un truc cloche. Je tâche de faire diversion.

– Rollin n'est pas là ?

– Il répare une fuite dans son food truck. Il est dans le garage depuis des plombes. C'est un peu sa façon de supporter tout ce qui se passe en ce moment, disparaître dans le garage.

C'est à bord du pick-up que mes doutes se dissipent. Quand Hermione ouvre enfin la bouche.

– Tu diras à Karen qu'elle nous lâche avec ses questions à la con. Y a assez des flics pour ça.

– Elle s'in-s'inquiète pour nous, et elle a rai-raison.

La réponse calme de Benjamin me surprend. A-t-il mûri sans que je m'en aperçoive ? Je mets le contact, mais je ne passe pas tout de suite la marche arrière Mes mains sont cramponnées au volant.

– Attendez-moi là une seconde. Et ne bougez pas, compris ?

Mon ton semble les surprendre. Je coupe le moteur, je sors et me dirige droit vers le garage. Un rai de lumière filtre sous la porte coulissante mal fermée. Le bruit de voix brouillées d'une émission de radio s'échappe discrètement. Je lève la porte coulissante et referme aussitôt derrière moi. Rollin a la tête dans le moteur. Puis par-dessus le son plein de parasites de la radio, je l'entends qui renifle. Je le devine en train de sécher ses joues avec un chiffon couvert d'huile et de graisse.

– Laisse-moi. Retourne avec les enfants. Y a rien de plus à dire que ce qu'on a dit aux gendarmes.

– Et vous avez dit quoi aux gendarmes ?

Rollin lève la tête et se cogne au capot. Il s'attendait à voir Karen. Je ne vais pas le plaindre : le capot, je suis prête à le lui rabattre sur la tête pour qu'il me crache ce qu'ils ont balancé.

– Sarah ? Mais fallait me dire que tu étais arrivée. Karen est avec les enfants.

– Arrête tes conneries, on parle des gendarmes, là ! Qu'est-ce que vous leur avez raconté ?

Ses joues s'empourprent. Au moins ça calme net ses larmoiements.

– Écoute… Ils nous ont bombardés de questions, d'abord sur Marceau, sur les enfants, et puis sur toi. Le jour de la mort de Marceau, Karen a dit… Elle a dit que tu n'étais pas à l'agence. Elle ne savait pas où t'étais. Elle voulait te couvrir, mais le Delmas, il lui a mis la pression.

Je sens mon cœur battre lourdement dans ma poitrine et la chaleur me monter au visage, à moi aussi. La mort de mon mari, mes amitiés qui s'écroulent, Reynaud, Karen… Je flanque un violent coup de pied dans un récipient plein d'huile noire. Le liquide gicle partout, le long du food truck, sur l'établi et le mur adjacent. Mais le plus gros se répand, masse visqueuse, sur le sol, comme la tache d'une trahison qui sera difficile à éliminer. Je laisse la porte grande ouverte en sortant. Il n'y a plus rien à cacher à présent. La silhouette du pauvre Rollin apparaît, se détachant dans le cadre de lumière du garage. Démasqué, obligé de sortir de son trou. Je sais qu'il souffre lui aussi. Mais là, ce soir, j'ai besoin de sentir la douleur chez les autres. Juste savoir que je ne suis pas la seule à en crever.

30

Les visages d'Hermione et de Benjamin à travers les vitres du pick-up. Je ne les oublierai jamais. Ils ont tout vu de la scène. Quand je les rejoins, ils ne me posent aucune question. Ma colère pulse dans l'habitacle, nocive, radioactive. Je roule, ils se taisent. Les phares fendent la nuit profonde.

Rien ne se passe comme il faudrait.

Dans mon état de nerfs, mieux vaut éviter les sujets sensibles. Mais tôt ou tard, je vais devoir crever des abcès. On dit que la nuit porte conseil. Moi, les nuits, elles m'apportent beaucoup d'emmerdes, et je file droit dessus, comme sur un champ de mines prêtes à exploser.

À la maison, pendant que les enfants se préparent pour aller dormir, j'inspecte furtivement les alentours. Dans l'obscurité, je ne distingue que des ombres changeantes. Ce rituel devient un toc, mais j'ai cette impression chevillée au corps qu'une présence malsaine rôde inlassablement. À en croire le médecin, c'est fréquent après un choc. La nuit recouvre tout de son drap sombre. Je n'emporte que mes soupçons quand j'entre dans la maison à mon tour. Hermione a rejoint sa chambre où elle s'est enfermée. Je pose un baiser sur le front de Benjamin et caresse ses cheveux avant qu'il ne file d'entre mes bras.

– Bo-bonne nuit ma-maman.

Je laisse sa porte entrouverte. Dernier vestige de son enfance que la mort de son père et tout ce que nous traversons ont pulvérisée. Je ne suis pas prête. C'est déjà difficile en temps normal, mais là, c'est insurmontable. De la colère qui irradie en moi depuis des heures naît soudainement autre chose qui me noue la gorge. Je file dans la salle de bains, les larmes rentrées, et cherche dans l'armoire à pharmacie parmi les boîtes de médicaments que m'a prescrits le médecin. Il en reste beaucoup, j'ai très mal suivi le traitement. Je combine de quoi dormir et calmer mon angoisse, un cocktail dérivé de benzodiazépines, Zolpidem et Xanax. Peut-être pas le meilleur des mélanges, mais au moins je n'y ajoute pas d'alcool. Je m'étends sur le lit que je n'ai pas fait depuis des jours. Je crois que j'ai oublié ce qu'étaient des draps propres et repassés. Un engourdissement s'empare de moi presque aussitôt, une morsure anesthésiante. Je n'ai plus la force de me relever pour me déshabiller. Le sommeil m'emporte tandis que je guette au fond de moi la fenêtre ouverte sur mes cauchemars. Il ne lui faudra pas plus de trois heures pour se pointer. C'est le seul répit auquel j'ai droit.

* * *

Encore ce vertige qui me précipite dans l'abîme avec Marceau. Mon cœur explose, mes mains sont moites, je me redresse d'un coup. Ma tête tourne. Je regarde l'heure, floue, sur mon radio-réveil : 4 : 42. J'étouffe. Je sors du lit en titubant légèrement, me tiens au chambranle de la porte, aux murs. J'ai besoin d'air, comme à chaque fois, alors je sors, comme à chaque fois – dehors. Le ciel est encore couvert d'étoiles. On devine les premières lueurs du jour. Je flotte entre deux mondes, dans un état de conscience brumeuse. Je marche sur la pelouse, en direction du petit bois. Un scintillement entre les arbres attire mon attention. Comme le faisceau d'une lampe torche dansant entre les branches. J'entre dans ce bout de forêt que je connais pour venir y chercher de temps à autre des petites branches pour la cheminée l'hiver ou les barbecues l'été. Un chuchotement parvient à mes oreilles, comme le souffle d'une voix d'enfant. Il arrive parfois à Benjamin ou Hermione de jouer ici, se cachant derrière les troncs d'arbres ou observant les écureuils. Je m'enfonce dans la forêt, je suis le chuchotement. Je le perçois vraiment, ce n'est pas mon imagination. Je crois entendre « maman… ». Au fond de moi, une alerte. Je n'y vois presque rien. Puis un craquement, un bout de bois qui se casse. Une présence qui transforme mon inquiétude en peur. Je fais demi-tour et m'arrête net. À quelques mètres de moi, une silhouette immobile, près d'un arbre. Ou bien deux, à moins que je ne divague. Des animaux ? Il y a des chevreuils en cette saison, parfois des sangliers. Ma respiration s'emballe. J'ai l'impression de l'entendre résonner dans toute la forêt, d'être moi-même un point lumineux à la vue de tous. Je me lance en courant en direction de la maison. Mon pied gauche accroche une racine, je trébuche et plonge en avant. Mon genou droit heurte le sol sur quelque chose de dur. La douleur m'envahit, mais aucun son ne sort de ma bouche tandis que ma tête cogne le tronc d'un arbre. Le temps d'un flash, un éclat devant mes yeux. Je suis sonnée. Blackout.

* * *

Je reviens à moi. J'ai dû perdre connaissance quelques secondes, je pense. La peur refait surface en un éclair. Je me relève. Je cherche les silhouettes, incapable de les retrouver. Je tourne sur moi-même et tombe sur une petite forme mouvante à un mètre d'un gros chêne. On dirait un enfant. Cette fois, je suis poussée par une force intérieure incontrôlable.

– Benjamin !

En face, aucune réaction. En regardant mieux, une terreur subite me creuse le ventre. La silhouette n'a pas de jambes, elle est comme suspendue au chêne. Cette fois, je vide mes poumons. Le sang me monte au visage tandis que je hurle.

– Benjamin !!!

Les douleurs de mon genou et de ma tête n'existent plus, je fonce vers la silhouette. Je la prends dans mes bras, mais elle se dégonfle comme un ballon crevé. Bruit de déchirure.

Dans mes mains, un manteau appartenant à Benjamin, la capuche accrochée à une branche. Mon souffle est si court, je sens la syncope toute proche. Je pense soudain, comme si j'en prenais seulement conscience, que je suis dans la forêt, que les enfants sont seuls à la maison. Je dois les rejoindre, les protéger, m'assurer qu'ils sont bien dans leurs lits. Quelle mère abandonne ses enfants en pleine nuit ?

Je cours comme je n'ai jamais couru. Je tombe à plusieurs reprises, m'esquinte encore, ce ne sera pas beau à voir. J'aperçois des lumières à la maison, trop pour être une nuit *normale*. Il y a du mouvement. Une voiture est garée en plein milieu de la cour. Je cours encore. Benjamin est dehors, debout auprès d'un homme. C'est Reynaud.

– Mais où étais-tu ? Qu'est-ce que tu faisais dans la forêt, Sarah ?

Je ne pense qu'à serrer fort mon fils, je le veux dans mes bras, le respirer, fort.

– Mais c'est mon man-manteau ?

Je réalise que je ne l'ai pas lâché.

Hermione s'approche de moi et se joint à l'étreinte. Cela faisait si longtemps. Reynaud avance d'un pas lui aussi. Je tends le bras vers lui, les yeux fous. Je suis prête à mordre, à tuer.

– Sarah…

– Ne t'approche pas !

– Benjamin m'a appelé… Il m'a dit qu'il t'avait vue partir dans la forêt. Je suis venu aussi vite que j'ai pu. Sarah… Il faut qu'on parle.

– Pas ici, pas maintenant !

Reynaud hoche la tête tristement. Il sort une enveloppe de sa poche et me la donne. Puis murmure :

– J'aurais voulu être toujours là pour elle… Comme je suis là pour toi, ce soir. Je veux seulement vous aider, Sarah.

Puis il fait un signe de la main à l'intention des enfants et tourne les talons. Je le regarde partir, totalement perdue.

J'embrasse encore les enfants et leur demande de rentrer.

– Je vous rejoins.

J'ouvre l'enveloppe et découvre une photo de Jade, souriante, éclatante devant l'objectif. Au dos, écrit de sa main : *Pour toujours avec toi.* Elle l'aimait vraiment. Yves Reynaud. Je ne comprends plus rien.

Les enfants sont dans le salon, debout, l'un à côté de l'autre. Ils ne semblent pas savoir quoi faire d'eux, mon cœur s'étreint.

– Qu-qu'est ce que tu faisais dan-dans la fo-forêt, maman ?

La vérité du moment me rattrape. Alors que la question de Benjamin flotte encore dans l'air, c'est le regard qu'Hermione porte sur moi qui me fait le plus mal. Un regard atterré sur ce que je suis en train de devenir. Mes chaussures recouvertes de boue, mes vêtements souillés eux aussi, les griffures sur les bras, les hématomes çà et là. Mes errances nocturnes, mon comportement instable. J'y lis quelque chose entre le dégoût et la honte. Je me mords les joues, incapable de me cacher.

– Tu sais ce qu'elles disent, mes copines au collège ? Que toute cette enquête, c'est pour le fric. Parce que les assurances, elles prennent pas en charge un « accident » d'alpinisme si on n'a pas suivi les règles de sécurités.

– Tu es sûre que ce sont de vraies amies, Hermione ?

Ma réponse est navrante. C'est tout ce dont je suis capable.

– Parce que tu t'y connais en amies ? Avec ta Karen qui nous soupçonne et qui pense qu'on a une mauvaise influence sur Zoé ?

– Karen est… soucieuse. Et il y a de quoi. Le petit crétin avec qui tu traînes planque de l'herbe dans les bateaux de l'agence ! Celui-là, je ne veux plus le voir avec toi, c'est compris !

– De toute façon, je ne retournerai pas au collège !

Sur ce dernier cri, Hermione rentre dans sa chambre. Je l'ai rarement vue aussi furieuse.

Est-ce que tout était sur le point de partir en vrille avant que Marceau ne meure ? La perte momentanée de contrôle est moins effrayante que le doute de le retrouver un jour. Je ne pourrais sauver mes enfants et rendre un sens à mon existence qu'en trouvant l'origine des drames qui nous poursuivent depuis vingt ans. Tout est lié, d'une façon ou d'une autre, j'en suis persuadée.

31

Une légère brume tapisse le jardin. Il est tôt.

Je n'ai pas réussi à me rendormir. Au lieu de ça, j'ai erré entre la maison et le jardin. Je ne sais pas exactement quelle heure il est quand je passe devant le hangar toujours grand ouvert, tel que le laissait Marceau. L'herbe pousse dans le vaste pré juste en face, depuis lequel il faisait décoller et atterrir son Savage Bobber. Je m'approche de l'avion, passe ma main sur l'hélice, la laisse glisser sur le flanc de l'appareil jusque sur les tubes de sa structure. Une odeur de mécanique, mélange d'huile et d'essence, flotte autour de moi. Peut-être était-ce une des raisons pour lesquelles Marceau laissait le hangar toujours ouvert. Il aimait cette odeur, il aimait la porter sur lui. Je l'ai surpris quelques fois à respirer sa veste de la même façon qu'il avalait à pleins poumons l'air du lac ou des montagnes autour de nous.

Je ferme les yeux. Pourquoi as-tu foutu le camp, égoïste ? Et nos enfants, y as-tu pensé ? Je frappe un des pneus de la pointe du pied.

Mon téléphone émet un bip, celui d'un SMS.

Sarah, as-tu changé le mot de passe de l'ordinateur
de l'agence ? Tu m'en as parlé hier soir,
je ne parviens pas à me connecter. Karen

Même quand je ne suis pas à l'agence, je pose problème.

Je pensais que c'était toi. Je n'ai pas réussi
à me connecter non plus hier soir.

Sur mon écran, je suis les petits points qui indiquent que Karen est en train de composer un nouveau message. Je ne suis pas folle, je n'ai pas changé le mot de passe. Il n'y a que Karen et moi qui l'utilisons. Les petits points disparaissent, pas de message. Elle ne me croit pas et pense que je disjoncte, c'est sûr. Puis, de nouveau, un SMS.

Je vais gérer avec le dépannage informatique.
C'est bizarre.

J'ai envie de lui répondre que je n'y suis pour rien. Mais ce serait encore une façon de me mettre en défaut. J'ai l'impression qu'une main invisible me manipule. Qui ? J'ai arrêté les médocs seulement quelques jours après la mort de Marceau. Ces saloperies me brûlaient le cerveau. Je n'invente quand même pas tout ce qui m'arrive ?

Le son soudain du Klaxon du pick-up parvient jusqu'au hangar. La vieille pendule accrochée au mur indique 7 h 44. Voilà presque un quart d'heure que nous devrions être en route vers l'école avec les enfants. Je sors en trombe du hangar, j'aperçois Benjamin assis côté passager. Il se penche sur le volant. Un second coup de Klaxon strident me parvient comme une gifle – un rappel à l'ordre, par mes propres enfants.

Le moteur tourne déjà, Benjamin a démarré avant que j'arrive. Il sait que je n'aime pas ça, mais je ne vais pas le lui faire remarquer aujourd'hui. Benjamin répond avant que je ne pose la question.

– Her-Hermione est dé-déjà partie, à pied.

Je me mords la lèvre inférieure. En mauvaise mère que je suis, j'appuie sur la pédale d'accélérateur, espérant naïvement rattraper le temps perdu. Je scrute le bas-côté à mesure que je roule. Hermione a parcouru un kilomètre quand j'aperçois sa silhouette. Elle se retourne, regard sombre. Je ralentis à sa hauteur, elle continue de marcher. Benjamin baisse sa vitre.

– Hermione, monte, dis-je, il reste encore plus d'un kilomètre. On est en retard.

Elle ne me regarde pas, poursuit son chemin en pressant le pas. Puis, alors que je continue à la suivre, elle se tourne vers moi, visage fermé.

– TU es en retard ! J'y vais en car… Remonte la vitre, Benjamin !

Fin de la discussion. Tandis que je prends de nouveau de la vitesse en direction d'Yvoire, je la regarde disparaître dans mon rétroviseur.

* * *

Benjamin me salue de la main avant de franchir le portail de son école. Il longe un petit groupe dans lequel je reconnais quelques-uns de ses camarades. Certains ont fêté son anniversaire à la maison il y a trois mois. Seul l'un d'entre eux se retourne sur le passage de mon fils, un bref instant. Benjamin va s'asseoir sur les marches du préau, seul. Il m'aperçoit, toujours garée sur le trottoir et baisse la tête, avant d'ouvrir son cartable. Il sort le goûter que je lui ai préparé. Un jeune garçon à l'air gauche le rejoint. Nouvel ami, de fortune. J'essuie une larme, je suis si fatiguée. Ce soir j'aurai la force, le devoir, de lui parler. Ça va passer, tout ça va passer. On va y arriver.

L'agence n'est qu'à cinq cents mètres de l'école de Benjamin, je vais m'y rendre. Je m'aperçois que je n'ai pas attaché ma ceinture de sécurité, quand les bolides de deux motards se mettent à pétarader juste derrière moi. L'un d'eux accélère brutalement et se place à ma hauteur. Accroché d'une main au pilote, le passager braque un énorme objectif d'appareil photo et me mitraille. Je démarre, mais la moto me colle de plus belle. Après quelque temps, je crois m'être débarrassée définitivement d'elle mais, à mon arrivée, je découvre que le parking de l'agence pullule de voitures et d'autres motos. Karen m'adresse de grands gestes depuis le ponton. Plus d'une dizaine de journalistes font volte-face. Je braque nerveusement pour m'engager dans la rue adjacente. J'éclate mon rétroviseur sur un camion de télévision rehaussé d'une parabole télescopique, les pneus crissent. J'ai l'impression d'être plongée malgré moi dans une mauvaise série américaine des années 1980. Je vais me prendre une voiture ou un mur. C'est à présent deux autres motos qui sont à mes trousses. Cinq mètres plus loin, j'entre en trombe sur le grand parking médiéval d'Yvoire. Il est pratiquement désert, je le traverse sans freiner. Au bout, un chemin forestier que je pratique habituellement en courant. Une allée de branchages, de trous et de bosses, un véritable champ de mines. Le pick-up rebondit, me malmène dans l'habitacle, mais il est conçu pour ça. Mon crâne se cogne à deux reprises. Mais les parasites se sont décrochés de mon pare-chocs. En rejoignant la route moins d'un kilomètre plus loin, des coups de Klaxon furibards me poursuivent tandis que j'accélère. J'allume l'autoradio. Je me cale sur les infos. Quel que soit le canal, on ne parle que de ça : *l'affaire Marceau Miller*. Sur France Info, le présentateur du journal passe la parole à son envoyé spécial dépêché sur place.

« C'est dans la commune de Thonon-les-Bains, dans une des salles communales de l'hôtel de ville, que nous patientons : près de 30 journalistes réunis pour cette première conférence de presse, présidée par le maire et le capitaine de gendarmerie Robin Delmas, en charge de l'enquête. Ici c'est la cohue, je suis bousculé de toute part. J'ai réussi par miracle à traverser le parvis de l'hôtel de ville et à rejoindre la salle de conférences désormais fermée pour raison de sécurité.

De nombreux confrères sont restés coincés à l'extérieur, mais surtout plus d'une centaine de fans de l'auteur décédé se sont déplacés pour l'occasion et créent un véritable raz-de-marée que les autorités locales ont bien du mal à contenir. Ils demandent la vérité sur ce qu'on appelle déjà "l'affaire Marceau Miller". La colère et la tristesse se mélangent. Les forces de l'ordre redoutent les débordements. Cette conférence doit apporter un éclairage quant à l'état des investigations. Le maire prend place en ce moment même devant le micro, le capitaine Delmas, de la gendarmerie de Thonon-les-Bains, se tient près de lui. »

Me voilà sur le point d'écouter ma vie racontée par d'autres, le grand déballage. Je serre le volant à m'en faire mal. Je sens déjà le dégoût et la colère monter en moi, impuissante face à ce qui se prépare. Je m'attends toujours au pire. Généralement, je ne suis jamais déçue. C'est monsieur le Maire qui ouvre la conférence, comme prévu. Je me rappelle qu'il avait fait opposition, auprès de son homologue d'Yvoire, à notre projet d'agence de location de bateaux avec Karen, avançant une raison légale discutable. Marceau était intervenu et avait fait jouer ses relations pour débloquer la situation. La mafia des loueurs de bateaux sur le Léman tient le maire par les couilles. Les Miller semblaient déjà être un problème à cette époque. Qui sait quelles autres pressions pèsent encore sur ses épaules, surtout vis-à-vis de l'enquête, avec ce con de Delmas ?

« En tant que maire de la ville, je tiens tout d'abord à faire part du sentiment de tristesse qui nous touche tous. Les raisons du drame survenu chez nous doivent être éclairées et pour cela j'invite chaque citoyen à ne pas entraver la bonne marche des investigations menées par le capitaine Delmas et son groupe. Cette affaire, à présent très médiatique, doit pouvoir se dérouler dans la sérénité. Les polémiques ne sont pas les bienvenues. Trop d'exemples nous ont montré les dégâts que cela peut occasionner. J'en appelle donc à la bienséance collective. Nous ne souhaitons pas entacher la mémoire de Marceau Miller ni ajouter du tourment à la période déjà très difficile que traversent ses proches…

– Monsieur le Maire ! Est-il vrai que vous avez autorisé la pratique de l'escalade sur la paroi où Marceau Miller est mort, alors que cet endroit ne répond pas aux normes de sécurité ?

– Ce sont des calomnies. Je ne sais pas d'où vous tenez vos informations, mais c'est faux.

– Une autre question monsieur le Maire, vous étiez déjà maire quand un premier drame a frappé les Miller, il y a tout juste vingt ans : quel lien la disparition de Jade Miller, la sœur de l'écrivain, a-t-elle avec cette nouvelle mort ?

– Des tensions au sein du couple Miller pourraient-elles être à l'origine du drame ? On dit que la fortune que laisserait l'écrivain à son épouse et ses enfants serait colossale ? »

Alors, c'est ça l'effet que ça fait d'être souillée publiquement ? Les enfants vont devoir affronter toute cette merde. Les questions vont s'abattre sur eux, surtout les jugements péremptoires, que ce soit par les gamins dans la cour de l'école ou leurs parents. J'ai envie de couper le poste, mais l'enfer se combat plus difficilement quand on ne connaît pas la nature réelle du monstre à affronter. Ce n'est pas en jouant à colin-maillard que je parviendrai à me sortir de là.

À présent, la voix de Robin Delmas. Son ton est insupportable.

« L'instruction est en cours, et pour des raisons évidentes vous comprendrez que certaines informations doivent rester confidentielles. Toutefois, des éléments tendent à prouver que la thèse de l'homicide est probable. C'est parce que nous opérons méticuleusement et que nous ne cédons pas à la facilité des évidences que nous progressons. »

Mon pied écrase l'accélérateur. *Espèce de salopard !*

« Une reconstitution des faits sera mise en œuvre. Tous les moyens nécessaires sont déployés dans cette enquête. L'entourage de la victime est auditionné, nous vérifions les alibis de chacun. Tout ce qui concerne les activités de Marceau Miller de près ou de loin depuis les derniers mois et années est soigneusement étudié. Le matériel informatique de l'écrivain a été saisi, son environnement est passé au peigne fin. Nos spécialistes sont à pied d'œuvre. Des témoignages

déterminants viennent d'être pris en compte, ouvrant de nouvelles directions. Aucune piste n'est écartée à l'heure où je vous parle.

– Capitaine Delmas, pensez-vous apporter des réponses là où votre prédécesseur, le commandant Yves Reynaud, n'en n'avait pas trouvé pour Jade Miller ?

– Une enquête se dirige avec méthode, et pas sous l'influence de certains témoins, trop proches des affaires.

– Capitaine Delmas, une sangle de "la Maison de la Forêt" aurait été retrouvée près du lieu où est mort l'écrivain. Or, un vol de matériel aurait été commis dans cette même "Maison de la Forêt" par une bande de gamins, dont auraient fait partie les enfants Miller. Pensez-vous que, comme pour 80 % des affaires résolues, la solution soit à chercher dans le cadre familial ?

– Vous n'êtes pas gendarme, rassurez-moi ? Ce vol n'a rien à voir, et nous avons d'ailleurs retrouvé une partie du matériel dérobé au fond du port d'Yvoire. Il y a été jeté par deux gamins en scooters, identifiés par un témoin ce soir-là. Ils sont passés aux aveux. Ils voulaient se débarrasser d'une partie du butin sans intérêt à leurs yeux. Les enfants Miller ne sont pas impliqués à ce stade. Je tâcherai de me souvenir de faire appel à vos lumières pour les enquêtes. »

Cette fois j'écrase la pédale de frein, les pneus laissent deux traînées sur l'asphalte râpeux. J'ouvre la portière et me penche sur le bas-côté. Un spasme provoque une onde qui remonte en moi dans une crampe douloureuse et me tire des larmes. Un filet de bile parvient à mes lèvres. Le liquide acide tombe par gouttes dérisoires dans le fossé. Mon corps n'arrive même pas à vomir ma colère.

32

À la maison, je tourne en rond depuis plusieurs dizaines de minutes. J'ai besoin de décompresser. Peut-être en allant courir ? Je sors mes affaires de sport du placard, enfile un legging, un tee-shirt, je serre très fort les lacets de mes chaussures. Un appel sur mon téléphone interrompt mes préparatifs. À quoi sert-il que je réponde puisque la seule chose que je voudrais qu'on m'annonce, c'est le retour de Marceau ? Mais s'affiche sur mon écran le nom de l'établissement de soins de Louise. Ils n'appellent jamais. Je décroche.

– Bonjour, madame Miller. C'est à propos de votre grand-mère. Il y a un souci.

– Je vous écoute, dis-je la voix serrée.

– Suite à un incident, votre grand-mère a fait un malaise. Elle est revenue à elle maintenant, mais nous veillons sur elle.

– Quel incident ?

– C'est en rapport avec ses carnets. Elle s'est affolée, ne parvenant pas à retrouver ce qu'elle cherchait. Elle disait que quelqu'un les lui avait dérobés. C'est fréquent comme épisode, avec Alzheimer. Et dans son cas, la maladie progresse indéniablement.

– Je comprends. J'arrive ! Je veux la voir.

Tandis que je roule, je ne parviens pas à m'ôter de l'esprit que ce type de réaction ne lui correspond pas. Certes, j'ai du mal à voir la réalité en face la concernant, je constate que je refuse les ravages de la dégradation mentale qu'occasionne la maladie. Mais en ce moment, trop de coïncidences percutent mon existence. Rien n'est *normal* depuis la mort de Marceau.

Quand j'arrive dans l'établissement, l'infirmière qui s'occupe de Louise m'y attend pour me conduire jusqu'à elle.

– Votre grand-mère est encore un peu affaiblie, très secouée. Mais elle a bon appétit et, vous la connaissez, elle a une volonté de fer.

– Et que s'est-il passé avec ces carnets ?

– C'était après la sortie, en fin de matinée. Une collègue lui apportait son traitement et elle a trouvé Mamie Louise inconsciente dans sa chambre. Quand elle est revenue à elle, c'est là qu'elle s'est emportée au sujet de ses carnets. Ils n'étaient plus dans sa commode de chevet, disait-elle. Mais elle égare beaucoup de choses, vous savez.

– Jamais ses carnets.

– Nous l'avons calmée, en lui rapportant ceux de l'année passée. Elle en a tellement que nous en mettons de côté, une à deux fois par an, pour lui éviter de se perdre avec.

Elle en remplit un par semaine, parfois plus ! On fait en sorte de lui en laisser une trentaine, pas davantage.

– Et là, quels carnets manquent ?

– Eh bien, ceux de cette année, de mars à mai m'a-t-elle dit.

Arrivées devant la porte de la chambre, je demande à l'infirmière de me laisser seule un moment avec Louise. J'attends qu'elle se soit éloignée avant de frapper. Ma grand-mère m'accueille avec son sourire désarmant. L'infirmière disait vrai, son regard est plus fatigué. Mais je le suis tout autant. Dans ses bras je retrouve la chaleur dont j'ai besoin, maintenant. Nous ne parlons pas, pendant au moins trois minutes. Une longue étreinte qu'aucun mot ne saurait égaler.

Un répit de courte durée.

– Ils m'ont volé mes carnets, tu sais ! Ne crois pas que je sois zinzin. Et ceux-là, ils les ont pas eus !

Son visage s'éclaire quand elle sort de sous ses fesses les carnets des dernières semaines. Ils sont sa mémoire, celle qui lui fait tant défaut. La priver de son esprit, de ses souvenirs, c'est le pire mal qu'on puisse lui faire – ou presque.

– Est-ce que je peux les voir, Louise ?

Elle regarde les couvertures, les caresse délicatement avant de me tendre ses carnets.

– Normalement, je ne les montre à personne. C'est intime parfois. Mais j'ai confiance en toi. Je n'ai confiance qu'en toi à présent. Même ici, je vais devoir me méfier.

Je remonte jusqu'aux pages qui précèdent la mort de Marceau, de la même façon que je remonterais dans le temps.

Comme Louise est précise et organisée, je trouve vite la page avec la dernière visite de Marceau. C'était le lendemain de son passage à la banque, après avoir récupéré son manuscrit dans le coffre. Encore une coïncidence de trop.

Vendredi 23 avril 2021, 11 h 02 : Visite de Marceau

Aujourd'hui, c'est Marceau qui m'a accompagnée pour la promenade du matin. On a parlé du manuscrit. Marceau est un grand écrivain. Il est marié à ma petite-fille adorée, Sarah. Ils m'ont fait deux arrière petits-enfants, Hermione et Benjamin.

Alors que je lis, je suis touchée par la détresse qu'on doit ressentir à devoir écrire pour se souvenir du plus important, les liens, l'amour, les prénoms – pas les âges, qui changent trop. Je poursuis, plus difficilement, les yeux embués. Louise m'interrompt.

– Pourquoi tout le monde s'intéresse tant à mes carnets tout à coup ? Je sais que Marceau nous a quittés. Je pense si fort à toi et aux enfants. Dans le journal, ils disent que c'était peut-être pas un accident. Je récupère tous les articles, quand je peux arracher les pages sans être vue, quand les cerbères ne regardent pas.

J'essuie une larme aussi discrètement que possible avant de lever les yeux vers elle. Sa mémoire dérape, pas son raisonnement.

– Marceau, il parle d'un manuscrit. C'est ça que je cherche.

– Alors continue de lire, mes carnets en savent plus que moi. Et sors les autres aussi. Ils m'ont rapporté ceux de l'année dernière. J'suis pas sotte, j'ai bien vu.

Je continue la lecture tandis qu'elle sort le reste de sa commode.

C'est son manuscrit le plus important. Cette année il y a ajouté un chapitre et repassé sur quelques-uns, comme chaque fois, depuis la disparition de Jade. Il me remercie pour ce que je lui raconte à propos de sa petite sœur, enfin, ce que ma mémoire veut bien se rappeler, de temps en temps. Parfois, j'aimerais inventer, comme un écrivain, pour que Marceau reste un peu plus longtemps avec moi. Il est si gentil. Avec sa voix et ses mots, je comprends que ma petite Sarah ait eu le béguin. Il me parle du lac, des montagnes et des forêts. Il y a tout ça dans son manuscrit. Et des choses, des choses très personnelles. Mais il m'a fait promettre, « N'en parle jamais ». Alors je tiens parole, pardi, je n'en parle jamais. En mon temps, les promesses, ça valait. Aujourd'hui, tout se perd. Comme ma fichue tête.

Je ne trouve rien de plus, alors je prends un autre carnet, dont elle a déjà pointé les pages qui évoquent les visites de Marceau. Tout ce que je trouve au sujet du manuscrit reste assez superficiel. Marceau restait sur la réserve, je le sens bien. Avait-il besoin de se confier, un peu, malgré tout ? Ce que je comprends, c'est que son fameux manuscrit, il le retravaillait chaque année. Et apparemment, particulièrement avant chaque nouvelle publication de roman, comme un rituel…

– Aurais-tu le carnet de l'année dernière, le mois d'avril, juste avant la publication de son roman ?

– Oui, et j'ai même celui d'il y a deux ans, en 2019, même période. C'est presque mon plus ancien. C'est à cette époque que j'ai eu l'idée des carnets. Une bonne idée sortie d'une tête folle, on dirait.

Alors que je m'apprête à lire le carnet de mai 2020, l'infirmière arrive.

– Vous m'avez fait demander ?

Je fronce les sourcils. Louise m'adresse un clin d'œil : elle a appuyé sur sa télécommande d'urgence.

– Pouvez-vous me rapporter le carnet d'avril 2019 s'il vous plaît ? Merci beaucoup.

Je souris et lui prends la main.

– Il faut bien les asticoter un peu. Ça leur fait comprendre que je suis encore là pour un moment.

Je colle sa main qui a vécu contre ma joue, tandis qu'elle me fait signe de poursuivre ma lecture.

En 2020, le mardi 28 avril, Marceau n'avait pu que lui passer un coup de téléphone. Le premier confinement lié au Covid interdisait les visites. Une année de merde pour les auteurs et l'édition : elle n'avait conservé que ça de leur échange. Un vertige me prend quand je constate combien, dans son écriture et sa façon de raconter les choses, tout laisse percevoir un état cognitif moins atteint. La réalité me rattrape violemment.

L'infirmière arrive avec le carnet d'avril 2019. Elle est suivie d'un médecin qui me fait signe. À voix basse, il me demande d'écourter la visite. J'ai déjà passé beaucoup de temps, c'est très éprouvant pour elle, me dit-il.

J'attrape le carnet que tend l'infirmière à Louise.

– Je t'emprunte ce carnet ! Ce sera un bon prétexte pour revenir te voir dans quelques jours !

– Fais-en bon usage ! Celui-là, je sais qu'il est entre de bonnes mains, dit-elle en jetant un coup d'œil vif à l'infirmière et au médecin.

Sur le perron de l'établissement, j'hésite quelques secondes en regardant mon portable. Je ne peux pas continuer toute seule, j'ai besoin d'aide. Je suis trop perdue, trop fatiguée. Mais qui appeler ? C'est à Reynaud que je pense immédiatement. Même en le chassant de mes pensées pour trouver une autre solution. Malgré la peur que m'a inspirée ce moment dans la cave du chalet. Son visage revient toujours. Il est mon unique recours. L'homme qui a toujours été là pour moi. Je n'oublie pas le choc de la découverte de sa relation avec Jade. Leur écart d'âge, tant de questions encore sans réponses. Mais Marceau avait confiance en lui. Et, qui appeler d'autre ?

Il décroche aussitôt, et je sens dans sa voix son bonheur de m'entendre. Du soulagement aussi. Je lui raconte l'épisode des carnets disparus.

– Je m'occupe de l'établissement, Sarah. Je vais passer au peigne fin les entrées et sorties le jour du vol des carnets de ta grand-mère. Je suis de toute façon plus qualifié pour ça que Delmas. C'est l'avantage de la vieillesse : je connais beaucoup de têtes ici et je saurai repérer qui est familier ou étranger dans le secteur.

Je le remercie et regagne le pick-up. Sans démarrer encore, j'ouvre le carnet d'avril 2019.

Jeudi 18 avril 2019, 10 h 40 : visite de Marceau

Aujourd'hui c'est la saint Parfait. Normal, je reçois la visite du plus célèbre écrivain du pays. Je suis si fière de lui. Son nouvel ouvrage va bientôt paraître, on en parle déjà dans la presse. Marceau m'a même apporté une interview en avant-première qui paraîtra dans Paris Match. *Il est à son avantage, la photo de lui est extraordinaire. Comme toujours.*

[…] Il avait besoin d'informations pour son manuscrit si important. On a remué les vieux souvenirs, ceux de son adolescence, à l'époque où Jade était encore parmi nous. J'avais tant de plaisir à tous les recevoir. Marceau me confirme que, comme chaque année, quand il a achevé ses mises à jour, il remet une nouvelle version de son manuscrit en lieu sûr, à la banque. Et par superstition ou je ne sais quelle idée ésotérique, il met bien aussi une nouvelle copie à l'endroit où l'histoire commence. Comme il m'a dit : « Le travail d'écrivain, Louise, c'est une perpétuelle réécriture. Plus l'histoire est lourde de secrets, plus l'exercice est exigeant. »

Rien d'autre.

Pas de localisation, pas le moindre indice.

Mais cette assurance désormais qu'il existe probablement une copie du manuscrit.

33

Karen

Un utilitaire blanc se gare devant le ponton. Pas de logo de presse ou d'un média quelconque, et 8 h 35, ce n'est pas tout à fait l'heure des journalistes.

Il était temps qu'il arrive celui-là. Sans l'accès à l'ordinateur, c'est l'enfer à l'agence. Je n'ai pas l'intention de me taper deux fois le boulot pour tout ressaisir. J'accueille généreusement le technicien.

– Pas fâchée de vous voir, je me demandais si vous alliez venir.

– Merci madame Uldry. Karen, c'est ça ? On n'est rarement reçu avec autant d'enthousiasme.

Je détaille le type. Il n'a pas l'air d'avoir apporté de matériel.

– Vous êtes bien de la société Informatique Assistance Léman ?

– Je travaille pour le journal *Le Messager*, je couvre Chablais et Faucigny.

Mon sourire s'évanouit.

– Dégagez ! Mon agence n'a pas besoin de presse à scandale !

– Ce sera rapide ! Juste deux ou trois questions.

– Je vous préviens, je vous fiche à l'eau si vous continuez. Foutez-moi le camp de là ! Vos collègues m'ont assez emmerdée comme ça. Et si vous êtes le dernier à arriver, c'est certainement que vous êtes le plus mauvais.

Le crétin remonte dans son van la queue basse. J'ose à peine imaginer l'enfer que traverse Sarah avec ces hordes de rapaces à ses trousses. Toujours aucune réponse à mes SMS. En levant les yeux, je m'aperçois que le bulletin météo ne mentait pas. Je me dépêche de rentrer tandis que le ciel s'assombrit à vue d'œil. La tempête monte, elle est annoncée brutale. Un avis d'alerte des services de secours côtier vient d'être communiqué. J'attrape le micro de la VHF, je me cale sur le canal 12, pas question de prendre le moindre risque. Je suis seule aux commandes sans Sarah et c'est déjà assez la merde comme ça. Très peu de clients ont loué des bateaux aujourd'hui. Seulement quelques téméraires amateurs de sensations fortes. Mais là, ça devient dangereux.

– SÉCURITÉ, je répète, SÉCURITÉ. Vous devez rejoindre le port tout de suite. Les conditions météo ne sont plus favorables à la navigation. SÉCURITÉ, rafales dépassant 40 nœuds annoncées, forte houle sur zone de hauts-fonds, visibilité très dégradée. SÉCURITÉ, rentrez immédiatement.

Je raccroche la VHF et la pluie arrive comme pour me donner raison. Le lac est balayé par les vents. Le ciel chargé s'obscurcit encore et vire à l'anthracite. En quelques minutes, voilà les hallebardes d'eau qui ravinent les berges, tandis que volent des branches arrachées aux arbres. J'aurais dû lancer le message plus tôt. Je suis trop préoccupée ces derniers temps, je travaille mal. Un tambourinement me fait sursauter. Je me retourne : ce n'est pas le toit qui s'effondre sur ma tête, mais le type de l'informatique qui a frappé violemment au carreau. Il porte une casquette au nom de sa société, sans équivoque cette fois. Je réalise que j'avais fermé à clé derrière moi, exaspérée par le harcèlement des journalistes.

L'homme entre, trempé du simple trajet de son véhicule à ici.

– Bonjour madame, sale temps pour la navigation aujourd'hui !

– Sale temps tout court, en fait... Venez par là, c'est l'ordinateur, le mot de passe ne marche plus.

– Ne vous inquiétez pas, il va pas me résister longtemps.

Il s'installe, décontracté, comme si tout était déjà résolu. Il pose sa casquette trempée sur un coin du bureau. Elle goutte sur mon sac à main. J'essuie avec un mouchoir.

– Désolé madame, je mets ce qui est trempé à l'écart des machines.

Il commence ses manipulations, sans perdre un instant, il est dans son élément.

– Vous aviez raison madame, le message est bien celui du mot de passe non reconnu. Vous avez tout essayé ? Plus aucune idée ?

Et il me prend pour une nouille. Il doit comprendre à mon air que le sujet ne m'amuse pas du tout. Il se met à genoux sur le sol et rampe sous le bureau. Je l'entends trifouiller à l'arrière de l'unité centrale. Puis il ressort.

Son air sûr de lui m'exaspère. Je lui demande :

– Vous avez encore besoin de moi ? Je vous ai laissé les boîtes avec les DVD et tout ce qui était fourni avec le matériel. Je vous préviens, je ne veux perdre aucune de mes données.

– Ça ira très bien, madame, et ce sera rapide. Je boot sur un système de secours, et avec les rootkit tout baigne.

– Si vous le dites. Vous voulez un café ? Celui de l'agence est excellent.

Il sourit et agite une canette de Red Bull sortie de son sac. Je patiente dans un fauteuil comme si j'étais une cliente de ma propre agence. Le temps se dégrade encore. Aucun de mes trois bateaux en sortie n'est encore en vue. La tempête s'installe ; je le sais parce que le bord de fuite à l'ouest de l'agence commence son sifflement quand les rafales s'abattent. C'est très mauvais signe tout ça.

– Voilà, c'est tout bon madame Uldry.

– Déjà ?

– Je vous ai mis M@rVeL42 comme mot de passe temporaire. Les super héros. M majuscule, l'arobase à la place du « a » et majuscule une lettre sur deux ensuite. On n'est jamais trop prudent.

Il affiche un parfait sourire de vainqueur exaspérant. En même temps, c'est ma première et sans doute unique bonne nouvelle de la journée.

– Avant que vous ne partiez, je peux vous poser une petite question ? Comment un mot de passe peut changer si personne ne le modifie ?

Il a bien le sourire du sale gosse qui a toujours fait des conneries.

– J'ai regardé dans les *logs* et le *system event*.

Je ne comprends rien à son charabia, mais ne veux surtout pas qu'il se lance dans des explications.

– Et ?

– Eh bien le message est clair, madame, il a été mis à jour par quelqu'un, tout simplement. Je peux même vous dire à quelle heure précisément. Avant-hier, à 12 h 28 précises.

En plein pendant ma pause déjeuner.

– Voilà, vous avez votre réponse. Et si vous êtes deux à l'agence, ben vous savez à qui vous adresser.

Je réfléchis à voix haute, oubliant le technicien.

– Sarah n'était pas là hier à cette heure-là…

– J'suis pas flic, mais le langage machine ment pas beaucoup.

Je me tourne vers le lac. Ma préoccupation du moment, c'est la sécurité des clients. Mon cerveau boucle et bute sur des quantités de détails que les flics ne tarderont pas à creuser. Et ça cloche à tous les étages. Je sens le danger.

– Dites, madame Uldry, ça aurait à voir avec ce qui se raconte à la radio ? Je veux dire, l'écrivain. C'est votre collègue, sa femme, non ?

– Vous lisez ?

– Heu, non, enfin si, les revues informatiques et les comics.

– Bonne fin de journée monsieur.

« L'écrivain »… Je m'approche de la rangée posée sur une des étagères. Tous ses livres sont là. Je glisse ma main sur les tranches. Pas une trace de poussière. Comme si lui aussi était encore un peu là, que tout était normal.

J'attrape ma paire de jumelles et fais la mise au point. La visibilité est mauvaise, vu le temps. Mais j'aperçois mes trois embarcations qui se suivent comme de pauvres canetons ballottés par le gros temps. Je souffle. J'enfile mon Helly Hansen jaune, spécial intempéries, et je me hâte sur le ponton pour les accueillir. Ce ne sera pas une partie de plaisir avec cette météo ; j'aime autant éviter les dégâts. À peine ai-je le temps de poser un pied sur le ponton secoué de toute part, que le premier bateau arrive. Je hurle dans le vent.

– Ralentissez ! Ralentissez, bon sang !

Mais la proue du premier bateau écorche déjà le rail métallique du ponton, juste à côté des pare-battages, dans un grincement terrible. J'attrape le bout d'amarrage qui vole au vent, je manque de tomber à l'eau. Le deuxième bateau heurte le premier dans un choc sourd. Un grand coup de marche arrière moteur l'écarte, mais c'est pour heurter le troisième.

– Non ! Amarrez-vous de l'autre côté !

Les manœuvres sont laborieuses. Le vent rabat les bateaux les uns sur les autres. Quand le premier est tiré d'affaire, le client, moins maladroit que les deux autres, m'aide dans les manœuvres.

– Vive les franchises des assurances. Il va y avoir des travaux, messieurs !

Je ne préfère pas compter, mais il y aura forcément des frais pour l'agence aussi. Sans compter le ponton abîmé. Passablement agacée, je leur fais signe de rentrer dans l'agence pendant que je m'assure, fouettée par les trombes d'eau, que les bateaux sont bien attachés. C'est là que je m'aperçois d'une anomalie – une énorme anomalie. Je les compte, deux fois : il me manque un bateau sur le ponton. Pourtant tous les clients sont bien rentrés. Aucune coque à la dérive ni même échouée sur une berge alentour. Pas de bout d'amarrage à l'emplacement du bateau manquant, comme si quelqu'un était parti avec. Les bourrasques me frappent de côté, je marche penchée pour retourner à l'agence.

En quittant mon ciré trempé, je découvre trois hommes moins loquaces que ce matin. Je leur tends les papiers nécessaires sur lesquels je reporte pour chacun la liste respective de leurs éclats du jour, à fournir aux assurances. Ils signent et quittent piteusement l'agence. Je suis bonne pour une dose de paperasse supplémentaire. Mais je m'inquiète surtout pour le bateau disparu. Incompréhensible. Je pense soudain à vérifier le tableau des clefs : le trousseau du bateau s'est envolé lui aussi. Je saisis mon téléphone. Le réseau perd la connexion par intermittence, sans doute à cause de la tempête. Une antenne a peut-être subi des dégâts. Ce ne serait pas la première fois. Je pianote un SMS.

Sarah, vu la tempête, j'ai fait rentrer les clients
qui étaient sur le lac. Mais il manque un bateau.
Est-ce toi qui l'as emprunté ?

Un courant d'air s'engouffre soudainement dans l'agence. Les prospectus sur le comptoir s'envolent en tous sens. Un mauvais vent arrive. Je me retourne. C'est sans doute pire que la tempête à l'extérieur : le capitaine Robin Delmas et un solide gaillard de son groupe se tiennent sur le paillasson détrempé de l'agence.

– Nous sommes à la recherche de votre mari, monsieur Rollin Uldry. Sauriez-vous où nous pouvons le trouver ?

Le moins qu'on puisse dire, c'est qu'il ne s'embarrasse pas de politesse. Je commence à comprendre ce qui insupporte tant Sarah.

– Il est probablement rentré, vu la tempête. Qu'est-ce que vous lui voulez ?

– Nous avons des questions à lui poser. Des choses ne collent pas dans ce qu'il nous a raconté. Vous pouvez peut-être nous aider ? Dites-nous, elles marchent comment ses affaires ? Vous devez bien être au courant ?

Je n'aime pas du tout les questions de ce flic, et encore moins la fouille discrète que vient d'entreprendre son collègue, qui met ses mains partout dans l'agence.

– Je ne sais pas ce que vous cherchez… Mais nous sommes deux à subvenir aux besoins de notre famille. Ça permet d'équilibrer les moments plus difficiles…

– Autrement dit, heureusement que votre agence est là… C'est ce que nous avions cru comprendre. Mais il semble qu'il ait trouvé d'autres façons d'arrondir les fins de mois. Ce qui est curieux, c'est qu'il n'ait pas pensé à utiliser un autre véhicule que son camion… Il n'est pas spécialement discret.

Mes mains se posent lentement sur le bureau, comme pour me soutenir – si besoin était.

– De quoi vous voulez parler ? Soyez plus clair…

– Disons qu'il assurait des livraisons qui n'avaient pas grand-chose à voir avec ses sandwichs… Cannabis et compagnie. Pratique le système de la double activité.

Je pense à ces longs moments où Rollin s'isolait dans le garage. Ça allait si mal que ça ? Il n'aurait rien trouvé d'autre pour maintenir ses affaires ? Je ne sais même pas quoi répondre aux flics. Entre la honte et les emmerdes supplémentaires qu'il va falloir gérer. J'ai vraiment tiré le gros lot avec lui.

– Vous semblez aussi étonnée que nous ? reprend Delmas. Il cache d'autres choses, votre mari, vous pensez ? Pas d'autres faits anormaux à nous signaler ces derniers temps ? Le moindre détail peut compter, c'est le moment. Vous l'aideriez ; c'est toujours pire quand nous découvrons par nous-mêmes.

Je baisse soudain les armes.

– Qu'est-ce que vous voulez que je vous dise ? Plus rien n'est normal. Que mon mari soit capable de gérer un business, c'est une prouesse. J'aurais préféré qu'il s'en tienne aux salades et aux tomates.

Même Delmas a l'air de me prendre en pitié.

– Vous savez, c'est forcé : avec un homicide, on creuse, on déterre tout, et parfois, c'est pas joli à voir. On fait juste notre boulot.

Je ferme les yeux une seconde, juste le temps d'une courte prière naïve : que ce cauchemar ne touche pas Zoé. Delmas frappe deux coups sur le comptoir. Son agent qui furète toujours dans l'agence le rejoint et ils s'en vont, enfin.

Sur mon téléphone, une réponse de Sarah.

J'ai fait baliser les bateaux il y a deux mois,
l'option était gratuite sur les nouveaux modèles.
Il est sur le lac apparemment. Je vais le chercher.

34

Mes pneus patinent dans le chemin de terre boueuse qui mène au chalet de Reynaud. Je tâche de maintenir ma vitesse. Des branches jonchent le sol, la pluie fouette par vagues la carrosserie. Mes feux allumés ont du mal à percer son voile épais. Il fait sombre comme en fin de journée alors qu'il n'est que midi. Je freine brusquement : je n'avais pas vu que j'étais si proche du but. Les deux tonnes du pick-up glissent sur un mètre. Je sors en trombe. Je ne suis pas du tout vêtue pour la circonstance. L'eau imprègne immédiatement mon sweat qui se plaque sur moi ; mon jean devient raide. Reynaud m'attend à la porte, qu'il referme aussitôt derrière moi.

– Ça n'est pas un temps pour mettre le nez dehors, Sarah ! En plus, je n'ai rien trouvé pour ta grand-mère : j'ai pourtant épluché toutes les entrées et sorties de l'établissement où elle vit. Aucune idée de qui a bien pu voler ses carnets.

La douceur de sa voix me fait tellement de bien. Je me demande comment j'ai pu douter une seule seconde de lui – notre vieux Reynaud. Même avec le choc de son histoire avec Jade. Cela ne valait pas ma crise d'hystérie, même si je déteste le mot. Il ne ferait pas de mal à une mouche. Je lis dans son regard que lui s'inquiète toujours de mon piteux état, que la tempête n'a pas arrangé. L'eau ruisselle sur mon visage creusé. En repoussant vers l'arrière mes cheveux trempés, je m'expose un peu plus sans fard.

Meilleure défense, l'attaque :

– Les carnets, ça n'est pas le plus urgent pour l'instant. Ton bateau, il est prêt ? Le réservoir est plein ?

– Qu'est-ce que tu veux faire avec ? Tu n'iras nulle part avec ce temps ! Tu perds la tête ou quoi, Sarah ?

– On a un bateau de l'agence au milieu du lac, juste en face.

– Merde. Un de tes clients pas rentré à temps ? Il faut appeler les secours, j'ai le numéro juste-là…

Je l'arrête.

– Non, ce n'est pas un client.

– Attends, je ne comprends pas. C'est quoi cette histoire ?

Moi-même je ne sais plus ce que je pense, ni pourquoi je suis là. Mes larmes coulent. Je hoquette.

– J'en ai plus qu'assez d'avoir un coup de retard. On cherche à me rendre folle.

– Je… je ne sais pas ce que tu as en tête, Sarah. Mais quoi qu'il en soit, en sortant par ce temps, on court à la mort.

Je prends une respiration, et lui balance tout. Après tout, il n'y a qu'en lui que j'ai réellement confiance.

– Je… D'abord, le fric à la banque et pas de manuscrit. Des vidéos de surveillance suspectes, du matériel d'alpinisme là où on n'en attend pas… Des traces là où Marceau a trouvé la mort, un flingue dans le faux plafond de son bureau. Du… du matériel informatique qui disparaît, des mots de passe qui changent tout seuls ! Un poisson qu'on jette à moitié mort dans mon pick-up. Et cette impression qu'on m'observe chaque nuit… Le manteau de Benjamin dans la forêt ! Ça fait trop de choses ! Ce n'est pas possible, je ne suis pas dingue ! Et puis il y a mes gamins qui ne font que des conneries, que je découvre en cascade. Et ce con de Delmas qui se pavane et salit tout… Enfin, ce n'est pas la même chose, mais tu comprends…

Je craque complètement. Reynaud me prend dans ses bras.

– Calme-toi… Calme-toi, Sarah.

– Je ne sais pas qui est sur le bateau ni pourquoi il est au milieu du lac par ce temps. Mais je *veux* avancer, tu comprends ? Je ne vais pas laisser cette nouvelle bizarrerie sans réponse. Je sais que ce n'est pas entendable, mais je *sens* que cela peut apporter des réponses. Sur Marceau, sur Jade, sur tout. Le lac, c'est peut-être lui qui a la réponse.

Reynaud s'assombrit. Je sais que rien de ce que je dis n'est cohérent. Mais s'il me propose un anxiolytique, je le gifle. Finalement, je le vois qui attrape un de ses fusils accrochés au mur.

– Le bateau est prêt à partir, dit-il sans autre explication. Est-ce que tu sais où aller au moins ?

Je n'en reviens pas. Qu'il me croie. Je ne veux surtout pas laisser passer le moment. Je sors au plus vite mon téléphone portable et désigne un point sur l'écran, immobile depuis déjà un moment. Reynaud me jette un ciré, trop large pour moi.

Dehors, c'est l'apocalypse.

Nous traversons le jardin sous la pluie diluvienne. Chaque pas éclabousse l'autre, il faut hausser la voix pour se faire entendre. Au bout de dix minutes, au bout du chemin, le ponton, verdâtre de mousse, glisse comme le fond d'une baignoire couverte de savon. Je réussis malgré tout à bondir sans trop de peine dans le pêche-promenade tandis qu'il défait les amarres.

Les secousses sont brutales. On avance en crabe, vent de travers. La houle, inhabituelle, nous déséquilibre. Reynaud pousse le moteur. L'Evinrude de trente chevaux crache son nuage de fumée et nous emporte. Le loch indique une vitesse de 11 nœuds. L'étrave fend les vagues, le bateau est lessivé de toute part. L'eau remplit déjà le cockpit qui peine à se vider par le trou d'évacuation. La berge disparaît dans une brume diaphane. En un instant nous sommes privés de boussole, lancés vers les hauts-fonds du Léman.

Reynaud secoue la tête.

– C'est de la folie ! Une tempête comme celle-ci, on n'en a pas eu depuis au moins quinze ans !

Je me tiens en alerte. Le lac bouillonne de colère.

– Attention ! Prends les vagues de face, sinon on va chavirer.

– Tu en as de bonnes, on n'y voit rien devant !

Je récupère les commandes et lui confie le téléphone, notre unique repère. Je pousse le moteur dans ses derniers retranchements.

– Hey ! Ça va trop vite, là ! crie Reynaud.

L'accélération a été brusque, on approche des 20 nœuds. Je suis cramponnée aux commandes, Reynaud se tient comme il peut au bastingage. Je négocie chaque vague, droit vers l'objectif. Nous approchons, je le sens.

– Il est où, bordel ! On ne voit rien !

Reynaud tourne sur lui-même, la main en visière sur le visage.

– Arrête, arrête ! Le point là-bas, c'est quoi ?

Je vire de bord en compensant comme je peux, entre les rafales, la houle qui nous attrape et les accélérations du moteur. Deux fois, j'entends l'hélice fendre l'air. On déjauge puis l'arbre d'hélice replonge et nous propulse de nouveau, droit vers l'objectif.

C'est bien le bateau de l'agence.

J'en fais le tour comme je peux. On le dirait abandonné. Puis une tête émerge de la cabine, que je reconnais

– Alexis…

Et une seconde : Rollin.

35

– Vous êtes cinglés ?!!

J'aperçois Alexis positionner ses mains en porte-voix. Je n'entends pas. Je ralentis au maximum le moteur qui cesse ses rugissements.

– On n'a plus de carburant !

Je ne peux pas m'approcher sans risquer de briser nos coques l'une sur l'autre. Reynaud ouvre un des grands coffres du cockpit. Il en ressort une nourrice de carburant. La peinture rouge est écaillée, elle est grasse d'essence. Reynaud la secoue, elle est à moitié pleine. Il la brandit en l'air tel un trophée, manquant de tomber dans l'eau avec cette précieuse réserve. Il hurle un ordre à Alexis et Rollin.

– Jetez-nous un bout, on vous arrime la nourrice ! Elle va flotter, ramenez-la à vous !

Pendant que Reynaud assure un nœud de chaise à la poignée métallique de la nourrice, je remarque des quantités de ballotins qui flottent encore à la surface autour du bateau d'Alexis et Rollin. Nos regards se croisent. Je ne veux pas de bobards ce coup-ci.

Avant que Reynaud ne se soit relevé après en avoir fini avec son arrimage, j'attrape la nourrice et je plonge avec dans l'eau du lac. Je disparais dans la houle écumeuse et coule à presque deux mètres, en un instant. Le royaume du silence me saisit, avec la fraîcheur du Léman. La tension dans le bout est immédiate, on me tire vers la surface. J'entends des cris étouffés à mesure que je remonte.

– Saraaaahh !!!!

Alexis et Rollin m'agrippent comme ils peuvent et parviennent à me hisser, comme une prise récalcitrante, sans me blesser.

– Tu joues à quoi ! T'es folle ?

Ma main est toujours accrochée à l'un des ballotins que j'ai attrapé dans ma course. Je tremble d'adrénaline et de froid. Je me retourne. Reynaud, halluciné, me fait de grands gestes depuis les commandes de son bateau. Il tourne autour de nous. Alexis branche la nourrice, amorce plusieurs coups de pompe. Il enclenche le démarreur, le moteur tressaute et vrombit. Alors qu'Alexis suit Reynaud, en direction du ponton le plus proche, qu'un ciel momentanément clément éclaire, je défais le ballotin devant Rollin, qui baisse la tête. Alexis crie, sans se retourner.

– On parlera de ça en arrivant.

Mon regard passe de l'un à l'autre. Alexis reste concentré sur la navigation compliquée. Mais je veux savoir. Malgré les rafales, l'eau qui passe par-dessus bord, la nausée et les frissons qui se sont emparés de nous.

– Non, maintenant !!! C'est quoi cette merde ?

Rollin ne quitte pas le large du regard. Je l'attrape par le bras. Il se défait de mon étreinte.

– C'est… c'est un à-côté pour compenser les mois difficiles. C'est difficile les affaires, Sarah. Les flics sont venus me poser des tas de questions. Ils ont commencé à fouiller. J'ai rempli le van, j'avais pas de solution. Alexis, qui savait pour… enfin, tu vois, il m'a proposé de tout balancer dans le lac.

Alexis n'en perd pas une miette. Il demande :

– On va raconter quoi à Reynaud maintenant, Sarah ?

Je ne lâche pas le ballotin, serrant même un peu plus cette preuve de tous les mensonges et de ce qu'on me cache. *Mon* entourage, mes amis. Que je pensais dignes de confiance.

Je sens monter en moi un relent de déception, comme un filet de bile acide. Quand je pense que je prends des risques pour ces gens-là.

Les vagues nous chahutent toujours. Devant nous, le pêche-promenade de Reynaud disparaît une fois sur deux en s'enfonçant dans les creux. Tandis que la rive se dessine, dans mon esprit mes pensées se télescopent.

– Rollin, je dois savoir. Tu deales avec le fils du réparateur de *MotorBoat* ? Hein ? Dis-moi la vérité, bordel !

Rollin se tient la tête à deux mains, comme un enfant pris sur le fait qui déballe enfin tout et attend le châtiment.

– Ce petit con a découvert mes… activités. Il voulait me balancer si je ne lui assurais pas aussi des livraisons de came. Un arrangement stupide, mais j'avais pas le choix. Pour le moment, du moins. Je comptais bien me débarrasser de son chantage un jour. Je sais pas…

– Et Hermione, tu as pensé à ma fille ? Elle côtoyait ce mec ! Peut-être que Zoé aussi ? Tu n'as pas pensé qu'il fallait tout faire pour éloigner cette influence pourrie de nos filles ?

Il baisse le regard. Je reste médusée. On en reparlera.

Mon instinct me dicte autre chose pour l'heure. Si je veux avoir une chance de trouver des réponses pour Marceau, et peut-être Jade, je dois garder des cartes en main. La rive est à moins de cinquante mètres : je balance le ballotin par-dessus bord. Ils me regardent tour à tour.

– C'est moi qui parle à Reynaud. Et vous, vous fermez vos gueules !

Seul le sifflement de la tempête nous accompagne ensuite jusqu'au ponton.

* * *

Nos chaussures sèchent sur le tapis de l'entrée du chalet. Reynaud nous a apporté à tous des vêtements secs. Dans le bureau, je me change avec ses vieilles fripes trop grandes. Au loin, j'entends les voix dans le salon. Reynaud s'énerve sérieusement.

– Qu'est-ce que vous foutiez sur le lac ? Ce n'est pas votre genre, vous savez bien que c'est dangereux. Enfin, Rollin, surtout toi ! Tu connais le lac et la navigation ! Et ne me servez pas de salades !

Je me dépêche avant que ça se gâte. J'arrive au milieu de tous ces hommes énervés, habillée comme l'as de pique, et m'adresse à Reynaud.

– Écoute, Delmas est en train de tout éplucher, ce n'est pas le moment. Ce bateau n'est pas totalement en règle, pour tout te dire. On a demandé aux garçons de nous aider en le menant ailleurs temporairement. On n'a pas besoin de davantage d'emmerdes. J'en apporte assez comme ça à l'agence. J'ai prévenu Karen qu'on l'a ramené sur le ponton pas loin de chez toi.

Le bobard est fragile, mais pas faux pour autant. J'ouvre grand les yeux en fixant Alexis et Rollin, également pris sous le feu du regard de Reynaud. *Allez, réagissez !*

Alexis est le premier à comprendre.

– On a juste rendu service…

– Et dégourdis comme vous êtes, pas un de vous deux n'a pensé à regarder la jauge à carburant ? Allons, qui croirait ça ?! Alors, je vous le demande pour la dernière fois : qu'est-ce que vous foutiez là-bas ? Si je fouille le bateau, je trouve quoi ?

Alexis devient nerveux. Reynaud ne lâchera pas et il est du genre à mettre le bateau sens dessus dessous, sans épargner les affaires des gars. Alexis me regarde un instant, puis se tourne vers Reynaud.

– Ok, ok. Pour obtenir certains contrats, je rends… des services.

Reynaud plisse les yeux. Et moi j'hallucine. Qu'est-ce que c'est que cette nouvelle embrouille ?

– Quel genre de services ? demande l'ancien gendarme.

Alexis attrape son sac à dos et le vide sur la table. Trois petites boîtes sombres, discrètes, enveloppées dans un plaid. Reynaud déballe le contenu. Des lingots enchâssés dans des blocs de mousse.

Il regarde Alexis, éberlué.

– Il y en a trois kilos là… ça va chercher dans les cent mille euros, ça.

Alexis se masse le front et lâche enfin :

– Je ne fais jamais ça, enfin presque… Mais c'est mon meilleur client. Je ne peux pas me passer de lui financièrement. Ça lui arrive de me demander de traverser le lac avec le bateau, jusqu'à un point de rendez-vous côté Suisse, et de revenir. Des fois c'est pour passer des lingots, des fois des diamants, une fois ça a été une œuvre d'art. J'ai toujours dit max cent mille euros de valeur. Et jamais de came, type cocaïne ou merde du genre. Les cent mille, c'est pour que ça paraisse recevable avec mon patrimoine et mon activité de placements financiers, si jamais je me faisais contrôler. Avec un temps comme celui d'aujourd'hui, ça permet des traversées plus discrètes. C'était mieux pour ce qu'on avait à trimballer aujourd'hui.

De nouveau, l'amertume remonte dans ma gorge. Mes bateaux transportent de la drogue, des lingots, des diamants, tout ça… dans mon dos ? On est en Haute-Savoie ou dans la Blacklist de Netflix ? Je note qu'Alexis ne balance pas Rollin dont la came a plongé dans le lac. Mais je ne peux m'empêcher de lui lancer :

– Alors, c'était ça tes balades sur le lac avec des « clients » pour « signer des contrats » ? Les « petits services » ?

Reynaud est plus incisif.

– Un jour tu finiras au fond du lac ou en taule avec tes conneries ! Tout dépendra de qui te plantera en premier, flics ou truands.

– Le marché s'est tendu depuis la crise, en étant… plus souple, on peut garder ses clients. Au moins le temps que l'économie se détende, ou en attendant de se diversifier.

Une décharge électrique me traverse soudain. Est-ce la fatigue nerveuse et physique des dernières heures, des derniers jours. Ou un pressentiment terrible ?

– Et Marceau dans tout ça ? Il vient d'où son fric en petites coupures ? Il va trouver quoi Delmas ?

Alexis marque un silence. Rollin baisse le regard.

– Marceau… Il avait pas besoin de ça. Il avait du talent, lui. Il était pas assez con pour se lancer dans des plans foireux. Je sais pas d'où il vient, son fric.

L'émotion monte soudain en chacun de nous. Comme si son souvenir avait ressurgi d'un seul coup, le vide de son absence aussi. Reynaud passe à son tour sa main sur son visage, comme pour essuyer un mauvais vent chargé de poussière. Puis il ouvre les portes de son buffet, attrape quatre verres d'une main et de l'autre une bouteille de vieux rhum. Il emplit les verres et hoche la tête.

– Vous allez me faire le plaisir de nettoyer votre bazar et de vous tenir à carreau jusqu'à la fin de cette enquête. Après, vous vous débrouillerez autrement – sans magouille.

J'ai pas envie de perdre tous ceux que j'aime avant de mourir. C'est moi qui dois partir en premier, pas vous.

Il lève son verre, nous invitant à l'imiter. La mélancolie s'anesthésie un peu au fur et à mesure des gorgées.

Je les regarde tour à tour. Réunis. Presque…

Vingt ans plus tôt, à cette même table, Marceau et Jade étaient avec nous. Suis-je la seule à l'avoir remarqué ?

36

La tempête a rendu son dernier râle, non sans avoir laissé des traces de son passage un peu partout. Les arbres les plus fragiles se sont couchés et d'autres ont perdu des ramures dans la bataille.

À l'agence, Benjamin est enfoui dans le creux d'un des canapés. Rivé à sa console de jeux, casque sur les oreilles, il semble hors du monde, dans *son* monde. Il rentre tout seul de l'école maintenant. Il connaît parfaitement les cinq cents mètres qui séparent son école du bureau, surtout les trois cents jusqu'à la boulangerie… Karen lui a servi un chocolat chaud qu'il a bu entièrement. Je lui caresse les cheveux, il reste concentré sur son petit écran. Karen est assise face à l'ordinateur derrière le comptoir. Je lui propose un café. Ne sachant pas trop par où commencer, je lui laisse l'initiative quand je pose sa tasse près d'elle en silence.

– Rollin a ramené le bateau… dit-elle à voix basse, en jetant un œil à Benjamin. Nous avons parlé de certaines choses.

Du bout des doigts, hésitante, Karen fait tourner sa tasse dans un sens puis dans l'autre. Pour elle, l'aveu d'un défaut dans le tableau parfait de sa vie est insupportable, je le sais. Mais aujourd'hui, le défaut est un trou béant. Je la laisse poursuivre sans rien dire – surtout pas.

– Delmas est passé dans la matinée. J'ai découvert grâce à lui… un « talent caché » de mon mari. J'espère que cela n'aura pas d'incidence désastreuse pour l'agence. Tout est entre les mains de Delmas à présent. Rollin m'a aussi raconté sa sortie sur le lac avec Alexis, jusqu'à ton intervention…

Le morceau est sorti d'un coup, net, sans détour. Ça lui a coûté, j'en suis certaine. Son visage est livide. Je n'y décèle pas de colère, pas pour le moment en tout cas, mais une profonde hébétude.

– On va garder ça pour nous Karen, dis-je moi aussi doucement. Delmas n'a pas besoin de savoir ce qui s'est passé sur le lac, ça n'a rien à voir avec l'enquête sur Marceau… Ni avec Jade.

C'est la première fois que je vois Karen si humiliée. Ça me fait me sentir moins seule dans mon état déplorable. De fragilité. De désorientation complète. Elle se tourne vers moi.

– Delmas pourrait faire pression sur nous avec ça. Je ne le sens pas ce flic. Il est prêt à tout, il est… imprévisible.

Elle a besoin de mon soutien, je le lui dois bien. Karen porte l'agence sur ses épaules depuis la mort de Marceau. Et un peu plus encore : mes absences, mon comportement, mes enfants.

– On va gérer la situation ensemble, Karen, comme on l'a toujours fait.

Elle me regarde avec reconnaissance. L'une comme l'autre, nous subissons de plein fouet une succession de chocs et de déconvenues. L'une comme l'autre, nous savons que la série n'est pas terminée. D'où viendra le prochain coup ? De là où on l'attend le moins. Depuis le recoin d'ombre où se niche le mal le plus pernicieux.

* * *

Nous n'avons pas échangé un mot durant tout le trajet de retour. Sitôt arrivés, Benjamin a attrapé les clés et filé en un éclair dans la maison. Il n'a pas quitté son casque, c'est le code – je sais que je dois attendre. Il me reparlera ce soir, après le repas.

Je balaie le jardin du regard. Les dégâts paraissent limités. La tempête s'est contentée d'un léger élagage des arbres que j'aurais dû effectuer avant le printemps. Les graminées touffues, au plus haut de leur taille en cette saison, sont échevelées comme après un lendemain de fête. Je chemine vers le hangar, jetant des coups d'œil de droite et de gauche. Il est plus résistant qu'il paraît, rien n'a bougé. Le Savage Bobber semble avoir reculé de quelques mètres, comme si la tempête lui avait fait peur. L'entrée mériterait un coup de balai, pour chasser les débris de végétaux qui se sont réfugiés là où ils pouvaient.

Un bruit de pas attire mon attention. Quelqu'un approche. Mon premier réflexe est de reculer dans le hangar et de chercher du regard un outil contondant. Puis une voix m'interpelle, familière.

Delmas. Une vraie sangsue. Lui qui ne voulait pas ouvrir l'enquête au départ se montre désormais bien zélé.

– Vous faites aussi dans la mécanique d'aviation en plus des bateaux ? Il me semblait que c'était le domaine de votre mari.

J'écarte mes mains de la caisse à outils. Je prends conscience que je porte encore les habits que m'a prêtés Reynaud. Mon « look » est assez raccord avec le hangar, en effet.

– Pas facile de vous retrouver aujourd'hui, madame Miller, continue-t-il. Vous n'étiez ni à l'agence ni chez vous ?

– Vous étiez obligé de faire votre cirque dans les médias ?

– J'obéis à ma hiérarchie. Vous savez ce que ça signifie, le respect des consignes : ne pas en faire qu'à sa tête.

– C'est surtout quand ça vous arrange, j'ai l'impression. Est-ce que vous avez du nouveau au moins ? Et la sangle retrouvée ? Les deux gamins ?

– Hors de cause. Ils ont un alibi en béton au moment du drame arrivé à votre mari. Ils ont aussi bien pu perdre cette sangle dans leur cavale et quelqu'un l'aura ramassée.

On trouvera une explication. Vous croyez toujours que je ne fais mon boulot qu'à moitié ?

– Permettez-moi de ne pas répondre. Mais alors, on en est toujours au même point ?

– Je vais être franc, l'analyse de l'ordinateur portable de votre mari n'a rien donné. Le disque dur était chiffré, mais vide, totalement vide. Tout juste quelques applications et le système d'exploitation. À tel point que cela nous a paru bien étrange, aux techniciens et à moi. Et puis, nous avons procédé à des relevés d'empreintes… Il y a bien les vôtres… mais pas celles de votre mari. Cela nous a paru *encore* plus étrange. Il n'écrivait pas ses romans avec des gants, que je sache ? Les bizarreries, dans le métier de flic, ça nous titille toujours un peu.

Son officier aux larges épaules arrive à ses côtés.

– Le gamin n'a qu'une tablette, la fille a un portable, type PC, comme madame Miller. Aucun autre Mac, ni aucun système de sauvegarde. Mais j'ai trouvé ça…

Il tend quelque chose emballé dans un de mes chiffons de cuisine.

Delmas lève une paupière. Je n'ai même pas le temps d'en placer une, frappée par les informations et le couperet que j'attends d'une seconde à l'autre.

– On a studieusement épluché les documents que vous nous avez fournis. Comme la facture d'achat du matériel qui fait état d'un MacBook Pro mi-2018 – je vous épargne le numéro de série. Malheureusement, même si ces appareils se ressemblent tous beaucoup, celui que vous nous disiez être le portable de votre mari n'est pas celui correspondant à la commande. Le modèle date de 2016. En tout point similaire à l'autre ou presque, je vous l'accorde. Mais pas le même.

Mon regard passe d'un gendarme à l'autre.

– Je n'ai aucune idée de ce que tout cela signifie.

– J'ai l'impression qu'on entre chez vous comme dans un moulin alors, vous feriez bien de changer vos serrures. En attendant, nous allons embarquer le reste de votre matériel informatique.

– Pas celui des enfants…

Ma voix semble presque suppliante.

– On en connaît souvent moins qu'on imagine sur notre entourage. Et un peu moins d'écran ne devrait pas leur nuire.

Je le maudis intérieurement, violemment. Mais les doutes m'assaillent de toute part. Ma réserve de confiance, que je pensais inépuisable – en la vie, le destin qui nous avait si bien gâtés, avec mon mari, ma famille, mes amis –, s'émousse à chaque jour qui passe depuis la mort de Marceau. Tout ce qui m'arrive ou que j'apprends ne semble que désillusion ou trahison.

Prise d'une lassitude immense, comme prête à déposer les armes, je demande pourtant, encore :

– Qu'est-ce qu'il y a dans mon torchon de cuisine ?

– À vous de nous le dire, madame Miller.

Delmas incline légèrement la tête et me fixe en même temps qu'il ouvre le torchon. Ma vue se trouble d'émotion. À garder des cartes dans ma manche, cela va se retourner contre moi.

– Eh bien vous le voyez… une arme, assène Delmas, avec un ton content de lui qui me semble prêt de la jouissance. Un Beretta 9 mm, c'est du sérieux ça, madame Miller. Catégorie B. Vous comptiez nous en parler quand ? Parce que de mémoire, aucune mention ne fait état d'un permis de port d'arme chez les Miller ?

Mes doigts s'agitent le long de mon jean.

– Je l'ai trouvé dans le bureau de Marceau. En dévissant la grille d'aération au plafond.

Delmas attrape l'arme dans le chiffon. Il opère une manœuvre et fait coulisser le canon.

– La chambre est vide, mais l'arme semble opérationnelle.

Je lâche un soupir et me dirige vers le fond du hangar. En me hissant sur la pointe des pieds j'atteins la tablette la plus haute et attrape une grosse boîte de conserve rouillée remplie de pinceaux hors d'usage, aux poils durs et séchés. Je les retire, plonge la main dans le fond de la boîte. Je tends l'objet à Delmas, qui jubile.

– Le chargeur ! Et il est plein. Sage précaution de le séparer de l'arme.

– Avec les enfants à la maison, l'idée de posséder une arme me terrifie. Quand je l'ai découverte, je suis venue mettre ça, ici, loin de la maison. Je ne sais pas ce que faisait Marceau avec un calibre pareil. Je n'en veux pas. Débarrassez-moi de ça.

– Ce n'est pas aussi simple que ça, madame Miller. Mais avec un numéro de série, une marque et un modèle, on va peut-être en apprendre davantage sur son propriétaire *légal*.

Son insistance sur le mot *légal* ravive la nausée que je sentais monter. Ses *madame Miller* insupportables de condescendance me donnent envie de le gifler.

L'autre officier compose un numéro sur son téléphone portable. Sans me quitter du regard, il s'entretient avec un collègue de la brigade.

– Tu pourrais me vérifier l'immat d'un calibre dans AGRIPPA ? Un beau jouet, trouvé chez les Miller, ça devrait parler. Je t'envoie le SN par texto.

À côté, Delmas a pris son air de bon père de famille, pseudo-rassurant, sans réussir à dissimuler pourtant un sourire carnassier que je ne lui connaissais pas encore.

– Ce sera rapide, madame Miller.

Madame Miller, elle t'emmerde, connard !

L'officier annonce, avec lui aussi un bel air de satisfaction :

– Un certain Yves Reynaud. Date d'acquisition, 14 septembre 2000.

Les yeux de Delmas s'éclairent.

– Eh bien voilà, ça commence à bouger… Comme j'aime. Notre fine gâchette va recevoir une visite de courtoisie. Les coïncidences ont la vie dure dans notre métier. Il le sait aussi bien que nous, ce bon vieux Reynaud. C'était lui, l'officier chargé de l'affaire Jade Miller, en 2001. Il n'avait jamais retrouvé sa trace. Curieux, tout ça… Mais nous, sa trace à lui, on ne va pas la lâcher.

37

Le manuscrit

La vie n'est qu'une succession de petits et de grands accidents. Tout repose ensuite sur nos choix, face aux coups du sort. Pour l'accident de mon père, nous avons choisi de cacher. Pour celui de la voiture au bord du lac, là aussi nous avons choisi de cacher. Pour Jade, j'ai *choisi de cacher. Mais on ne dissimule pas la vérité impunément, ni éternellement. Et cela n'atténue pas la souffrance provoquée par les drames. C'est juste un pis-aller qui vous accompagne jusqu'à la mort – quand cela ne l'entraîne pas.*

Dans tous mes livres présents en librairie, figure un élément susceptible de révéler la vérité. Je m'en suis fait une règle. Et plus nombreux étaient les exemplaires de mes romans présents dans les rayons, plus grand le risque que quelqu'un trouve *ces indices, et plus tolérable était ma condition. Ainsi, je n'ai pas totalement attendu ce texte, que j'écris et réécris sans cesse, pour partager les choses que je sais. J'y suis seulement plus explicite, et exhaustif.*

À chaque sortie d'un de mes romans, je suis un rituel. Je plonge autour de l'épave du Savage Bobber de mon père, là où tout a commencé. Je me rends ensuite à l'endroit où repose Jade, ce lieu que personne ne connaît encore, lesté du poids de la souffrance que je lui ai infligée. Douloureuse ironie. Mon père a trouvé la mort dans le lac, Jade nous a quittés dans la forêt. Et à l'heure où vous me lisez, je vous ai certainement quittés en plein cœur de la montagne. Trois paysages, trois vies, trois histoires que les secrets ont emmêlées.

Taire la vérité quand elle touche l'âme est le poison le plus lent et le plus toxique qui soit. Surtout quand les silences et les mensonges s'accumulent. Ils ne se cachent pas les uns derrière les autres : ils se font face, comme dans un palais des miroirs, démultipliant leurs reflets malfaisants à l'infini.

Ce mal a eu raison de Jade. Ce même mal a eu raison de moi. Le temps est venu de briser les miroirs.

38

Benjamin s'est enfermé dans un mutisme inhabituel, même pour lui. Malgré mes tentatives, il n'a pas desserré les lèvres ce soir. Il se coupe de moi, je le sens. Il n'accepte pas la situation, il est dans le déni.

Sa résistance face à Delmas, qui a dû intervenir physiquement pour lui retirer sa tablette le temps de l'enquête, m'a presque rassurée. Il se défend, il réagit au moins. Mais ce geste de rébellion envers un représentant des forces de l'ordre ne lui ressemble pas. Même Hermione s'en inquiète.

À présent, ils sont chacun dans leur chambre. Je ne sais pas comment m'y prendre pour gérer leur détresse et le sentiment d'injustice qui les poursuivent partout où ils vont.

J'ai besoin d'air, de réponses. Que tout ça se termine avant que les idées noires ne l'emportent.

Dehors, le soleil a disparu depuis un moment derrière les montagnes. Le lac s'assombrit, l'horizon s'efface. Je fais quelques pas dans le jardin, m'arrête en plein milieu. Mon regard suit le mouvement tandis que je tourne sur moi-même. J'aimerais m'accrocher à ce qui ne changera pas, comme à une bouée. Je fixe le cabanon norvégien dans le coin du jardin, celui que nous avons lasuré pour la troisième fois l'été dernier avec Marceau. Depuis quand n'ai-je plus vu Benjamin ou Hermione s'en servir de refuge ou de cachette ? Les derniers à y avoir mis les pieds sont les gendarmes. Avant ça, Marceau, y était passé, peut-être une semaine avant sa mort.

Le cœur saisi, je m'approche du cabanon. La porte grince légèrement. En entrant, à gauche, je retrouve le profond bac en bois tel que je l'ai vu la dernière fois, débordant de notre matériel de plongée, à Marceau et à moi. Sur la droite, des étagères pleines de bibelots sans usage, de matériel de jardin et d'outils rudimentaires. En face, sous le hublot qui permet d'apercevoir le lac, un petit bureau. Marceau s'y installait à l'occasion pour travailler. Le plancher craque légèrement sous mes pas. Cela me rappelle une étreinte avec Marceau alors que les enfants étaient devant la télé à la maison. Je redoutais de les voir débarquer, mais Marceau avait raison : nous n'aurions pas pu être pris par surprise, leurs cris les précédaient toujours quand ils déboulaient dans le jardin. À genoux devant le bac, j'attrape la combinaison de plongée de Marceau et l'étreins. Elle sent le lac. J'attrape son détendeur, je le porte à ma bouche, j'ouvre la bouteille, j'aspire la fin de l'air. L'obscurité me noie peu à peu. Je récupère la Maglite étanche de Marceau glissée dans une fixation de la combinaison. Je tourne le mécanisme pour l'allumer, aucune lumière. Je la secoue, sans effet. Je me souviens avoir vu des jeux de piles dans le tiroir du bureau. Je dévisse la lampe, la secoue pour en extraire les piles, mais rien ne sort. Je regarde à l'intérieur : un papier roulé obstrue le logement. Je le sors, le toucher m'est familier, sans parvenir à reconnaître encore. Je le déroule. Aux dernières lueurs du jour, je lis ces quelques lignes écrites à la main.

Je sais que tu avais dit « pas de mots ». Mais avoue que pour un écrivain c'est paradoxal. Je suis attachée à nos moments partagés. Pas seulement quand tu plonges, mais aussi ceux avec l'odeur et le contact de ta peau.

K.

Un poignard en moi. Qui tourne lentement, profondément, pour faire saigner, pour faire mal. Mon cœur bat lourdement dans ma poitrine, je m'assieds. Je n'arrive pas à réaliser. Karen, Marceau. *Mon* Marceau. Je sonde ma mémoire, cherchant les détails que je n'aurais pas vus, flash après flash, des sourires, des regards, des mots, des soirées. Dans le bac, je prends le couteau de plongée et l'extirpe de son fourreau. Un côté lame tranchante, un côté dents acérées. La pointe effilée brille dans ce qui reste de lumière avant la tombée de la nuit. Je la glisse dans le creux de ma main, en pressant autant qu'il faut. La douleur explose en moi. Ce n'est pas un cauchemar. Cette fois, c'est bien pire.

* * *

Dans le jardin, totalement mangé par la nuit à présent, je tourne en rond, un poing serré sur le sang qui s'échappe encore de ma paume meurtrie. L'autre ne lâche pas le manche du couteau. Gagnée par une pulsion de violence incontrôlable, je hurle en vidant tout l'air de mes poumons. La lumière de la chambre de Benjamin s'est allumée. Sa silhouette apparaît. J'espère qu'il ne voit pas la lame dans le prolongement de ma main. Que va-t-il devoir encore affronter ? Mes pauvres enfants. Ma vie part en lambeaux, il ne m'en reste rien. Pas même les souvenirs, souillés. Le passé, le présent… et demain ?

39

Je n'ai pas fermé l'œil de la nuit, maudissant chaque heure. Ma colère est tapie au fond de mon ventre comme un fauve prêt à bondir. La trahison, le mensonge, ils ont le goût acide des fruits pas encore mûrs. J'ai gardé mon couteau sur le lit, à portée de main. Je voulais l'emporter avec moi, dans mes cauchemars, si jamais je parvenais à m'endormir, et affronter ainsi enfin la vision de Marceau dans sa chute. Jusque-là, c'était au-dessus de mes forces. Un vague reste de raison m'a bien soufflé qu'arme, fureur et épuisement n'ont jamais fait bon ménage. Mais que me reste-t-il, sinon me battre ? Ou quoi, mourir ?

Dans la salle de bains, je refais le bandage autour de ma paume. Ma main me lance, je sens les pulsations de mon cœur, le rythme de ma souffrance. À présent plus aucune partie de mon corps qui ne soit pas meurtrie : bleus, ecchymoses, égratignures, bosses, coupures… traumatismes. Mon visage se creuse à mesure que je sombre. J'ai l'impression de devenir une autre, de marcher à côté de ma vie, des autres. De m'enfoncer dans les ténèbres en ouvrant uniquement les mauvaises portes, celles des drames qui aspirent tout ce qu'il y a de bon dans l'existence. Mais si je dois y passer, ce sera *en sachant*, avec les réponses de Marceau enfin devant les yeux. Son putain de manuscrit.

Tout à l'heure, Benjamin et Hermione sont partis à l'école et au collège. J'ai fait les cent pas dans la maison pendant une heure, puis je suis retournée dans le jardin. Je me tiens maintenant au bord du rivage, les yeux plantés dans le lac. Je pensais pouvoir affronter Karen sans laisser paraître quoi que ce soit, me rendre à l'agence comme un matin ordinaire, un matin d'avant le chaos, mais ce n'est pas possible. Il faut pourtant que je parvienne à reprendre le contrôle. Il *faut* que je retrouve le manuscrit, sans tout faire exploser prématurément au risque de ne jamais avoir de réponses.

Ce qui se profile avant l'heure du déjeuner me donnera une excuse pour ne pas être dans mon « état normal », si je sais encore ce que c'est. Delmas m'a convoquée à 16 h pour une reconstitution. En précisant que le procureur sera là. A-t-il le sentiment que je suis à ce point incontrôlable qu'il ait besoin de l'autorité d'un autre que lui ? Je ne suis plus à un éclat près, il devrait le savoir.

Je me suis assise sur l'herbe, ouvrant l'application de radio sur mon téléphone. Je balaie les stations et me cale sur les infos. Pas de doute, avec l'histoire du Beretta, l'affaire enfle. Delmas crache toutes les infos, dès qu'il en a une : sa tête est mise à prix. Le journaliste s'en donne à cœur joie et les superlatifs en deviennent malsains. Mais ça fait le buzz.

« *D'après nos sources, le capitaine de gendarmerie Robin Delmas en charge de l'affaire Miller retiendrait un suspect en garde à vue depuis ce matin. Tenons-nous le coupable ? C'est aux premières lueurs de l'aube que le groupe du capitaine Delmas, lourdement armé, est intervenu au domicile d'Yves Reynaud, ancien gendarme à la retraite. L'homme, chasseur occasionnel, posséderait une véritable armurerie à son domicile. C'est la découverte d'une arme de poing de gros calibre dissimulée au domicile de l'écrivain Marceau Miller qui a conduit le groupe du capitaine Delmas sur cette piste. L'arme en question, un Beretta 9 mm, appartiendrait au suspect depuis 2000. Soit un an avant la disparition de Jade Miller, la sœur de l'écrivain, demeurée disparue depuis le 14 août 2001. Le suspect prétendrait que c'est Marceau Miller qui le lui aurait subtilisé. Mais Yves Reynaud était en charge de l'enquête sur la disparition de Jade Miller il y a vingt ans. Est-ce le lien qui semblait manquer entre les deux affaires Miller ? La gendarmerie a perquisitionné le domicile du suspect. Yves Renaud avait installé chez lui un véritable sanctuaire consacré à la disparition de Jade Miller. C'est au fond de son bunker, un abri antiatomique situé sous son chalet, que les gendarmes ont découvert le fruit de vingt années d'investigation clandestine et, peut-on le dire, d'obsession. Tout laisse à penser que des éléments déterminants ressortiront de cette découverte, car déjà des photos inédites témoignent d'une liaison intime qu'aurait entretenue Yves Reynaud avec la victime de trente ans sa cadette. Il était alors gendarme lui-même et assurait une partie de la formation de guides de montagne que suivait Jade Miller.*

Yves Reynaud cacherait-il des informations concernant la sœur de l'écrivain ? Qu'est-elle réellement devenue ? Pas de corps, pas de trace retrouvée à ce jour… À moins que les derniers évènements n'apportent leur lot de réponses.

Quant à Marceau Miller, quelle est son histoire ? Autant de questions auxquelles les gendarmes tentent de répondre aujourd'hui. »

Cinquième partie

À L'HEURE DES LOUPS

40

Des fourmillements parcourent mes jambes. Une sensation de froid s'immisce sous ma peau alors que la température est douce et que je suis suffisamment habillée. 16 h : tout le monde a pris place pour la reconstitution, à l'endroit précis où Marceau a trouvé la mort. Le procureur s'approche de Delmas. Deux gendarmes poussent Reynaud, menotté, vers la scène de crime. Je ne sais plus *qui* je vois quand je le regarde : l'ami de toujours ? Le père de substitution, pour Marceau comme pour moi ? L'homme enfermé dans son bunker, avec son obsession de vingt ans, qui m'a fait craindre pour ma vie ? Le protecteur de mes enfants ? Je ne sais plus rien.

Alexis se tient à mes côtés, Rollin un peu à l'écart avec Karen. Devant nous, un tracé au sol, celui du corps de Marceau tel qu'il a été retrouvé – désarticulé. Des plots jaunes numérotés marquent les relevés effectués ce jour-là. Delmas en vérifie l'exactitude avec les photos prises. Deux alpinistes professionnels sont présents, équipés ; baudriers, piolets, cordes, sacs à magnésie, dégaines et relais. Le procureur s'éclaircit la voix et prend la parole :

– Messieurs, veuillez procéder. La reconstitution commence. La mort de la victime avoisine cet horaire et les conditions météo sont similaires. C'est bien cela, capitaine Delmas ?

Delmas opine du chef.

– Veuillez confirmer à haute voix, s'il vous plaît.

– Oui, c'est aux environs de 16 h que le médecin légiste estime la mort de la victime, et les conditions météorologiques étaient similaires.

Un des alpinistes entame l'ascension de la paroi. Il fait part de ses observations à son partenaire dans son talkie-walkie, tout en sécurisant la voie à l'aide des ancrages et dégaines. Tout ce que ne faisait pas Marceau. Lui et ses héros en *free* solo : fous, grimpeurs de l'extrême, Brad Gobright, mort, Austin Howell, mort, Alex Honnold… encore en vie. Mais pour combien de temps ?

Le second alpiniste assure son partenaire, répète ou traduit les constatations qu'il reçoit. Je me rappelle les gestes de Marceau en montagne. Il était félin, fort et précis. Mes mains se crispent, ma respiration s'accélère. Je sens monter l'angoisse et la vision de son visage tourné vers moi alors qu'il chute irrémédiablement dans mes cauchemars. Au sommet, paraît la silhouette d'un gendarme. L'ombre à contrejour me glace le sang. L'alpiniste stoppe sa progression à l'endroit considéré comme celui le plus probable du décrochage de Marceau. La hauteur est de cent soixante-dix mètres. Une trentaine le séparent encore du sommet. Il fixe un relais qui lui servira de repère. Marceau m'avait initiée à tout ça à une époque. Le temps où il utilisait encore du matériel.

Puis, l'alpiniste arrive au sommet après cinquante longues minutes. Il disparaît un instant et communique avec son partenaire au sol.

– Fixation du système ok.

Le procureur fait des moulinets d'une main. Delmas traduit.

– Allez-y, les gars, mise en scène.

Deux gendarmes sortent un mannequin du coffre de leur véhicule. Il porte une ceinture de plomb et de nombreux poids sur l'ensemble du corps. Du lest. Marceau pesait soixante-douze kilos. Je ressens soudainement la force de ses bras et de ses étreintes, mon cœur se serre. Les gendarmes portent le mannequin jusqu'à l'alpiniste resté en bas. Il l'accroche à un des brins qui remonte jusqu'à son partenaire, au sommet. L'alpiniste au sol se tourne vers le procureur. Un regard suffit.

– Hissez-le !

L'homme reprend son talkie-walkie et envoie l'instruction à son partenaire. Le mannequin commence son ascension, glisse et heurte la roche. Arrivé au niveau repéré à cent soixante-dix mètres, il s'arrête.

– À présent, tout le monde recule derrière les plots, à soixante mètres du point d'impact.

L'alpiniste au sommet tient la position du mannequin à bout de corde. Le gendarme juste à côté de lui porte une pierre de trois kilos environ au-dessus de sa tête. Il vise du mieux possible le mannequin. Au moment de l'impact, l'alpiniste lâche la corde, le mannequin chute – comme dans mes cauchemars. Un vertige me fait tituber, Alexis me retient par le bras. J'aperçois Rollin qui baisse la tête, Karen tient ses mains devant son visage. Le mannequin dévale les cent soixante-dix mètres en une fraction de seconde et s'écrase au sol dans un vacarme qui provoque un choc à toute l'assemblée. Exclamations étouffées, sursauts, puis le silence – le silence de la mort subite, un mal sourd. La tête se détache du corps et roule jusqu'à une dizaine de mètres de nous. Delmas ramasse le crâne en plastique sans quitter Reynaud du regard.

– C'est comme ça que ça s'est passé, Reynaud, hein ? siffle-t-il.

– Vous êtes un malade et vous vous plantez sur toute la ligne, Delmas !

Le procureur intervient, lapidaire.

– Ça suffit. Ce que je veux, ce sont des états de fait, des certitudes quant aux circonstances de la mort. La manifestation de la vérité viendra en son temps. Quand nous aurons assez d'éléments à charge du coupable.

« Le coupable » est-il parmi nous ? Est-il ailleurs, caché dans la forêt alentour ? En train d'effacer ses traces ? Le procureur et Delmas s'entretiennent avec un expert et l'alpiniste resté au sol.

Karen fait mine de venir à ma rencontre, je lui tourne le dos. Pas pour les raisons qu'elle imagine. Chaque chose en son temps. Tout est si confus, si douloureux.

Alexis reste-t-il mon dernier soutien ? Je pensais que cette reconstitution m'aiderait, mais c'est pire encore. Elle nourrit le monstre, mon cauchemar éveillé. Pourquoi me persécute-t-il autant ? S'acharner, à quoi bon ? Je voudrais sortir tout ça de ma tête avant que ça ne finisse encore plus mal.

41

Delmas a donné l'ordre à ses hommes de remballer la quincaillerie. Tout le monde redescend vers la zone où sont parqués, le plus proches possible, les véhicules tout terrain. Le procureur est le premier sur le départ. Les alpinistes sont congédiés. J'échange un regard à travers la vitre avec Reynaud, installé à l'arrière du 4 x 4 de gendarmerie. Sa garde à vue n'est pas encore terminée. J'avais l'habitude de le voir plutôt assis devant, au volant, les suspects et les criminels à l'arrière.

Karen tente une nouvelle approche. Je m'écarte cette fois ostensiblement de son chemin. Rollin la rattrape par le bras et déverrouille la centralisation de leur véhicule. Elle garde les enfants ce soir. Ils passeront la nuit là-bas, avec Zoé. Alexis m'avait suggéré cette idée, car la reconstitution risquait d'être éprouvante. Il ne s'imaginait sans doute pas à quel point.

C'est lui justement qui pose un bras réconfortant sur mon épaule. Je n'ai pas la force de le repousser ou d'y poser ma joue. Je ne sais plus.

– Qu'est-ce qui pourrait te changer les idées, là, tout de suite ?

Mon cerveau est comme paralysé, incapable de trouver une solution, même temporaire, susceptible de m'extraire de la chape de plomb qui m'écrase.

– Je n'en sais rien… Rester seule, je crois.

– C'est peut-être pas la meilleure chose, Sarah…

Je prends une grande inspiration.

– J'ai besoin de ça. Juste moi, seule, là, tout de suite.

Il hoche la tête, désolé, rejoint le véhicule tout terrain emprunté pour cette journée. Il ferme bientôt le cortège de véhicules, que je regarde disparaître sans bouger.

Je me retourne. La nature a repris ses droits. Tout redevient calme, plus aucune autre âme humaine pour troubler les lieux.

Épuisée, je m'installe sur le siège passager de mon pick-up, j'incline légèrement le dossier. La portière reste ouverte, invitant la nature à me rejoindre dans ma solitude. Le vent de fin de journée, descendu des alpages, vient caresser mon visage comme une attention bienveillante. Je ferme les yeux, laissant mes sens s'ouvrir un à un à ce monde que je retrouve. La résine des épicéas se mêle aux parfums des gentianes bleues qui parsèment les pentes. Je perçois aussi la senteur balsamique des mélèzes centenaires, tandis que les derniers rayons du soleil réchauffent la roche calcaire, libérant cette odeur minérale si caractéristique de nos montagnes. Un chocard à bec jaune lance son cri distinctif, court, répétitif, presque métallique, qui résonne contre les parois rocheuses. Son écho se perd dans le lointain, avalé par la forêt. Le bruissement des hautes herbes alpines m'emporte, me rappelant le contact frissonnant de cette végétation où je me cachais, enfant, dans les prairies d'altitude.

J'attends le retour de l'onde de choc à travers mon corps, cette vague de révolte et de tristesse qui me permettrait de me sentir vivante encore. Mais l'épuisement l'emporte. Les nuits sans dormir m'ont pris jusqu'à la dernière parcelle de vitalité. Le sommeil s'empare de moi comme autant de mains sombres qu'on ne voit pas venir.

* * *

J'ouvre les yeux. La petite horloge électronique du pick-up indique 18 h 20. J'ai dormi plus d'une heure, comme une masse. Je sors groggy, le cauchemar planant partout autour de moi. Je suis en lui, il est en moi, sur le lieu même de tout ce qui me hante. Je veux le défier, le conjurer. Ce n'est pas au pied de la paroi qui m'a enlevé Marceau que la partie se joue. Je fixe le sommet, déterminée. Mes pas suivent le sentier rapidement envahi d'herbes hautes. Je tâche de passer là où elles sont encore couchées par les va-et-vient des gendarmes. Un rapace tourne à une cinquantaine de mètres au-dessus de ma tête. Le vent léger est tombé, marquant la fin de journée.

Les minutes s'égrènent. Je n'ai rien emporté à boire, mes chaussures ne sont pas adaptées : je ne respecte aucune des règles d'usage. Mon cerveau éteint tous les voyants orange qui avertissent du danger. Il n'en a rien à foutre. Après un demi-kilomètre d'ascension pénible, je pénètre dans la forêt. Dernière étape pour rejoindre les hauteurs.

Impossible de repérer désormais la moindre trace de passage de qui que ce soit dans cet univers indompté. Je me tiens aux troncs pour m'aider à grimper. Le ciel filtre à travers les feuillages au loin. Plus j'approche, plus je manque d'air. Quand, enfin, j'atteins la plateforme naturelle où nous avions abouti avec Reynaud, il y a ce qui me semble une éternité déjà.

L'endroit est toujours aussi dégagé, la vue panoramique vertigineuse. Je fais un pas, puis un autre ; le vide immense se rapproche. Je chancelle et fixe le sol deux cents mètres plus bas. Je revois la lourde pierre tomber, s'abattre sur le mannequin qui s'écarte brutalement de la paroi, comme Marceau qui perd ses prises. J'avance encore, à peine trente centimètres me séparent du vide. Je distingue la trace d'impact du mannequin. Puis tout se met à tourbillonner, je tombe à genoux. Comme dans mon cauchemar, je tends les bras vers le vide, mais ils sont trop courts pour retenir Marceau dans sa chute… Je m'allonge au sol, priant pour ne pas prendre appui au mauvais endroit, je ne vois plus rien. Je me sens comme aspirée par le gouffre. Je peux décider que tout s'arrête, là, tout de suite, me laisser basculer, bras en avant.

Mais à la place, ce sont mes larmes qui dévalent sur mes joues.

Puis je reprends un peu mes esprits. Je m'écarte doucement de la mort, à reculons. Une fois suffisamment loin du rebord, je me redresse et marche du plus vite que je peux vers la forêt.

C'est alors qu'une déflagration claque entre les arbres. L'écorce d'un tronc éclate à trois pas de moi.

Je plonge et plante mes ongles dans le sol, comme un animal chahuté entre chasse et terreur. L'instinct de survie tambourine en moi.

Je me lève, bondis comme je peux au-dessus des branches, zigzague entre les troncs. Je repère le plus gros à une quinzaine de mètres. Je ne détecte aucun mouvement dans mon champ de vision, je cours jusqu'à mon objectif. Seconde déflagration, je plonge une nouvelle fois. J'écoute autant que mon ouïe me le permet. Isoler la source. Estimer la distance. Je me ramasse en boule au pied du tronc et repère ma prochaine étape. Toujours aucun mouvement dans mon champ de vision. Je suis incapable de repérer l'origine des coups de feu.

Je sors de ma tanière comme une furie, brûlant l'énergie qui me reste. Un troisième tir frappe un arbre tout proche. J'étouffe un cri et poursuis. J'attends la réplique, mais rien ne vient. Je slalome et rebondis d'arbre en arbre, espérant me rendre inatteignable, imprévisible. Au lieu de prendre le sentier, je continue dans la forêt autant que possible, sans écouter mes muscles qui se tétanisent. Un nouveau coup de feu, plus lointain. Je dévale à une vitesse folle tout ce que j'ai gravi. Dans ma course effrénée je garde à l'esprit qu'au besoin, même couchée dans les herbes hautes, je pourrais tout de même avancer à couvert – mais trop lentement. Marceau avait peut-être raison finalement de posséder une arme. Le pick-up n'est plus qu'à une trentaine de mètres. Ça y est ! Je me jette sur la portière, clés à la main en peinant à trouver l'entrée de la serrure.

Une anomalie attire furtivement mon regard, le pneu avant est à plat. Je m'accroupis et fais le tour de la voiture en regardant partout autour de moi. Pas un bruit, pas de mouvement… Et pas d'autre pneu crevé. Je prends mes distances, me dissimule pour observer. Toujours aucun bruit suspect, alors qu'il est impossible de faire un pas dans cet environnement sans faire craquer une branche. Les minutes passent, je suis assoiffée, fatiguée, il faut bouger.

Je retourne à la voiture, j'inspecte le pneu crevé et je remarque une trace nette sur le flanc, un coup de couteau. On ne veut pas de moi ici. Toujours le silence, pas de mouvement détecté dans les environs. Je décroche la roue de secours, sors le cric et me lance dans le changement au plus vite que je peux. Les écrous de roue ne résistent pas longtemps à ma volonté plus trempée que jamais. L'impression que chaque seconde compte me galvanise. J'effectue une dizaine de tours de manivelle en un temps record. Les amortisseurs du pick-up grincent tandis qu'il s'élève des quelques centimètres nécessaires pour dégager la roue. À chaque mouvement, je me tords le cou pour sonder les environs. Personne, plus de signe du tireur. J'intervertis les roues, fixe à la va-vite un écrou sur deux – le reste, ce sera pour plus tard. Je lâche la pression du cric, le balance sur le côté, grimpe et démarre en trombe, tête baissée.

42

Mes jambes flagellent, mes mains sont tremblantes, tandis que je tente de reprendre mon souffle. Le soleil décline derrière les montagnes, projetant des ombres inquiétantes sur la route. Chaque virage me rapproche de la maison, mais l'idée que quelqu'un puisse me suivre transforme ce trajet familier en course contre la montre. Cette région que j'aime tant prend des allures de territoire hostile. J'entretiens une vitesse excessive jusqu'à la maison. Je gare le pick-up dans le sens de la marche, prêt à repartir, le long du hangar. Aucun temps mort, aucun répit. Le crépuscule s'installe, la maison s'efface peu à peu dans la nuit. Je me demande si j'ai enfin atteint le moment où je peux respirer librement. Me sentir en sécurité, même provisoire. La lune renvoie son reflet dans le jardin, et près de la maison sur une surface lisse que je ne reconnais pas. On dirait… le capot de la Porsche d'Alexis ? Mais pas de lumière dans la maison, personne dans le jardin semble-t-il. J'avance prudemment vers le lac, et se dessine alors peu à peu une silhouette, assise sur le ponton, jambes pendantes au-dessus de l'eau. Alexis m'adresse un signe de la main quand je m'avance vers lui.

– Je voulais juste m'assurer que tu rentres. Cette journée a été terrible pour nous tous.

À côté de lui, une bouteille d'alcool, au tiers entamée. Il me la tend pour que je boive au goulot, comme lui, comme lorsque nous avions vingt ans, comme lorsque Jade et Marceau étaient encore de ce monde. Je m'assieds, le souffle court, jambes encore tremblantes, ballotant aussi au-dessus de la surface. Le lac est calme, les étoiles s'y reflètent plus intensément à mesure que le ciel vire au noir.

– Il y a quelques semaines encore, je n'aurais rien imaginé de pire.

J'ai pris la bouteille. Je bois une gorgée, puis une deuxième. Puissant et doux à la fois, un nectar trompeur pour qui n'y prend pas garde. Des arômes complexes, vanille, miel, épices. L'étiquette confirme : Cognac Baron Otar XO.

– Personne n'aurait imaginé ça, Sarah. Maintenant, il faut faire face.

– J'ai frôlé la mort tout à l'heure.

Il me dévisage, soucieux.

– Qu'est-ce que tu veux dire ?

– On m'a tiré dessus, dans la forêt. Sur la Dent du Vélan.

Je bois une troisième gorgée.

– Après la reconstitution ? Il faut prévenir Delmas. Tu as vu quelque chose ?

– Non, comme d'habitude. Pas de trace, pas de preuves tangibles. Ça veut dire quoi ça, d'après toi ? Que je suis folle ?

– Ça veut dire que Delmas doit se bouger, et surtout que tu dois être prudente. Tu es peut-être tombée... Je sais pas... sur des braconniers ?

Je le dévisage à mon tour.

– Comment tu sais qu'il y a des braconniers là-bas ?

– Parce que des braconniers, il y en a partout dans la région. Même sur le lac, avec des lingots.

Il sourit maladroitement.

– Je suis vraiment désolé pour ça, Sarah. J'ai fait n'importe quoi.

Un silence s'installe. Mes pensées vagabondent, je leur laisse la bride sur le cou. L'adrénaline a brusquement reflué de mon corps, comme engourdi par les événements et l'alcool qui circule maintenant dans mes veines.

– Marceau avait déjà ses moments à lui avant la disparition de Jade. Mais après, il n'a plus été le même. Ses bizarreries ont fini par prendre le pas sur le reste, même si je ne voulais pas le voir. Je me suis habituée à ses absences épisodiques, insondables. Je voulais seulement être heureuse, avec lui.

– Nous nous sommes tous habitués. C'était Marceau.

Je me tourne vers Alexis, qui cherche son reflet à la surface de l'eau.

– Regarde-moi, Alexis.

Il lève la tête.

– Marceau n'a jamais rien partagé de… de particulier avec toi ? Un truc que j'aurais dû savoir, ou pas. Vous étiez très proches. Il faut que tu me dises. Il savait pour tes fameux « services » sur le lac, n'est-ce pas ? Vous aviez forcément vos secrets.

Ses jambes s'agitent doucement au-dessus de la surface du lac.

– Avec Marceau, c'était à sens unique, seulement à sens unique. Je m'aperçois que c'était aussi le cas pour toi, Sarah. J'en suis désolé. On a tous déconné à un moment ou à un autre. Mais lui, il a toujours vécu tout ça « autrement », avec beaucoup de secrets.

Les palpitations qui n'ont pas cessé de me parcourir toute la journée me reprennent, mais je feins le contrôle total.

– Alors il ne t'a jamais confié ce qu'il faisait avec Karen par exemple ?

– Karen ?! De quoi tu parles ?

Il a l'air aussi candide et désarmé que je l'étais quand j'ai découvert le mot dans la Maglite. Je prends mon courage à deux mains.

– Qu'il avait une liaison avec elle. Je veux que tu gardes ça absolument pour toi, pour le moment du moins. Je veux pouvoir lui en parler avant, à Karen, quand je serai prête.

Il reste sans voix.

– Passe-moi la bouteille, Alexis, qu'on la termine.

Je renverse ce qui reste d'alcool au fond de ma gorge. Il m'aide à me relever, m'étreint comme pour m'aider à tenir debout, faire face au choc. Je prends son visage entre mes mains, attrape ses lèvres avec les miennes. Je manque de tout, je ne veux plus avoir peur, au moins une nuit, au moins cette nuit.

– Reste avec moi ce soir, Alexis.

Il ne lâche pas ma main jusqu'à la maison, que je referme à clé derrière nous. Sans lumière je le conduis jusqu'à mon lit, sans autre éclairage que les lueurs de la nuit par la fenêtre. Nous jetons nos vêtements sur le sol. Il respire mes cheveux, glisse ses mains le long de mon cou, de mes seins, les mord, les lèche. Ses mains entrent dans mon intimité, avec volupté et habileté. J'attrape son visage, le goûte de nouveau pendant qu'il pénètre en moi et me prend d'un mouvement assuré. Je laisse glisser mes sens autant que mes larmes, en silence. Une digue cède en moi à mesure que la chaleur monte depuis le creux de mon ventre, que ma peau devient moite, que ma sueur se mélange à la sienne. La fermeté de son emprise me protège du mauvais sort, m'emporte ailleurs. Alors je me cambre de désir, et le plaisir nous inonde.

43

Karen

Les enfants sont enfin endormis. Les jeux vidéo, c'est pas l'idéal, mais c'est le seul moyen que j'ai trouvé pour focaliser leur attention ailleurs que sur le drame. Ils vont devoir apprendre à porter ce fardeau, à le gérer. Comme nous tous, comme moi. Enfin, ils verront bien.

Je m'enroule dans un plaid et sors retrouver Rollin dans son foutu garage. La porte est grande ouverte. Il ponce du bois. La fine poussière de châtaignier vole autour de lui. Je doute qu'il connaisse lui-même la finalité de son geste. Il use ce morceau comme s'il voulait l'effacer, comme si tout pouvait disparaître. Il m'a vue, mais il ne s'interrompt pas. Et moi je reste là un moment à le regarder sans parler. Mais je suis prête. Je sais que lui ne l'est pas. J'attrape son avant-bras d'une main et bloque sa cale à poncer de l'autre.

– Arrête !

Il retire son avant-bras de ma main et baisse le regard.

– J'ai déconné, je sais. Delmas veut me revoir. Il me cuisine à petit feu. Je dois balancer des noms, mais il s'énerve parce que ça ne donne rien. J'ai alimenté de la seconde zone sans intérêt. Un de ses connards de gars me colle aux basques maintenant. Je suis coincé.

– Avec tes... tes conneries, on est dans la merde. Mais ça n'est pas le pire. C'est autre chose que Delmas va trouver. Alors, Rollin, écoute-moi. Et regarde-moi bien dans les yeux ! Tu vas faire exactement ce que je te dis, ok ? Et ne te mets pas à geindre, épargne-moi ça.

– Qu'est-ce... Qu'est-ce qu'il va trouver ?

Je prends une grande inspiration et je lui balance le morceau.

– Il va trouver que Marceau et moi, on a été ensemble. Et ça, ça peut faire de toi un suspect ! Je ne sais pas ce que trame Sarah, mais je sens que ça n'est pas net. Elle *sait* des trucs.

Rollin s'assoit sur son tabouret, abasourdi.

– Toi et Marceau ? Mais Karen...

Il est navrant. Il ne s'en remet pas de voir le vrai visage de sa petite Karen. Ça le change de sa parfaite épouse, compréhensive en tous temps, toujours là pour pallier ses imbécillités. Mais ce n'est pas le moment de s'apitoyer ou de régler ses comptes. Le risque est réel.

– Ça tombe bien que les flics creusent sur toi, Rollin. Ton alibi est trop fragile pour le jour de la mort de Marceau. Ils ne vont rien trouver sur tes deals poisseux, sauf une preuve bien solide pour le jour de la mort de Marceau, je vais arranger ça. Parce que tu n'as rien fait, entendu ? C'est pas toi. On a une fille et un avenir à lui assurer, on ne va pas tout torpiller maintenant.

– Comment ça ?

– En réparant une de tes conneries, je vais en nettoyer une autre. Delmas m'en a dit suffisamment pour que mon plan fonctionne. Pour ça, j'ai juste besoin d'un peu de came. Et grâce à toi et à ta négligence, j'en ai. Tu en as si souvent laissé traîner n'importe où, qu'en ramassant derrière toi, j'ai fini par constituer un vrai petit stock… Suffisant pour ce que j'ai en tête en tout cas. J'ai quand même besoin d'une info : l'apprenti boulanger que tu devais livrer à Saint-Gingolph, pas loin de la crêperie du lac, il ne doit pas être ravi d'avoir perdu sa came, si ? Combien il attendait ? Et ne me dis pas que tu ne te souviens pas.

Rollin semble activer ses neurones, c'est bon signe. Je le vois à son regard qui semble se cogner un peu partout. Putain de mec prévisible.

– C'était trois cents grammes… Enfin… plutôt deux cents, je crois ?

Désespérant. Même de ça, il ne se souvient plus.

– Ce sera son jour de chance alors. Pour cinq cents grammes, il confirmera ta venue régulière en milieu d'après-midi, notamment le jour de la mort de Marceau. Comme ça, il récupère ses trois cents ou deux cents grammes et en plus, on lui offre du bonus. Tu as juste à te rendre là-bas demain après-midi vers 16 h. J'aurai fait le nécessaire au préalable. Il te recevra comme si de rien n'était. Tu auras simplement à te laisser bien suivre par les flics pour les balader un peu, ça te semble possible ?

– Les flics ?

– Les flics vous tomberont dessus, Rollin ! Pour vous prendre en flagrant délit. Vous serez interrogés, tous les deux, au sujet d'un trafic possible, ça va bien les occuper. Sauf que ton gars, il te remettra juste du pain cette fois, préparé à l'avance, avec l'étiquette à ton nom, « comme chaque semaine » – du pain pour tes sandwichs. C'est ça, l'idée merveilleuse. Et tu leur raconteras bien que tu adores leur pain, qu'ils te font même un super prix, que c'est l'apprenti qui t'a toujours servi… un peu sous le manteau. Les flics comprendront pourquoi. Il faudra parler un peu du trafic forcément. Mais quoi qu'il en soit, tu étais là-bas, le jour de la mort de Marceau, ça, ce sera assuré. On ne peut pas commettre deux crimes en même temps, si ? À moins d'être un génie…

44

Je suis au bord du vide, ma respiration se coupe. Je tends les bras, et… Cette fois ce n'est pas Marceau qui tombe dans le vide, mais Karen. Son visage passe par tous les états que je lui connais – tendresse, mépris, colère, stupéfaction –, cheveux détachés flottant dans l'air, avant de s'écraser. Je sors de mon cauchemar, trempée, la poitrine oppressée. 3 h 05, Alexis dort toujours à mes côtés.

Je quitte la chambre, sortir, sortir à tout prix. Je flotte de nouveau entre deux mondes. J'entre dans le bureau de Marceau. Sur la table où il écrivait, les flics ont tout embarqué, sauf le cadre avec la photo qui le montre aux commandes de son Savage Bobber, visage tourné vers l'arrière tandis que l'avion file droit vers les montagnes enneigées. Je la prends dans les mains. Il sourit. Je passe mon doigt sur son visage. Dans le reflet de ses lunettes vintage d'aviateur, on aperçoit la tête d'Alexis, casquée, qui a pris la photo.

Mais pas seulement.

Je remarque pour la première fois autre chose. Un détail qui me dit : regarde de plus près. J'attrape la loupe dans le bric-à-brac de Marceau, celle que Benjamin venait régulièrement chaparder. Ce n'est pas un détail, c'est une mèche blonde qui dépasse du casque passager, une mèche de Karen. La même Karen qui disait toujours être incapable de voler dans un engin pareil.

Et je me souviens d'Alexis, fier comme Artaban, se réclamant être l'auteur de ce cliché. Cet enfoiré m'a menti aussi. Il savait. Encore sonnée, j'éprouve le besoin de respirer plus grand. Je descends l'escalier et file pieds nus jusque dans le hangar. Je défais les fixations du capot moteur du Savage Bobber et j'arrache tous les câbles qui me tombent sous la main. Quand mes doigts ne parviennent plus à satisfaire mes pulsions et que le moteur ne m'offre plus aucune prise, j'ouvre la boîte à outils et je passe au stade supérieur, avec le marteau.

Je cogne pour détruire, je cogne pour faire mal, je cogne pour la vérité, et pour me libérer.

Ma main déjà blessée me lance de nouveau, mais je frappe encore. Le moteur pisse l'huile et le carburant, je frappe. Karen est une salope, je frappe. Marceau est mort, je frappe. Alexis et Rollin sont des enfoirés, je frappe. Sans relâche, jusqu'à épuisement, je frappe, dans les larmes mélangées à la rage.

Je sors peu à peu de ma démence. Je sens résonner mon cœur dans ma main à ne plus pouvoir rien tenir. J'ai cassé, arraché, débranché, déboulonné, sectionné, désossé. Il y en a partout, comme si j'avais vidé les tripes d'un patient au cours d'une opération chirurgicale foireuse.

J'ai tout détruit, jusqu'à la plaque métallique où figurent la marque, le modèle et le numéro de série de l'appareil. Je ne peux plus rien briser de plus. Je lis cette suite de numéros de malheur, et comme un code qui déverrouille un accès bien gardé, mon intuition revient me susurrer à l'oreille.

Un violent pic d'adrénaline s'empare de moi.

Putain, ces chiffres…

45

Le manuscrit

Jade et moi étions presque comme des jumeaux. Être nés la même année, avoir partagé certaines fois la même classe pendant notre scolarité, vécu en même temps le devoir de grandir vite après l'accident de papa, ça nous a liés, à la vie à la mort. Comme attachés l'un à l'autre par des menottes invisibles. Jade ne devait pas tomber, au risque de m'entraîner dans sa chute. Chaque fois qu'elle posait un genou à terre, je l'aidais à se relever. Il a suffi d'une fois, une fois où j'ai trop écouté mon cœur, pour Sarah. J'ai tourné la tête, non pas parce que je m'éloignais de ma sœur, mais pour regarder vers un autre avenir, qui aurait été délesté des non-dits et des mensonges, de ce ressac permanent qui use les rivages les plus solides.

Jade a choisi ce moment pour nous quitter. Je lui en ai tellement voulu. Je m'en suis tellement voulu. À ma façon, je devais briser la chaîne qui nous liait. Mais je n'avais pas brisé le bracelet qui continue de me meurtrir le poignet.

Après l'enquête, j'ai dû apprendre à vivre avec son fantôme. Car si l'âme s'échappe, les secrets perdurent. Ils laissent sans repos ceux qui restent. À mon tour je passe la main, à mon tour je me décharge du fardeau. J'aimerais pourtant donner une chance à ceux me survivront de rompre la malédiction des Miller.

Et quoi d'autre que la vérité pour libérer ?

46

J'empeste l'essence, la rage et l'amour, mais je sens que je tiens l'objet de ma quête.

Je cours, toujours pieds nus, jusqu'à la maison. J'enfile mes chaussures sans bruit et, dans l'obscurité, cherche la veste d'Alexis accrochée au portant. Je prends les clés de sa voiture dans sa poche. Elle est bien plus rapide que mon pickup qui menace souvent de rendre l'âme. Je ferme la porte délicatement puis file au fond du jardin récupérer mon matériel de plongée dans le cabanon. Combinaison, palmes, masque, torche, détendeur, bouteille, couteau, filin, bouée, gilet stabilisateur, poids : l'équipement loge tout juste sous le capot de la Porsche. Je mets les gaz, direction l'agence. Moteur à froid, le *flat six* donne tout ce qu'il a dans le ventre. À cette heure si matinale – il est à peine 4 h –, la route est évidemment déserte. J'enchaîne les rapports, grisée par plusieurs certitudes – et surtout, celle que les silences et les mystères de Marceau vont enfin me parler.

* * *

J'abandonne la Porsche sur la première place devant l'agence. En entrant, je me dirige tout de suite vers le coffre à clés. Code, ouverture de la porte : je choisis la clé de notre bateau le plus puissant. Sans prendre le temps de refermer derrière moi, je regagne la Porsche encore brûlante. Je me charge de l'équipement de plongée, le ponton émet un clapotis à chacun de mes pas. Je jette le matériel dans le cockpit du bateau et bondis sur le pont. Je défais une première amarre, démarre le moteur, libère l'amarrage arrière et je pousse le levier des gaz à mi-course, directement. Le bateau se cabre, nez vers le ciel encore étoilé, dans un bain de remous qui fait danser les autres bateaux alentour. Le sillage immaculé et bouillonnant émerge à la surface de l'eau encore noire comme la traînée d'une étoile filante. Je fonce sur zone, pousse le levier aux trois quarts. L'étrave du bateau est à présent en suspension au-dessus du lac. Je dessine une courbe sur l'eau en m'orientant vers le point d'impact du crash de l'avion du père de Marceau trente ans plus tôt.

Le mélange de chiffres dont Delmas cherchait le sens, à la fin du nom de fichier apparu sur l'historique de l'imprimante : ce n'était pas une date ou un numéro de version quelconque accolé au titre « Le Roman de Marceau Miller ». Mais le numéro de série du Savage Bobber immergé au fond du lac ! C'est seulement en fracassant le moteur de l'avion de Marceau, réplique de la même époque que celui de son père, que je l'ai compris.

Putain d'ironie.

Les repères lumineux sur la côte me permettent d'atteindre facilement l'endroit. Je le connais, mon lac. Je précise le positionnement à l'aide du GPS et jette l'ancre, qui coule à pic. La chaîne se déroule à vive allure et touche le fond à vingt-huit mètres exactement. L'épave doit se trouver dans un rayon d'une dizaine de mètres autour de moi. Je m'équipe à la lueur de la lune. Ma bouteille est à moitié pleine : ça suffira.

J'ai l'habitude de plonger, mais rarement aussi profond. Je n'utilise mon matériel le plus souvent que pour inspecter les coques de nos bateaux ou assurer des interventions ponctuelles, quand les clients se prennent dans des cordages ou des filets. Le bateau que j'ai emprunté n'est pas vraiment conçu pour servir de base de plongée, mais je parviens à me jeter à l'eau sans encombre.

Le faisceau de la torche illumine le plancton en suspension dans le lac. Je passe sous la surface. À grands coups de palme, je descends à pic, tête en bas le plus rapidement possible, plusieurs mètres, dix, vingt… Le temps est compté, la pression m'écrase, m'aide à gagner en vitesse. L'air que je respire, de plus en plus comprimé, imprègne mes tissus cellulaires. Mon cœur ralentit. Je me concentre pour garder les idées claires et compenser les premiers effets sur mon cerveau.

Le faisceau lumineux finit par éclairer timidement le fond. Léchant le sol, il attire autant qu'il chasse des poissons que mon intrusion dérange. Je garde une distance de deux mètres avec le sol pour ne pas soulever de volutes de particules et perdre en visibilité. Le relief immergé du lac est lunaire par endroits, dépourvu de toute flore. Je tourne comme un squale autour de sa proie.

Soudain : l'empennage de l'appareil apparaît dans l'ombre. Je palme vigoureusement en expulsant un important volume d'air de mon détendeur. Un nuage de bulles m'entoure. J'accroche la structure tubulaire du Savage Bobber. Il est étrangement dépourvu d'algues, du moins sur les parties supérieures et le cockpit… Marceau ? Je braque ma lampe vers l'intérieur puis l'extérieur. L'avion repose sur le sol, légèrement enfoncé. J'éclaire mon manomètre : il ne reste plus qu'un tiers de la bouteille, j'ai consommé beaucoup plus que je ne l'imaginais. Je nage de plus belle à la recherche de traces susceptibles de m'indiquer les recoins les plus « explorés » de l'avion. Je pose la torche au sol, faisceau orienté vers l'avion. Mon unique phare dans ce monde d'obscurité totale. Mes deux mains libres me permettent de sonder autant que je peux l'intérieur de l'épave. Mais j'ai trop brassé les fonds envasés et ne distingue plus rien, ou presque. Pas le temps d'attendre que le nuage se dissipe. Ma respiration est trop rapide, mon cœur a accéléré. Je récupère la torche et passe sur le siège passager de l'appareil, à l'arrière. J'essaie de l'avancer, mais rien à faire. Je glisse ma main en dessous. Je sens un élément mobile, rectangulaire. Je ne peux l'attraper qu'en levant le siège ou en le débloquant. Je pousse sur le sol et parviens à décaler le siège dans un fracas métallique qui se propage comme une onde tout autour de moi. En tirant dessus, l'objet commence à sortir puis se coince. Avec la torche comme marteau, je tape dessus : il avance un peu plus à chaque coup. J'y suis presque, quand la torche s'éteint.

Impossible de la rallumer, elle est cassée.

Le noir absolu en un instant.

Je tire de nouveau sur l'objet et le récupère. Je le serre contre moi. Je perçois désormais le froid mordant du fond du lac à travers ma combinaison, trop fine sur ma peau. Je tâche de me souvenir de la structure de l'appareil pour en sortir, à tâtons. Je me cogne d'un côté, mon équipement s'accroche de l'autre. J'ai largement dépassé le temps d'une plongée furtive : dans cette nuit opaque, je vais devoir assurer à minima un palier de décompression de cinq minutes à cinq mètres sous la surface pour éviter l'accident. Je palme vers la surface, guidée par la pression de moins en moins forte sur mes tympans et sur mon corps. Elle seule peut me sauver : je n'y vois rien, aucun moyen de lire mes appareils pour connaître la profondeur où je me trouve ou l'état de ma réserve d'air. Dans ma tête, je commence à compter les secondes, puis les minutes. Au bout de trois, plus rien ne vient quand je tire sur mon détendeur. Bouteille vide. Mes palmes chassent la nuit au fond du lac alors que ma tête s'apprête à crever la surface.

Enfin, je respire à nouveau.

Sans perdre un instant, je cherche du regard le bateau éclairé par le halo de la lune. Je me suis écartée d'une quarantaine de mètres environ. Je nage encore, bras toujours crispés sur ma précieuse découverte. Pas question de la laisser sombrer.

La surface du lac est étale cette nuit. Je m'accroche à l'arrière du bateau et me hisse d'un bras pour déposer le précieux paquet dans le cockpit sans qu'il me glisse d'entre les doigts. Je dépose également le reste de mon équipement. La bouteille heurte lourdement le plancher du bateau. Puis, à la force de mes bras éprouvés, je parviens tout juste à remonter, prenant appui du genou sur un taquet.

À peine assise, j'inspecte ce que j'ai rapporté des profondeurs. Un sachet hermétique, une matière synthétique épaisse que la pression de l'eau avait comprimée. À l'aide de mon couteau, je perce délicatement un des côtés, comme on ouvre un colis fragile. J'écarte les bords et libère l'équivalent de la moitié d'une ramette de papier.

Le manuscrit.

Enfin.

Sur la première page est écrit : *Le Roman de Marceau Miller*.

Sixième partie

NÉS DES BRUMES

47

L'aube pointe. Assise seule au milieu du lac, sur mon bateau clapotant, je me prépare à découvrir les secrets de Marceau. À comprendre qui était l'homme avec qui j'ai vécu si longtemps.

Qui étais-tu réellement, Marceau Miller ?

Alors que ce texte absorbe mes pensées depuis des jours, au point d'avoir cru parfois que je pouvais en perdre la raison, j'hésite maintenant à commencer sa lecture. Je regarde sans oser les déchiffrer tout de suite ses premiers mots, cette façon d'écrire, de dire les choses que je connais si bien. Mais cette fois, rien n'est inventé. Je reconnais tout, les lieux, les moments, les personnages. Ils sont nommés : Jade, Alexis, Rollin, Reynaud, Hermione, Benjamin, Zoé, Louise, lui et moi. Des uppercuts en plein visage.

Les liasses de billets dans le sac de sport correspondent au montant exact des droits que j'ai perçus pour mon premier roman. 3 millions 175 mille euros. De l'argent que je ne pouvais pas utiliser. Le succès du livre a pris racine et s'est nourri des accidents, des secrets et des drames. Sans toute cette souffrance, jamais je ne me serais réfugié dans l'écriture, donné à ces autres vies que j'inventais pour échapper au monde, au moins un peu. J'étais loin d'imaginer que ce fruit noir allait donner une âme à mes romans. M'exposer à la lumière alors que je cherchais l'ombre.

J'ai été la marionnette de ma propre histoire. Elle a ouvert le rideau, me laissant seul et nu face au public qui m'acclamait. M'arrêter d'écrire, j'ai bien essayé. Ce n'est ni la pression de mon éditeur, ni celle des lecteurs ou encore l'obligation de subsister qui m'ont remis au travail, après ce premier roman.

On n'arrête pas de refroidir une centrale nucléaire, sinon elle explose. Même si le moyen que vous avez trouvé d'échapper à la fatalité vous expose aux radiations, vous continuez. Quand les tours du World Trade Center n'étaient plus qu'un brasier, rien ne pouvait empêcher leurs occupants de sauter, pas même la certitude de leur mort.

Cet argent appartient à tous ceux qui ont porté ces drames. Celui de mon père, l'accident de voiture sur le bord du lac, Jade.

Je songe à présent à tous ces passages que je trouvais si authentiques dans ses romans, parfois si troublants. Je réalise seulement maintenant pourquoi. Il me faudra les relire, autrement. Comprendre Marceau, ici, ainsi, provoque en moi un véritable séisme.

Le jour se lève sur le lac, les premiers rayons du soleil me réchauffent le dos, comme pour m'encourager à poursuivre ma lecture. Je suis terrifiée à l'idée de ce que je vais découvrir encore. Jade, elle était ma véritable amie. Elle me disait tout, elle me l'avait juré.

Un nouveau chapitre commence, avec ce titre sur une page.

L'origine du mal – Le secret de Jade

Nous avions dix et neuf ans, nous étions des enfants. Jade et moi, c'était fusionnel, une énergie gémellaire, magnétique. Rien ne semblait pouvoir rompre ce lien un jour. Nous passions tant de temps à jouer ensemble. Particulièrement dans le grand hangar, là où notre père garait et entretenait son Savage Bobber. En son absence, nous nous amusions sur le bel oiseau. J'étais le pilote, Jade la mécano. Nous avions l'impression de manier les commandes, les outils, assurer les réglages, comme les grands. L'avion, avec son allure de grand jouet, comme dans les parcs d'attractions, était un terrain de jeu fabuleux. Mais Jade a pris le jeu et ses compétences de mécanicienne trop au sérieux. Ses mains innocentes dans le moteur de précision du Savage Bobber. Quand notre père a pris son envol ce matin-là, nous étions loin, très loin d'imaginer que nous l'avions condamné. Le moteur l'a lâché au-dessus du lac, sans doute au plus mauvais moment, au cours d'une manœuvre délicate. Par notre faute, il est mort.

[...]

Jade et Marceau partageaient donc la culpabilité d'avoir tué leur père. Et je n'ai jamais rien vu ou ressenti de leur drame intérieur… Son vestige sommeille au fond du lac depuis trente ans, près de trente mètres en dessous de moi. Mon ventre se noue. Je sens mon visage se déformer, emporté par la tristesse et le regret.

C'est là que ça a commencé à déraper vraiment. Quand j'ai fait jurer à ma Jade chérie : « Ne le dis jamais, Maman ne doit jamais savoir. »

Maman était effondrée, elle s'accrochait à nous, nous lui avions arraché l'homme auquel elle tenait tant. Au début, le secret était moins lourd que la perte de notre père en elle-même, les souffrances se mélangeaient. Puis le temps a fait son œuvre, et la culpabilité est passée au-dessus du deuil. Et plus les années s'écoulaient, plus la montagne devenait énorme. Comment avouer une telle chose après six mois, un an – cinq, dix.

Quand notre mère a été emportée par un cancer, Jade a fait une tentative de suicide. Elle était persuadée que notre mère avait été rongée de l'intérieur par la disparition de son mari. Ma sœur était plus fragile que moi, j'aurais dû le savoir, mais le mal était fait. Nos vies d'adultes commençaient, nous regardions vers l'avenir.

Mais pour Jade, la faille était creusée, sa fragilité mise à nu. Jusqu'au déclencheur fatal, l'année de nos vingt ans.

Ma respiration est aussi rapide qu'au passage d'un col après une ascension éprouvante. Je dois continuer, connaître la vérité jusqu'au bout. Nouveau chapitre.

L'accident du lac

Mais il n'y a rien derrière cette page. Le chapitre a disparu – ou n'a pas été écrit ? À la place, une autre page de titre.

Le jour où Jade a disparu

Mais pas de chapitre non plus derrière cette page. Un hurlement m'échappe.

Il reste un dernier feuillet. Je m'accroche à la seule phrase qui y est écrite, je la relis plusieurs fois, je n'y crois pas, un craquement intérieur, contenu depuis toutes ces années, depuis la disparition de Jade. Une digue, érigée depuis vingt ans, s'effondre brutalement. La douleur, si longtemps murée, déferle comme un torrent incontrôlable. Des tremblements, des spasmes, ma respiration se coupe. Des sanglots montent des tréfonds de mon être, des hoquets que je ne reconnais pas, primitifs, tandis que deux décennies de chagrin contenu explosent enfin. Dans le silence, quand mon corps sort de son apnée, je hurle le nom de Jade, comme si ma voix brisée pouvait la ramener.

48

Les feuillets répandus autour de moi, je tâche de me reprendre. Autour, la surface du lac s'irise à mesure que le vent matinal se lève. Je remets les pages en ordre et place le manuscrit à l'abri dans la cabine du bateau. Je glisse ma main sur le tatouage de ma cheville – notre tatouage, à Jade et à moi... Des larmes continuent de couler sur mes joues. Ce tatouage qui représente notre lac, les montagnes et... cet avion, qu'elle m'avait fait jurer de ne pas oublier. Sa voix me manque, sa sensibilité me manque, tout me manque. Je n'ai plus jamais connu une amitié pareille et l'inexplicable de sa disparition explose en moi.

Le bateau avance doucement vers le rivage maintenant. Le vent sur ma peau ne chasse pas mes rêveries, mais il ouvre ma conscience à tout ce qui peut arriver à présent. Tout ce que je vais déclencher. Il est encore très tôt et je ne croise personne. L'étrave du bateau fend la surface du lac, comme pour l'ouvrir sur des décennies de mystère. En m'approchant des berges, j'aperçois la vie qui frémit sur les rives du Léman. Une journée comme une autre, qui sera pourtant percutée comme moi, de plein fouet, dans les prochaines heures. Devrai-je un jour expliquer tout cela à Louise ? Un tel bouleversement à son âge…

Je manœuvre avec habitude et amarre le bateau presque sans y penser. Manuscrit sous le bras, je traverse le ponton à la hâte. Je retourne à l'agence et prends sur l'étagère les trois derniers livres de Marceau. Je dépose le tout sur le siège passager de la Porsche et quitte bruyamment le parking de l'agence. Le bolide capte ma nervosité mieux qu'un détecteur de mensonges. Les kilomètres défilent tandis que je roule vers Thonon-les-Bains. Sur la D25, à l'approche de Sciez, je croise mon pick-up qui vient dans l'autre sens. Alexis, au volant, reconnaît lui aussi immédiatement sa Porsche rouge sang. Dans le rétroviseur j'aperçois les feux stop du véhicule, que je devine prêt à faire demi-tour. J'ai d'autres priorités pour le moment, j'appuie sur la pédale d'accélérateur. Alexis a dû se réveiller lui aussi et ne me trouvant nulle part, penser que je pouvais être à l'agence. J'imagine.

* * *

À la gendarmerie, des officiers sont déjà à pied d'œuvre. J'entre dans le bâtiment et file jusqu'à la porte que je connais hélas trop bien. J'ouvre sans frapper.

– Je vous en prie, faites comme chez vous, madame Miller. Vous m'apportez le café ?

– Non, un cadavre.

Delmas me toise puis son regard accroche le manuscrit et les livres.

– Fermez la porte derrière vous.

Je dépose le manuscrit sur son bureau.

– Il fallait aller le chercher au fond de l'eau. Le numéro qui suivait le nom du fichier dans l'imprimante, il correspondait au numéro de série de l'appareil crashé dans le lac.

Delmas est bouche bée. Je poursuis, pour lui faire gagner du temps.

– Allez tout de suite à la dernière page.

Delmas tire le dernier feuillet du manuscrit sorti des eaux du Léman.

Personne ne pouvait savoir, ni vous, ni Reynaud. J'ai toujours agi seul. Dans chaque exemplaire de mes romans, Jade apparaît. Sur le dos des livres, apparaissent en filigrane, deux discrètes séries de numéros, la latitude et la longitude, avant et après le titre, au-dessus du nom d'auteur. Elles correspondent aux coordonnées GPS où repose le corps de Jade, depuis le jour de sa mort. J'ai fait passer cette excentricité pour de la superstition auprès de mon éditeur, qui n'a jamais eu d'autre choix que d'accepter cette condition, presque invisible et dont il se fichait.

Delmas lève les yeux vers moi. Pour la première fois, j'ai l'impression qu'il me regarde vraiment.

– Bien joué… J'avoue que chez Reynaud, on a tout retourné. On a passé sa vie au crible. Cet élément que vous avez trouvé… semblerait le dédouaner. Il est trop tôt pour le dire, mais il se pourrait bien que ce vieux fou soit juste un obstiné, qui s'est brûlé à son enquête.

– Il va peut-être enfin pouvoir clore cette histoire.

– Madame Miller, je ne sais pas où nous allons exactement. Mais je peux vous faire une promesse : je ne finirai jamais comme lui. Il y a de quoi perdre l'esprit.

49

Le lac est baigné de soleil. Sur la D1005, je rase l'asphalte dans la voiture de sport. Je passe Lugrin. L'étendue d'eau disparaît de mon champ de vision quand j'entre dans une zone forestière à l'approche de Meillerie. Tout à l'heure, Delmas a appelé le procureur. Un entretien bref. Ils se sont mis d'accord sur l'intervention sur site, sans délai. Un hélicoptère est mobilisé.

Je ralentis juste avant le chemin qui mène au chalet de Reynaud. Il est beaucoup moins carrossable avec une Porsche, c'est évident. J'entends racler le plancher sur la bande herbeuse centrale. Rien à cirer, il fera réparer son tacot lui-même. Reynaud est déjà dehors, prêt à partir. Delmas l'a relâché après sa garde à vue.

En descendant, je vois bien qu'il tique sur mon véhicule. Il secoue la tête, mais n'a pas la force de me dire quoi que ce soit. Dans son regard passe une lueur dont je ne saurais dire si c'est de la lassitude, une profonde tristesse ou du soulagement.

– Je viens d'entendre à la radio que le corps de Jade serait localisé, c'est bien vrai, Sarah ?

– Oui. Et pas si loin de nous, en forêt, dans la montagne juste à côté.

– Bordel, j'ai tout ratissé pourtant, Sarah ! Comment c'est possible ?

– Marceau connaissait beaucoup mieux la montagne et les forêts que toi. Tu lui as peut-être appris les rudiments, mais l'élève a dépassé le maître. Il a agi seul, personne ne pouvait et ne devait savoir.

– C'est lui… c'est lui qui a planqué le corps, alors… Je n'y suis pour rien, je te jure Sarah ! Je ne savais pas. Et dire que j'ai mené les recherches pendant vingt ans avec lui… Il m'a fait tourner en bourrique pendant tout ce temps ? Ça a merdé où, cette histoire ?

J'ouvre la portière de son 4 x 4 et m'installe côté passager. Mon cerveau a décidé de ne plus émettre aucune hypothèse. Aucune explication à chercher sur le geste de Marceau. Aucune question sur l'éventuelle complicité de Reynaud. Rien. Je ne pense plus à rien.

Reynaud prend le volant. Je positionne le GPS sur notre point de destination. Il regarde, les yeux fixes, comme s'il était ailleurs.

– Je suis passé au moins dix fois à côté. Il m'a fait tourner autour pour ainsi dire.

En chemin, je lui raconte : le numéro de série, le manuscrit, ce que j'ai pu en lire, « L'origine du mal », « Le secret de Jade ». Son silence me brise le cœur. Je n'avais jamais vu une larme rouler sur ses joues avant aujourd'hui. Cette larme, plus que toutes les explications rationnelles qu'on pourrait me donner, me convainc définitivement de son innocence. Après quelques minutes, il frappe du poing une fois, une seule, sur le volant, mais avec une rage palpable. Alors que nous nous engageons sur les fines routes sinueuses de montagne, nous penchons la tête à l'écoute d'un bruit reconnaissable entre mille : le vrombissement d'un hélicoptère à basse altitude, sans doute en phase d'approche quelque part, non loin.

La route se poursuit, mais nous ne pourrons pas aller jusqu'au bout avec le 4 x 4. Nous poursuivons à pied, GPS à la main. Nous pénétrons dans la forêt épaisse, coupant au plus court pour rejoindre le lieu indiqué. Un kilomètre de galère, puis Reynaud me désigne un chemin balisé.

– En termes de temps, nous serons plus rapides en empruntant ce chemin, même s'il fait une sorte de détour. La forêt nous ralentit, elle est trop dense.

L'hélicoptère repasse au-dessus de nos têtes. Il se pose tout près, dans une petite clairière. Longeant l'appareil, à couvert, nous apercevons un gendarme et le pilote. Nous bifurquons pour ne pas nous faire remarquer et continuer notre route.

Delmas ne semble pas étonné de nous voir débarquer. Le procureur est penché au-dessus d'un trou creusé par deux gendarmes encore munis de leurs pelles. Un légiste se tient accroupi à leurs côtés, près de ce qui doit être un ensemble de restes humains. Delmas consent à partager ses informations.

– On a mis au jour des ossements. Il s'agit d'une femme, jeune, sans doute dans la vingtaine. Ce qui reste des tissus peut correspondre à la description donnée à l'époque des recherches que vous aviez lancées, Reynaud.

Reynaud s'approche du corps. Il désigne les éléments métalliques pas encore nettoyés. Et demande à l'expert de les inspecter tout de suite. L'homme commence par un mousqueton recouvert de terre. Le mécanisme est bloqué, mais l'acier est de bonne qualité encore. Il le frotte avec soin et fait apparaître des inscriptions gravées dans le métal.

– Il y a quelque chose d'écrit… pas un numéro de série… un prénom : *Marceau.*

Reynaud secoue légèrement la tête, comme définitivement abattu.

– C'est donc le corps de Jade, sa sœur… Et avec le mousqueton il a laissé sa signature, comme dans ses romans.

Le légiste poursuit ses travaux. Notre hébétude est suspendue dans le vide, chacun perdu dans ses réflexions personnelles. Le médecin finit par se relever et retire son masque. Il tient son smartphone près de sa bouche et enregistre.

– Premières constatations. La mort a à coup sûr été causée par une chute. Jambes cassées, trois côtes brisées sur le côté droit. Un des bras est lui aussi cassé. Choc au niveau de la tête, mais il est certain que la partie inférieure du corps a été la première en contact avec le sol. Les dégâts y sont considérables. Ils ont amorti, mais la tête a touché le sol ensuite. Estimation de la hauteur de la chute : une quinzaine de mètres.

Delmas traduit :

– Donc pas un suicide, comme le laisse suggérer Marceau Miller à la fin de son manuscrit. Sauter de quinze mètres, ce serait prendre le risque de se rater. Ça ne colle pas.

– Probablement pas, en effet.

Nous échangeons des regards perdus. Delmas continue de partager à haute voix son raisonnement.

– Il nous manque des chapitres dans le manuscrit… des chapitres déterminants. Le criminel, quel qu'il soit, n'aurait pas coupé dans le manuscrit, il s'en serait débarrassé dans son intégralité. Nous permettre de trouver le corps, c'est un risque bien trop grand pour lui. Quant à Marceau Miller… Supprimer les parties décisives de son texte, ce serait contraire à la mission qu'il s'est donnée. *Qui* peut avoir pris les pages manquantes, en laissant le reste du manuscrit ? Et pourquoi ?

Un sillon noir imprime sa trace dans mon esprit. Delmas et Reynaud passent à côté d'un détail important. Qui ne m'échappe pas. Je suis la seule, pour le moment, à l'envisager.

50

Les restes du corps sont emportés pour l'autopsie à l'institut médico-légal. Delmas repart en hélicoptère avec le procureur, Reynaud et moi reprenons le sentier de la forêt. Nous avançons à pas prudents, l'un et l'autre encore abasourdis, l'esprit mobilisé par une nouvelle équation insoluble.

Reynaud me précède. Il est plus silencieux que jamais. Il digère toutes ses années d'enquête ratée, ses souvenirs et sa carrière à la fin douloureuse. Une porte mal fermée qui résiste encore, ça a de quoi mettre les nerfs à rude épreuve. Mais la donne a changé, tout de même. Reynaud me tend la main pour passer un tronc d'arbre couché.

– Quand on était en forêt avec Marceau, les premières fois, j'étais devant. Puis il a vite pris les commandes. C'est lui qui traçait nos itinéraires sur la carte, qui prenait les initiatives toujours judicieuses et riches d'explications et de choses que je ne connaissais pas sur Jade. J'aimais l'entendre parler d'elle.

Sa gorge se noue, je baisse les yeux. Moi aussi, ça me fait mal. Je lève la jambe pour passer l'obstacle, ma cheville se découvre. Reynaud pose une main sur mon tibia, m'arrêtant dans mon élan.

– Ce tatouage… Le même que celui de Jade…

– Oui, tu te souviens ? Elle m'avait demandé. Nous nous le sommes fait faire le même jour. C'était son dessin, son idée. Maintenant que j'y pense, c'était un peu comme un aveu… pour son père. L'avion, juste ici. Elle n'a pas osé me le dire, mais elle me l'a fait graver sur la peau, pour la vie entière…

Reynaud tire délicatement le bas de mon pantalon pour recouvrir ma cheville. Nous reprenons notre marche. Le bruit de la nature grouillante nous enveloppe. Le craquement des branches sous nos pas s'étouffe dans le sol. Les arbres m'entourent comme de vieux amis, leurs troncs massifs me proposent un réconfort silencieux. Je ralentis pour poser ma main sur l'écorce rugueuse d'un chêne centenaire, laissant sa force tranquille m'ancrer dans le présent. L'air est chargé d'humus et de résine, odeurs familières qui me rappellent que la vie continue son cycle immuable, malgré nos drames humains. Une brise légère fait frémir les feuilles au-dessus de nos têtes, leur bruissement semble chuchoter des secrets que je redoute d'entendre. Et pourtant, comme toujours, la forêt m'apaise, sa présence millénaire diluant comme elle peut mon mal dans son souffle éternel.

* * *

Dans le 4 x 4, Reynaud allume la radio. Les infos nous accompagnent sur la route du retour. L'affaire éclate, partout. Le nom de Reynaud est mentionné. Des extraits d'interviews de l'époque sont diffusés. La tension en sommeil depuis vingt ans refait surface. Le pays entier se passionne pour « l'Affaire Miller ». Sur mon téléphone des quantités de SMS, dont beaucoup de numéros inconnus – des journalistes certainement. Et puis un autre, de l'éditeur de Marceau, Édouard, sans détour : « Quand pouvons-nous nous rencontrer pour parler du manuscrit inédit de Marceau ? C'est bien toi qui l'as ? »

En d'autres temps, toutes ces agressions, cette indécence, m'auraient donné la nausée. Mais mon cerveau est mobilisé ailleurs. Mon hypothèse la plus terrible ne cesse de me tourmenter. Je dois la vérifier. Je tente de connecter mes souvenirs entre eux ; certains se télescopent, d'autres s'assemblent comme les pièces d'un puzzle au dessin inattendu.

Nous arrivons au chalet. Reynaud me propose un remontant, de se poser un instant pour faire le point. Je décline et file à bord de la Porsche ; je dois rentrer. Je dois comprendre avant tout le monde ce qui a bien pu se passer. En avoir le cœur net.

* * *

Devant la maison, des gendarmes contiennent une meute de journalistes. Nous sommes en début d'après-midi. Notre domicile est devenu une attraction, protégée par les vigiles de Delmas. Il n'est peut-être pas si mauvais, finalement. Je me fraie un chemin, en regrettant d'être mitraillée à bord d'un engin aussi ostentatoire que la voiture d'Alexis. Je me gare au plus près de l'entrée puis cours dans la maison. Je grimpe l'escalier quatre à quatre, jusque dans la chambre de Benjamin.

Il faut être mère pour comprendre ça. Pour l'envisager, pour le pardonner. Je tourne sur moi-même, ébouriffant mes cheveux, rongée par l'angoisse. J'ouvre les placards, je fouille partout. Rien sous les piles de vêtements, rien sous les meubles, rien dessus. Je vide le bureau rempli de fournitures et de trésors d'enfant – des papiers griffonnés, une bille, des bouts de plastique colorés. Je retourne le lit, vide la bibliothèque. Puis je m'arrête, me retourne vers un bac rempli de feuilles à dessin. Je le vide entièrement, et là, tout au fond, un bloc de feuilles bien ordonnées.

Les chapitres manquants.

Benjamin a toujours considéré le bureau de son père comme un terrain de jeu. Il chapardait des feuillets de son père, ceux qui n'étaient pas annotés. Marceau ne disait rien… sauf que cette fois, Benjamin a dû lire le manuscrit qu'il ne fallait pas, c'est certain. Il a pris peur et voulu protéger son père. Il cache les secrets, comme lui. Tel père, tel fils. Peut-être a-t-il eu peur que je ne l'apprenne et que ses parents se disputent, ou se séparent, même ? C'est sa plus grande terreur : il l'a confiée à la psychologue. Une terreur que mon propre fils ne pouvait pas m'avouer, et qui s'est commuée en bégaiement quand son père est mort. Je sens ma chair se rétracter.

Je reprends ma lecture interrompue sur le bateau, à présent assise sur le lit d'enfant de mon fils.

La partie que je tiens en mains semble correspondre au chapitre intitulé « L'accident du lac ».

C'était un mois avant la disparition de Jade. Alexis, Rollin, Jade et moi assistions à une soirée organisée chez un camarade qui fêtait ses vingt ans. Une vaste propriété familiale sur le bord du lac. On y passait chacun notre tour, à cette grande étape. Les fêtes se succédaient, rivalisant à tous les niveaux, dans tous les abus.

Il faisait bon en cette nuit de juin, la fête débordait sur les terrasses. J'avais beaucoup bu, comme d'autres de mes copains, qui commençaient à se quereller sans raison. Jade sentait venir les déboires. Il fallait me gérer, je ne tenais plus debout. Elle a sonné la fin de la partie pour nous quatre vers 2 h du matin, une demi-heure après qu'un des trouble-fête à l'alcool mauvais a été congédié de force. J'étais bien incapable de conduire. Jade, qui n'avait pas encore son permis, a confié les clés à Rollin, le moins imbibé. Alexis pérorait qu'il était bien capable lui aussi de prendre le volant. J'étais allongé à l'arrière de la voiture, la tête sur les genoux de ma sœur. Rollin slalomait sur la route le long du lac tandis qu'Alexis faisait mine de lui chaparder le volant. Rollin s'occupait des vitesses et des pédales, Alexis nous brassait en agitant exagérément le volant depuis sa place passager.

Soudain, surgi dans les phares, l'espace d'une seconde : un vélo sans lumière.

Nous roulions à faible vitesse, mais Rollin ne regardait pas devant à cet instant. Et le coup de volant d'Alexis a propulsé le cycliste dans une ravine qui, plus loin, débouche dans le lac. Dans la voiture que Rollin a vivement stoppée, nous sommes tous terriblement choqués. Un dégrisement violent pour Rollin et Alexis. Je suis un peu toujours dans les vapes, mais je sens le vent de panique dans l'habitacle, sans comprendre tout à fait les enjeux.

Alexis ordonne de repartir. Nous sommes ivres, le type sur son vélo l'était certainement aussi. Le cycliste décuvera le lendemain et n'a de toute façon probablement rien vu de ce qui s'est passé, puisqu'il faisait nuit. Et la voiture… n'a sans doute rien. Au pire, je pourrai redresser la bosse en quelques coups de marteau par-dessous. Ce ne serait pas la première fois, je sais y faire.

Le lendemain dans le journal, un entrefilet faisait état d'un cycliste retrouvé sur une berge du lac. Présentant encore un fort taux d'alcool dans le sang, il était pour l'heure dans le coma. Il aurait chuté de vélo, glissé sur le talus fait de blocs de pierre jusqu'à la plage de galets. Aucune trace suspecte. Nous avons appris par la bande qu'il s'agissait du gars viré de la fête, qui avait volé un vélo en partant de la soirée, peut-être sans même se rendre compte de ce qu'il faisait. Nous digérions tant bien que mal la nouvelle. Mais pour Jade, c'était le réveil d'un traumatisme plus profond.

Elle s'en est ouverte à moi. Sa conscience ne pouvait pas en porter davantage, une culpabilité de trop. J'avais peur pour nous deux, qu'elle déballe tout, et surtout l'accident de notre père. De nouveau, je l'ai suppliée de garder cela pour elle. Et puis : elle n'était même pas au volant…

[…]

Je fouille dans ma mémoire, cet entrefilet je m'en souviens. C'est très vague, mais ça ne s'est pas arrêté là. Nous avions été interrogés à propos de cette soirée. Je n'y étais pas, mais je revois les gendarmes questionner tous ceux qui y avaient participé.

Alors, c'étaient eux. Et ils ont gardé le silence.

Un vertige s'empare de moi. Je m'adosse au mur et ferme les yeux une poignée de secondes.

Je tourne la page. Nous arrivons au chapitre que Marceau avait intitulé : « La disparition de Jade ».

[…]

Un mois après l'accident de voiture, nous avons entrepris un trek en montagne. Plusieurs jours de marche entre massifs et forêts, bivouacs et refuges. Au matin du deuxième jour, par l'intermédiaire de la radio d'un refuge, nous avons appris que le cycliste dans le coma venait de décéder. Jade s'est enfoncée dans un profond mutisme pour le reste de la journée.

À la tombée du jour, alors que nous préparions le bivouac, chacun affairé à sa mission, elle s'est évanouie dans la forêt. Nous nous sommes tous démenés avant la nuit complète.

Impossible de savoir où elle était. C'est du moins ce que j'ai fait croire à Alexis, Rollin et Sarah, tous minés d'inquiétude.

J'avais retrouvé Jade.

Pendue à une branche près d'un petit sentier peu fréquenté. Elle avait utilisé son matériel d'escalade. Je m'en voulais tellement, je m'en veux encore tellement. En la forçant à ne jamais rien dire, toutes ces années, je l'ai laissée étouffer sous ses remords, croyant la protéger – nous protéger. Elle n'a pas supporté. Alors elle a mis fin à ses jours.

Ce crime, c'est le mien en quelque sorte. Je ne voulais pas salir sa mémoire, et surtout je voulais pouvoir croire encore qu'elle était vivante – vivante, tant que chacun gardait l'espoir qu'elle rentre à la maison, que tout ceci ne soit qu'une mésaventure.

Je connais parfaitement la forêt, la montagne et les itinéraires que nous avions empruntés. J'ai caché le corps, d'abord dans le lit de la rivière, en contrebas. Près des cascades où il m'arrivait de pêcher. J'ai coincé son corps sous une quantité de galets, à un endroit où il y a à peu près un mètre de profondeur. Elle était à l'abri de tout et de tous, même des chiens qui reniflaient partout sa trace durant les premiers jours de l'enquête.

Puis quand le temps des chiens et des battues est passé, je lui ai trouvé une demeure éternelle, plus appropriée, creusée à même la terre que personne n'ira jamais retourner. Sauf à décoder le secret chiffré sur le dos de mes romans.

C'est terriblement poignant. Marceau sait décrire ces scènes comme personne. Mais un énorme détail cloche.

Jade n'est pas morte pendue comme il pouvait le croire en la découvrant.

On ne se pend pas quand on a les jambes brisées et le bras en miettes.

51

Je tourne en rond dans la chambre de Benjamin, comme un animal fou. Par la fenêtre, je vois que le ballet de journalistes et de gendarmes n'en a pas terminé devant la maison. Sur l'écran de mon téléphone, je fais défiler les messages non lus. Plusieurs de Karen.

Les enfants ok.

Puis un autre pour me soutenir dans l'épreuve, et un dernier… qui achève d'activer mes alarmes intérieures.

Je dépose alors les deux chapitres sur le bureau de Marceau, bien déterminée à faire le ménage moi-même.

* * *

Les journalistes se sont écartés d'eux-mêmes en entendant rugir le moteur. J'ai tout juste le temps d'apercevoir un des gendarmes sortir son téléphone quand je passe à son niveau. Je rejoins Yvoire plus vite que je ne l'ai jamais fait. Comme une tornade, j'entre dans l'agence, sans saluer Karen, éberluée. J'attrape les clés d'un des bateaux. Je cours sur le ponton jusqu'à l'embarcation, largue les amarres, démarre en trombe et me mets en chasse.

Sur l'écran de mon smartphone, je repère le point localisant le bateau emprunté par Rollin et Alexis. J'ai beaucoup de retard sur eux. Ils ont accosté quelque part près de Morges, côté Suisse. Je traverse le lac avec le régime moteur dans le rouge. Pendant que le bateau file droit, commandes de direction verrouillées, je saute dans la cabine pour attraper la boîte de secours avec les fusées de détresse. Je charge le pistolet, prends deux fusées supplémentaires, une dans chaque poche. Des engins d'artificier capables d'être propulsés en une seconde à plus de cent cinquante mètres. À bout portant, ça traverse un homme en le brûlant de l'intérieur. Ça me semble parfait.

Je repère rapidement le bateau de l'agence, mal accosté, en arrivant sur la berge suisse. Dans un grand virage qui occasionne une vague importante, j'accoste à mon tour et m'arrête en frottant les coques des bateaux l'une à l'autre. Je braque mon calibre d'artificier, prête à faire feu sur le premier que je vois sortir. Pas un mouvement, le bateau est vide. J'amarre mon embarcation à couple, je bondis sur celle d'à côté. Rien dans la cabine. Je monte sur le ponton puis longe la berge en quête de traces quelconques. Je scrute les moindres recoins et cachettes. Cela pourrait tout aussi bien être un piège ? Pas âme qui vive.

Sur les galets du rivage, plus loin, un bruit m'alerte. Il vient de derrière la coque éventrée d'un bateau retourné. Elle semble reposer là depuis des années. J'aperçois alors deux pieds qui dépassent. Puis le visage de scélérat de Rollin. Il est assis, misérable, reniflard. J'en ai la nausée. Mon index est crispé sur la détente. Je regarde furtivement autour de moi.

– Alexis, il est où ? Réponds bordel ! Où est ce connard ?

Il chiale, chiale, et je n'ai toujours pas ma putain de réponse. Si c'est un sale coup, je le fume tout de suite.

– Il est parti Sarah, loin ! Ça fait presque une heure maintenant.

– Et toi ?

Et ça rechiale.

– J'ai pas pu, j'peux plus. J'en peux plus.

– Il va pas s'en tirer ce fumier, comme toi d'ailleurs ! Vous avez tué Jade et Marceau, et ce pauvre mec à vélo ! Avoue bordel, avoue ! Je veux savoir ce que vous avez fait, tout ce que vous avez fait !

Le calibre à bout de bras commence à peser, mon index se raidit. J'ai envie de le frapper, de l'entendre hurler, qu'il regrette à en vomir tout le mal qu'il a fait avec son pote Alexis, à moi, aux enfants, partout. Un bruit de moteur me parvient dans le dos. Un coup d'œil. Le pêche-promenade de Reynaud.

Il saute sur le ponton, suivi de Delmas et d'un autre officier.

– Sarah ! Sarah ! Arrête, lâche ton arme !

Reynaud s'avance, faisant signe à Delmas de rester en dehors de ça. Je vois leurs manœuvres, mais là, tout de suite, je veux juste flinguer un des responsables, même si je n'en ai qu'un. Qu'il paie le prix fort, surtout, qu'il le voie venir. Qu'il ait peur à se faire dessus avant de crever dans la douleur et la déchirure d'une fusée de détresse – *ma* détresse. Il n'y a qu'une justice pour les merdeux de cette sorte, une justice qui se règle sur place, sans préavis. Vingt ans, c'est pas déjà trop comme délai, non ?

Je tiens le canon droit sur ma cible. J'allonge les bras.

– Regarde-moi ! Dans les yeux, connard !

Rollin lève son visage. Implorant et minable. Je presse la détente. Le missile explose et irradie la zone à deux mètres de ma cible. J'ai détourné le canon au dernier instant, mais le brasier rouge à côté de lui éclairera son crime jusqu'à son dernier souffle. S'il n'y avait pas Benjamin et Hermione dans mon esprit et mon cœur à cette seconde, sa tête aurait sauté, là, sous mes yeux et ceux des gendarmes.

Reynaud me rejoint, attrape doucement et méthodiquement le canon de mon pistolet de détresse et retire l'arme de mes mains. J'enfouis mon visage dans son épaule et étouffe mes sanglots. Delmas relève Rollin qui s'est évanoui lors de l'impact du projectile sur la coque. Quand il revient à lui, il est bombardé de questions au sujet d'Alexis.

– Il est parti, marmonne-t-il. Un type est venu l'aider, un homme de main de son meilleur client je crois. Il avait une voiture. J'ai pas voulu le suivre, alors il a filé seul.

Delmas s'éloigne pour passer une série de coups de fil. Le procureur lui a donné carte blanche. Des barrages sont installés un peu partout, un avis de recherche international est lancé.

Rollin continue à répondre aux questions.

– Alexis a des relations partout, pour les papiers ou n'importe, même pour des avions privés. Il est sans doute déjà dans les airs et a passé les montagnes. Il prépare notre fuite depuis que l'enquête a été ouverte.

Delmas tape du pied et jure.

– Cet enfoiré va pas nous filer entre les doigts.

Reynaud tourne la tête vers lui.

– Moi, il m'a fallu vingt ans pour retrouver le corps que je cherchais désespérément. Chacun son affaire.

Je me défais de l'étreinte de Reynaud. Il me dévisage, inquiet. Je hoche la tête, ma vague de rage et de folie s'est dissipée. Reynaud prend la suite de Delmas auprès de Rollin pour le questionner. La soudaine collaboration entre deux gendarmes qui se faisaient la guerre est presque touchante.

– Rollin, demande-t-il doucement, tu peux m'expliquer comment tout ce merdier a commencé ?

Rollin a retrouvé quelques couleurs après sa frayeur. À moins que le fait de tout avouer, que la cavale cesse, enfin, le libère aussi.

– C'était à la dernière soirée chez vous, Sarah. Quand je me suis retrouvé trempé à cause de l'arrosage automatique et que je suis allé me sécher dans la maison et emprunter des vêtements à Marceau. Une fois changé, je me suis arrêté quelques instants dans son bureau. C'était la première fois, tu sais bien comme il était. Le bureau d'un écrivain célèbre, ça a quelque chose de particulier. Marceau est toujours resté très silencieux sur son métier, même avec nous, ses meilleurs potes. Alors j'en ai profité et j'ai regardé ici et là, pour comprendre un peu son univers. Et puis je suis tombé sur…

Il chiale de nouveau, comme s'il pouvait lui rester encore des larmes après tout ce qu'il a versé.

– Sur le mousqueton…

Reynaud lui pose la main sur l'épaule alors qu'il tremble.

– Quel mousqueton ? Ça veut dire quoi ?

– Nous en avions tous un gravé avec notre prénom dessus. Le mien, je l'ai perdu je sais pas où, il y a des années. Toi aussi, tu avais le tien, Sarah. Mais le mousqueton que j'ai trouvé sur le bureau de Marceau, c'était celui de Jade. Marceau est arrivé dans le bureau alors que je le tenais à la main. Ce bout de métal, c'était la preuve que Marceau avait trouvé le corps de Jade.

Il détourne le regard, mais semble prêt à aller jusqu'au bout.

– Jade avait été pendue… accrochée avec ce mousqueton, son mousqueton. C'est Alexis et moi… pour faire croire à son suicide. Alors qu'on l'avait poussée depuis un surplomb. Elle voulait tout révéler de l'accident, du gars à vélo passé sous notre voiture. On était responsables. Il est mort et on s'est barrés. Marceau *devait* croire que sa sœur s'était suicidée. C'était ce qu'on espérait à l'époque.

Puis, le soir de la fête pour le lancement de son bouquin, quand Marceau m'a trouvé dans son bureau, il m'a regardé droit dans les yeux, et m'a intimé l'ordre de quitter la pièce immédiatement et de ne pas toucher aux souvenirs, il m'a dit qu'il écrivait tout. J'ai pris peur, et j'en ai aussitôt parlé à Alexis… Alexis a décidé… qu'on devait le faire taire. Et récupérer son ordinateur, toutes les sauvegardes, les clés USB, tout ça. Tout pour ne jamais voir surgir la vérité, qui était devenue impossible à dire.

Je suis effarée. Je regrette d'avoir décalé mon arme tout à l'heure.

– Marceau est mort en se croyant coupable du suicide de sa sœur ? Alors que c'est *vous* qui l'aviez tuée et maquillé sa mort ! Vous avez tué Jade… et Marceau ! ? Comment avez-vous pu…

Delmas me coupe. Il comble les dernières zones d'ombre du macabre puzzle.

– En retrouvant le manuscrit, on pouvait en apprendre suffisamment, sur les raisons du mal-être de Jade, et donc cet accident au bord du lac. Et surtout, c'était la possibilité de retrouver son corps. La preuve de son assassinat. Il fallait donc boucler la boucle, tuer le seul capable de tout révéler.

– Mais c'est moi qui ai retrouvé le manuscrit. Il a bien failli me filer entre les doigts. Marceau était malin pour dissimuler ses secrets, même à moi, sa femme. Ça lui aura servi, même après sa mort.

Rollin se tient misérable, à terre, recroquevillé. L'envie de lui flanquer un coup de pied me démange. Des flashs me reviennent. Ce chien n'a pas craché toute sa bile et je veux des témoins pour ça.

– Je croyais être cinglée… Cette impression de toujours être épiée. C'était toi ou c'était ton salopard de pote ? Réponds !

Rollin gémit. Reynaud me pose la main sur le bras, comme pour me retenir d'un élan que je pourrais regretter. Et le minable s'épanche.

– Alexis, il a pété les plombs quand il a vu que tu lâchais rien sur cette histoire de manuscrit. Il a voulu te rendre folle et te forcer à tout arrêter.

– Quand j'ai failli me noyer en pleine nuit, il était là ? Et le manteau de Benjamin dans la forêt, c'était lui ou toi ? Le poisson mort dans mon pick-up ? C'était vous, mes grands amis de toujours !?

Sidérés, Delmas et Reynaud semblent ne plus oser intervenir.

– Il était obsédé par tout ce que tu faisais, chouine Rollin. Il m'a demandé de faire d'autres trucs aussi, mais ça devenait impossible pour moi à la fin…

Reynaud sort de sa torpeur et embraye, avançant d'un pas vers Rollin, comme pour s'interposer entre lui et moi.

– D'autres trucs comme quoi, Rollin ?

Rollin se remet à larmoyer, avant de lâcher, entre deux hoquets :

– Le mot de passe à l'agence sur l'ordinateur. Il m'avait demandé de m'y rendre à l'heure du déjeuner de Karen. Je le connaissais, il avait pas changé depuis que j'avais aidé à installer tout ça. J'ai le double des clés de l'agence. Il fallait que Karen se mette à douter de toi, elle aussi, que tout s'accumule.

Reynaud me retient vraiment cette fois. Là, je vais lui sauter à la gorge. Delmas reprend l'interrogatoire.

– L'ordinateur, il est où ? Et les sauvegardes ?

– Alexis m'a donné les références du MacBook qu'il fallait et un peu de fric à ajouter à la came d'un des mecs avec qui j'avais des deals. Le type a tout de suite trouvé le matos. Mais c'est Alexis qui a tout mis en place chez toi, Sarah, et détruit l'ordinateur de Marceau qu'il a remplacé par le nouveau. Les fois où tu te rendais à l'agence ou tu partais vadrouiller avec ton pick-up.

– Et… et on cherchait tous Marceau, alors qu'il était mort, et que vous le saviez ? Vous êtes à vomir.

Je repense soudain à un autre détail qui pourrait prendre tout son sens.

– Et les carnets de Louise ?

Il soupire. Comme fatigué d'avance de ce qu'il lui reste à dire. Il n'a même pas le courage de se montrer digne maintenant qu'il est démasqué.

– Je… Quand Karen m'a dit que ta grand-mère Louise notait tout dans des carnets, j'ai eu peur. Je savais que Marceau allait la voir régulièrement. Un type qui vient au food truck travaille là-bas. Je lui ai filé du fric pour qu'il récupère les carnets… et… je les ai brûlés.

– C'était toute la mémoire de ma grand-mère… Des souvenirs précieux, ce qu'elle avait de plus intime.

Reynaud reprend la main, avec une question qui lui tient particulièrement à cœur depuis sa garde à vue.

– On a retrouvé une sangle près du sommet. Elle appartenait à “la Maison de la Forêt”.

Rollin gratte nerveusement le sol avec ses ongles, tête baissée.

– La sangle… Alexis… Il voulait sécuriser… pour ne pas tomber avec la pierre… Je lui ai donné ce que j’ai trouvé dans mon garage. La sangle traînait près du vélo de Zoé. Elle s’en servait pour transporter ses affaires.

– Et mon flingue ?

– Un jour, Marceau nous avait montré l’arme qu’il t’empruntait. On avait fait quelques tirs avec, il la conservait loin de la maison à cause des enfants. Alexis connaissait la planque. Il a récupéré l’arme pour la ranger dans le bureau de Marceau, à un endroit où les flics pourraient la retrouver. Histoire d’attirer l’attention sur son comportement surprenant, et possiblement dangereux.

– Sauf que c’est moi qui ai mis la main dessus, je reprends, ça Alexis ne l’avait pas prévu. Mais ça ne changeait rien à vos plans tout compte fait, à part des dégâts collatéraux supplémentaires… Et sur la Dent du Vélan, qui m’a tiré dessus dans la forêt ?

Incrédules, Reynaud et Delmas échangent un regard. Ils ne se rendent compte que maintenant de ce que j’ai subi toutes ces semaines. Et moi aussi, j’avoue. J’ai l’impression de rêver éveillée. Rollin cache son visage dans ses mains. Sa voix étouffée peine à nous parvenir.

– Je lui disais que tout ça allait trop loin. Je pouvais plus, je pouvais plus. Il voulait juste te faire peur. Il t’adorait et s’en voulait… Enfin, je crois.

Quand je pense que ce connard a même couché avec moi… Il me dégoûte, je me dégoûte. Est-ce que cela entrait dans son plan pour mieux me manipuler ou cherchait-il piteusement à s'excuser de toutes ces horreurs ?

Delmas nous fait signe d'arrêter là. Lui-même a l'air écœuré. Il assène le coup final :

– Vous allez rester à l'ombre, Rollin Uldry. Et pour un bon moment. Votre complice ne se fera pas la belle bien longtemps.

52

Le manuscrit

Quand on est romancier, on ne se figure pas arriver au jour où on écrit son ultime texte. Il y a toujours un lendemain avec un nouveau récit, celui qu'on porte avant même d'avoir terminé le précédent. Dans le cas présent, Le Roman de Marceau Miller *sera nécessairement mon dernier. D'une certaine façon, cela force à réfléchir à deux fois avant de poser le mot « fin ». Et j'ai la chance de pouvoir revenir sur mes mots autant de fois que j'en éprouve le besoin, jusqu'à* ma *fin. C'est ça, le métier d'écrivain, reprendre sans cesse son texte.*

Ce récit, c'est le premier que je porte et que je ne verrai pas arriver entre les mains de ses destinataires.

Je peux tout dire donc, même l'inavouable. J'ai pu tout dire, même l'impardonnable.

Je ne serai plus là quand ces lignes seront lues, mais ma conscience aura livré ce qu'elle devait, la vérité.

Fin

Épilogue

3 mois plus tard

La lumière du matin a toujours été ma favorite. Elle donne le sentiment que tout est encore possible. Le Léman est résolument plus beau dans le feu du levant, elle avait raison, Louise. Reynaud a exécuté pour moi sa dernière volonté. « Je voudrais que tous mes galets retournent dans le lac. » Cinq cent vingt-neuf galets, tous numérotés, cent dix kilos d'une cargaison que Reynaud a embarquée dans son pêche-promenade et relâchée au fond du lac. Adieu mamie Louise. Il ne me reste plus qu'une partie de ses carnets, dans lesquels j'ai découvert encore quelques confidences de Marceau.

Comme lui, elle écrivait tout, à sa façon.

À bord du pick-up, je me rends pour la dernière fois à l'agence. Mon cœur se serre. On ne devient libre que quand on largue de manière définitive les amarres. Je vais les sectionner, à la hache, en un seul coup, net.

Arrimés au ponton, deux bateaux dansent au gré du Léman. Les autres sont loués, quelque part sur l'eau entre la France et la Suisse.

J'avance vers le bureau, déterminée. Elle est là, derrière le comptoir, elle se tient à distance. Faire ça vite, d'une manière expéditive, sans affect. C'est sans doute ce qu'elle espère. Trois mois que l'affaire est bouclée, trois mois que nous ne nous sommes pas revues. Je lui cède mes parts de Loc'Léman. Elle n'a pas eu son mot à dire, ni sur cette décision, ni sur le prix. Il était élevé. Mais il y a des réductions qui ne se négocient pas.

Karen ne parvient pas à soutenir mon regard. Sa perfection fissurée désamorce un peu de ma tension. Si je tape, Karen vole en éclats, elle sait que je le vois. Je signe les papiers qu'elle a pris soin de préparer. Elle lève le regard vers moi, avec un reste de courage que je devine.

– Sarah, ça n'a eu lieu que quelques fois, avec Marceau. Il était perdu à ce moment-là. C'est lui qui a tout arrêté. Je suis tellement désolée…

Elle m'a volé un peu de mon mari, récupéré la seconde moitié de notre agence et perdu la totalité de ma confiance.

Je sors de mon sac une dernière surprise à son intention, enveloppée dans un papier cadeau noir, entourée d'un ruban rouge. Le noir de la mort, le rouge du sang. Je pose le paquet sur les contrats, comme on se débarrasse d'un porte-malheur. Le premier exemplaire du dernier livre de Marceau.

– Tu auras sa collection complète, comme ça. Mais sans dédicace, cette fois. Il te salue, de là où il est.

Je perçois son léger recul, ça me suffit avant de tourner les talons.

* * *

Je n'ai pas assisté à la conférence de presse donnée, non sans plaisir, par Édouard. Je ne sais pas si c'est par respect, ou par amitié sincère, mais il a conservé le titre original du manuscrit, *Le Roman de Marceau Miller*. Le roman vrai de la vie de Marceau Miller, de toutes ses zones d'ombre, de sa propre part d'obscurité. Comme un pied de nez à sa carrière gangrenée par le mensonge. Entre réalité et fiction, les frontières peuvent se confondre, jusqu'à s'y perdre – ou se trouver.

Je lui ai donné mon accord pour le publier parce que Marceau voulait la vérité, et que sans ce livre, il m'était impossible de m'en libérer. Cette histoire, je ne m'en débarrasserai pas totalement. Elle est encrée dans l'épiderme de ma cheville, du moins une partie, son commencement. Jade l'a voulu ainsi.

Et maintenant ? Partir ? Peut-être vivre autrement dans cette région qui est, et a toujours été, la mienne et celle d'Hermione et de Benjamin.

En vitrine de toutes les librairies que je croise, *Le Roman de Marceau Miller*. Sur les couvertures de ses exemplaires, les petits mots des libraires fleurissent ici et là comme autant de balises où la sensibilité de ces passeurs de livres m'aide à dire :

Adieu Marceau.

Remerciements

J'adresse mes sincères remerciements :

À ma première lectrice, Sophie, et à mes filles, qui supportent, depuis le début, ma passion et mes projets littéraires.

À Marie Leroy, mon éditrice de confiance, qui sait lire entre mes lignes, avec qui les heures du jour et de la nuit passées à travailler un manuscrit se confondent parfois, pour le meilleur, nous l'espérons.

À mon agent littéraire, Michèle Kanonidis, qui m'épaule et m'ouvre des perspectives au-delà des frontières de notre pays.

À mon agent internationale, Marleen Seegers, qui, même au cours de ses trajets au-dessus des océans et des pays, trouve l'énergie de m'accorder de précieux commentaires sur le manuscrit.

À Geneviève Perrin, l'éditrice qui m'a accordé sa confiance au premier jour il y a des années et qui partage toujours avec moi de précieux conseils.

À vous, lectrices et lecteurs, pour qui j'ai pris un plaisir immense à écrire ce récit qui m'a fait vivre des moments intenses.

Restons en contact

La newsletter des Éditions de La Martinière,
un rendez-vous mensuel incontournable !
Chaque mois, recevez une lettre d'information inédite par e-mail,
avec toujours plus d'idées lecture, des activités culturelles,
des jeux-concours, des contenus exclusifs. Ne manquez rien
de toutes nos actualités.
Je m'inscris :

UN LIVRE A
LE MÊME PRIX
PARTOUT

En France, un livre a le même prix partout. C'est le « prix unique du livre » instauré par la loi de 1981 pour protéger le livre et la lecture.
L'éditeur fixe librement ce prix et l'imprime sur le livre. Tous les commerçants sont obligés de le respecter.
Que vous achetiez votre livre en librairie, dans une grande surface ou en ligne, vous le payez donc au même prix.
Avec une carte de fidélité, vous pouvez bénéficier d'une réduction allant jusqu'à 5 % applicable uniquement en magasin (les commandes en ligne expédiées à domicile en sont exclues). Si vous payez moins cher, c'est que le livre est d'occasion.

La
Martinière
littérature s'engage à
imprimer ses livres en France
pour réduire la production de CO_2 ;
à imprimer sur du papier PEFC
qui garantit une gestion durable
des forêts ; à ne faire appel qu'à des
imprimeurs appliquant la charte Imprim'vert.
La certification Imprim'vert impose la collecte
et l'élimination des déchets en conformité
avec la réglementation, un suivi régulier
des consommations d'énergie et
interdit
l'utilisa-
tion de
produits
toxiques.

ACHEVÉ D'IMPRIMER SUR ROTO-PAGE
PAR L'IMPRIMERIE FLOCH À MAYENNE
DÉPÔT LÉGAL : JANVIER 2025. N° 152868-2 (106429)
IMPRIMÉ EN FRANCE